Stina Jensen

Misteln, Schnee und Winterwunder

AF188761

Das Buch

Stell dir vor, Du wünschst dir etwas so sehr, und übersiehst dabei, was dir wirklich fehlt.

Sina wünscht sich sehnlichst ein Kind, allerdings driften sie und ihre Jugendliebe Nils momentan immer weiter auseinander.

Nach einem Streit flüchtet sie in die vorübergehend leerstehende Wohnung ihrer Eltern und trifft im Haus auf die kleine Leila. Das marokkanische Mädchen scheint so kurz vor Weihnachten genauso einsam zu sein wie sie.

Erst als sie Leilas Vater Elyas kennenlernt, wird Sina klar, dass sie das Mädchen keineswegs bedauern muss. Nach einer unfreiwilligen Schlittenfahrt würde sie selbst am liebsten jede freie Minute mit dem anziehenden jungen Witwer verbringen.

Mitten in dieses Gefühlschaos hinein sendet ihr Körper Signale, dass es mit einem Baby von Nils endlich geklappt haben könnte …

Eine herzerwärmende Weihnachtsromanze voller Winterknistern.

Die Autorin

STINA JENSEN schreibt Insel- und Gipfelromane, romantische Komödien und Krimis. Sie liebt das Reisen und saugt neue Umgebungen in sich auf wie ein Schwamm.

Meist kommen dabei wie von selbst die Figuren in ihren Kopf und ringen dort um die Hauptrolle in ihrem nächsten Roman.

Wenn sie nicht verreist, lebt die Autorin mit ihrer Familie in der Nähe von Frankfurt am Main.

Mehr zu Stina Jensen und ihren Büchern finden Sie unter
www.stina-jensen.de

Stina Jensen

Misteln, Schnee und Winterwunder

Roman

Bibliografische Information der Deutschen Nationalbibliothek:
Die Deutsche Nationalbibliothek verzeichnet diese Publikation in
der Deutschen Nationalbibliografie; detaillierte bibliografische
Daten sind im Internet über http://dnb.dnb.de abrufbar.

Lektorat und Korrektorat: Ingrid Werner
www.werner-ingrid.de

Covergestaltung © Traumstoff Buchdesign traumstoff.at
Covermotiv © Masson shutterstock.com

Herstellung und Verlag:
BoD – Books on Demand, Norderstedt

ISBN: 978-3-748-14719-0

Drei Jahre zuvor

In der Mitte der Sahnetorte prangte ein rotes Marzipanherz. Es war von Buchstaben aus Zuckerguss umrahmt. Mit klopfendem Herzen trat ich näher und entzifferte die zierlichen Lettern: *Und meine Frau werden?* Da vergaß ich zu atmen.

Um mich herum schwebten bunte Luftballons. An ihnen hatte Nils Zettel befestigt und mich auf diese Weise zuvor gefragt, ob ich mit ihm zusammenziehen wollte.

»Du Lump!« Johanna stürzte sich auf Nils und hämmerte auf seine Brust. Lachend fiel sie ihm und gleich danach mir um den Hals. »Er hat mir nichts verraten!«, rief unsere beste Freundin. »Dabei hätte ich es schwören können! Herzlichen Glückwunsch!«

Nils schob Johanna sanft beiseite. »Warten wir doch erst einmal Sinas Antwort ab, was meinst du? Dann kannst du immer noch gratulieren.«

Das Herz schlug mir bis zum Hals. Nach all den Zweifeln der letzten Wochen, in denen ich sogar eine Zeitlang geglaubt hatte, Nils hätte eine andere, kamen dieser Antrag und die Aussicht darauf, dass wir zusammenziehen würden, überraschend. Dabei hatte ich mir das doch sehnlichst gewünscht!

All unsere Freunde, darunter meine Zwillingsschwester Milla und ihr neuer Schwarm Jochen, sahen mich erwartungsvoll an.

Mein Zögern bemerkten sie hoffentlich nicht.

Ich nahm Nils' Gesicht in meine Hände. »Ja, ich will«, hauchte ich und küsste ihn lang und innig.

Kapitel 1

Es war an einem nebligen Freitagmorgen Mitte November, fast drei Jahre später. Von unserem Fenster im dritten Stock der Oskar-von-Miller-Straße in Frankfurt sah man direkt auf den Main. Die Nebelschwaden lichteten sich langsam. Durch den Dunst zog die Silhouette eines Kahns auf dem Wasser ihre Bahn.

Ich saß an der ›Bar‹, wie Nils und ich die Abtrennung von der Küche zum Wohnzimmer in unserer Dreizimmerwohnung nannten, und trank eine Tasse Kaffee. Morgens checkte ich E-Mails auf dem Smartphone, surfte ein bisschen im Netz und las die neuesten Nachrichten, bis ich mich für die Arbeit fertigmachte.

Aus dem Badezimmer schallte Nils' Pfeifen unter der Dusche. Ich scrollte übers Display und klickte auf einen Link zu einem Online-Fragebogen zum Thema Beziehungen.

Wie glücklich bist du mit deinem Herzensmenschen? fragte die Überschrift.

Nachdenklich drehte ich meinen Ehering.

Es gab ein paar Dinge, die mich in meiner Ehe störten. Zum Beispiel ließ Nils mich immer wieder auf Feiern der Baufirma, bei der er als Ingenieur angestellt war, allein herumstehen. Er war damit beschäftigt, ›Kontakte zu pflegen‹. So auch wieder gestern Abend auf der Weihnachtsfeier. Aus Langeweile hatte ich mich an der Gänsekeule mit Knödeln und Rotkraut so überfressen, dass mir immer noch der Magen wehtat.

Gedankenverloren wickelte ich eine Haarsträhne um meinen Finger und machte mich daran, die Felder des Fragebogens auszufüllen.

Bist du in einer festen Beziehung?
Ja | Nein

Falls ja: **Verheiratet | zusammen lebend** | *in getrennten Wohnungen lebend?*

Falls verheiratet: Seit wie vielen Jahren?
1-3 | 4-10 | 10-20 | mehr

Auf einer Skala von 1-10 (1 schlechteste Note, 10 Bestnote): Wie zufrieden bist du mit deinem Liebesleben?
1 2 3 **4** 5 6 7 8 9 10

Weißt du immer, was in deinem Mann vorgeht?
1 2 **3** 4 5 6 7 8 9 10

Weiß dein Mann, was in dir vorgeht?
1 2 3 4 5 **6 7** 8 9 10

Wann habt ihr euch das letzte Mal gesagt, dass ihr euch liebt?
Noch nie | **kann mich nicht genau erinnern** | vor ein paar Wochen | gestern | heute

Habt ihr gemeinsame Ziele?
1 2 3 4 5 6 7 8 9 10

Ich blies die Wangen auf und starrte die Frage an.

In diesem Moment hörte ich das Klappen der Badezimmertür und legte das Handy ab.

Nils' feuchte Haare standen ihm wie bei einem Igel zu Berge, als er in seinen anthrazitfarbenen Bademantel gehüllt die Küche betrat und in den Raum hinein sagte: »Alexa, wie wird das Wetter heute?«

Das ›Smarthome‹ rasselte die erwarteten Temperaturen und Regenwahrscheinlichkeiten für Frankfurt herunter, und Nils drückte an unserer Kaffeemaschine den Knopf für zwei Espressi. Morgens trank er immer einen Doppelten.

Milla bezeichnete Nils gern als ›Sunnyboy‹. Er hatte dunkelblondes Haar, das er einen Ton aufhellte, sodass es aussah, als sei er gerade aus einem Urlaub im Süden zurückgekommen. Der Farbton harmonierte perfekt mit seinen blau-grauen Augen – und kontrastierte ebenso perfekt zu meinen dunklen Augen und den überschulterlangen braunen Haaren. Wir waren ein schönes Paar, sagten zumindest all unsere Freunde.

Während der Kaffeeautomat brummte, wandte mein Mann sich zu mir um. »Na?«

»Na?«, gab ich zurück und dachte an die Frage aus dem Psychotest: *»Habt ihr gemeinsame Ziele?«*

Mein Blick ging zu dem dunklen, antiken Wohnzimmerschrank, der einen bezaubernden Gegensatz zu unserer hellen Einrichtung bildete. Die hellgrauen Wände hoben sich edel von der weiß angelegten Decke ab, dazu die Möbel in Weiß und hellem Holz, unser sandfarbenes Sofa. Als Eyecatcher hatte ich auf einem Bord meine Matroschkas aufgereiht. Das waren traditionelle, russische Püppchen, die ich leidenschaftlich sammelte.

In einer Schublade des Wohnzimmerschranks lagerten die Strampler und Stofftiere für das Kind, das Nils und ich einmal haben würden. Der Gedanke an ein Baby begleitete mich nun seit rund zwei Jahren. Endlich ein kleines Wesen mit Haaren so weich wie Mohair und einem Duft nach Himmel in den Armen zu halten, in seinen Augen zu versinken – ich wünschte mir nichts mehr. Besonders dann, wenn der Eisprung nahte. Und danach noch mehr, da ich in mich hineinhorchte und nach Anzeichen suchte, die für eine Schwangerschaft sprechen könnten. Wie heute zum Beispiel.

Es war der erste Tag meines neuen Zyklus' und in meinem Unterleib machte sich ein Ziehen bemerkbar. Dies konnte zwei Dinge bedeuten: Ein Ei nistete sich ein. Oder die Periode kündigte sich an. Heute schmerzten auch meine Brüste.

Ein weiteres Ziel war das Haus mit Garten, auf das Nils und ich sparten. Das brauchten wir allerdings nur, wenn sich auch ein Kind ankündigte. Meinte Nils.

Der Espresso war fertig, und ich wartete ab, bis mein Mann zu mir an die Küchenbar trat. Er schob die Schale mit meiner Herbstdeko aus kleinen Zierkürbissen und glänzenden Maiskolben beiseite, und stellte seine Tasse ab.

»Und? Wie ist die Lage?«, fragte er wieder.

Mir war klar, worauf er anspielte. Ob oder ob nicht. Nicht, dass mich das unter Druck gesetzt hätte. Haha. Außerdem war da dieses Gefühl. Möglicherweise hoffte Nils, dass es nicht geklappt hatte. Seit unsere Freundin Johanna vor fünf Monaten einen kleinen Jungen bekommen hatte, war Nils' Begeisterung für ein Kind abgekühlt.

Oskar raubte Johanna und Raul den Schlaf, und unsere einstmals unternehmungslustige Freundin lag abends um halb neun im Bett, um zusammen mit dem Kleinen überhaupt ein paar Stunden Ruhe zu bekommen.

»Es wäre durchaus möglich«, antwortete ich.

»Das hast du schon so oft gedacht.« Nils nippte am Espresso.

»Diesmal ist es anders. Also diese Art von Ziehen. So war es noch nie«, widersprach ich leise.

»Meinst du so ein heftiges Ziehen in der Brust? Oder das im Unterleib, das sich so anfühlt, als ob deine Periode käme, von dem du aber gehört hast, dass eine Schwangerschaft sich ganz genauso ankündigt?«

Ich blinzelte. »Mir ist klar, dass es dich nervt, und mich macht es, wie du weißt, ebenfalls völlig fertig. Aber diesmal«, ich nahm seine Hand und sah ihn eindringlich an, »könnte es wirklich sein.«

Ich sagte ihm lieber nicht, dass ich in diesem Zyklus nicht nur den Mondkalender konsultiert, sondern auch Ovulationsstäbchen benutzt hatte, die den Eisprung exakt bestimmten. Von Zucker auf der Fensterbank, damit es ein Mädchen wurde, hatte ich gerade noch Abstand nehmen können.

Nils tätschelte meine Hand. »Aber bitte keine Tränen, wenn das Ziehen wieder einen anderen Ursprung hat.«

Konnte es sein, dass er mit mir sprach wie ein Vater mit seinem Kind, das noch an den Weihnachtsmann glaubte?

Der ewige Sex nach Plan tat unserer Beziehung keineswegs gut. Manchmal befürchtete ich, Nils könnte mich wegen meines unerfüllten Kinderwunsches verlassen. Nicht, weil er mir die Schuld zusprach, sondern weil es zwischen uns kaum noch ein anderes Thema gab. Angeblich. Meiner Meinung nach stimmte das nicht. Unser Hauptthema war und blieb die Arbeit.

Nils arbeitete als Bauingenieur an Großprojekten, war viel auf Baustellen unterwegs und beschäftigte sich auch fast jedes Wochenende mit Planungen, für die er unter der Woche keine Zeit gefunden hatte.

Und auch mein Job war fordernd. Meine Kundinnen waren russische und ukrainische Oligarchen-Gattinnen, die ihre Männer oft monatelang nicht zu Gesicht bekamen. Diese Typen brachten ihre Frauen und Kinder in Frankfurt, Bad Homburg oder Wiesbaden unter, damit sie in der Nähe der Finanzmetropole ein angenehmes Leben führen konnten. Und das taten sie. Mit meiner Hilfe.

Ich war Einrichtungsberaterin. Mein Chef Popow war ein russischer Bauunternehmer, für den Nils als Projektleiter arbeitete. Seine Baufirma lieh ihn quasi an Oleg Popow aus. Oleg hatte vor knapp drei Jahren einen Laden in der Nähe unserer Wohnung gekauft und mich – wir kannten uns über meinen vorherigen Job – gefragt, ob ich für ihn arbeiten und mich der extravaganten Einrichtungswünsche seiner russischen Kundinnen annehmen würde.

Außerdem bin ich ebenfalls gebürtige Russin. Mein Geburtsname lautet Zinaida Jerschowa. Unaussprechlich für deutsche Zungen, deshalb nennen mich alle Sina. Als Kind kam ich mit meiner Familie nach Offenbach. Meine Großeltern waren sogenannte Russlanddeutsche, und meine Oma hatte meine Eltern zu diesem Schritt überredet. Meine Zwillingsschwester Milla (von Ljudmilla) und ich haben uns im Gegensatz zu unseren Eltern rasch integriert. Als Kinder sprachen wir zu Hause Deutsch und Russisch. Die beste Voraussetzung für Popows Geschäft. Im Laufe der Zeit hatte ich schon etliche von Popows anspruchsvollen Kundinnen mit meinen Ideen für ihre Häuser und Wohnungen glücklich gemacht.

Seit knapp einem Jahr war ich nahezu ausschließlich für Tatjana Zhabenko tätig, eine mit einem Russen verheiratete Ukrainerin, deren Muttersprache zwar ukrainisch war, die aber besser Russisch sprach als ich.

Meiner Zwillingsschwester Milla fielen jedes Mal die Augen aus dem Kopf, wenn ich ihr die Fotos von den Messen zeigte, auf denen ich Einrichtungsgegenstände für meine Kundinnen auswählte: Ohrensessel in Tigermuster mit Blattgold überzogenen Füßen. Goldene Wasserhähne in Schwanen- oder Delfinform. Aufwendig verzierte goldene Bilderrahmen, Spiegel und Deckenleuchten: Hauptsache Gold, Gold, Gold.

Natürlich sparte meine dunkelhaarige Kundin auch bei sich selbst nicht mit teurem Schmuck. Ihr Mann hatte ihr zur Geburt ihrer Tochter Sascha einen Brillantring geschenkt, der bei jeder Handbewegung schimmerte.

Zuerst hatte ich ein Haus im Frankfurter Westend für sie und Sascha eingerichtet, das vor Prunk nur so strotzte. Vor ein paar Monaten kam sie dann mit der Nachricht, dass ihre Schwester spätestens an Weihnachten nach Deutschland kommen würde, und sie kaufte eine Vierzimmerwohnung in Bad Homburg, deren Renovierung ich seither begleitete.

Bei der Einrichtung dieses Objekts hielt sie sich mit Gold und Glimmer etwas zurück. Vermutlich hatte ihre Schwester, die zwei Kinder zu haben schien – ich richtete ein Mädchenzimmer und ein Babyzimmer für einen Jungen ein – nicht so viel Budget zur Verfügung.

Ich hatte mir abgewöhnt, meiner Kundin persönliche Fragen zu stellen. Wenn ich sie etwas fragte, worauf sie nicht antworten wollte, stellte sie sich taub. Tatjanas Mann hatte ich – bis auf ein paar Fotos, die einen untersetzten goldbehangenen Russen zeigten – noch nie zu

Gesicht bekommen. Meine und Millas Theorie war, dass es sich bei ihm um einen König der Unterwelt handelte, und die beiden sich nur im Verborgenen trafen.

Doch ich wollte mich nicht beklagen. Natürlich hatte ich unendliches Glück, mein Hobby zum Beruf gemacht zu haben. Allerdings hatte er auch seine Schattenseiten: Oleg und Tatjana beschränkten ihre Wünsche und Anforderungen nämlich nicht auf Montag bis Freitag. Es war üblich, am Wochenende – und sei es nur für ein paar Stunden – zur Verfügung zu stehen. Am Samstagabend konnte ein Anruf von Tatjana kommen, die die Idee hatte, das Flurkonzept mit dem Deckenleuchter von dem Künstler aus Lissabon und den abstrakten Skulpturen aus geriffeltem Blech über den Haufen zu schmeißen und doch auf bewährtes Gold und Glimmer zu setzen. Und zwar sofort. Oder Popow bat mich sonntagmorgens darum, einen Blumenstrauß für seine Frau zu organisieren, um ihr eine Freude zu machen. Das fertige Teil holte er dann höchstpersönlich im Blumenladen ab, ohne auch nur eine Sekunde darauf warten zu müssen.

Und auch Tatjanas Wünsche standen stets über meinen. Sie mochte zwar eine anstrengende Kundin mit all ihren Sonderwünschen sein, so meinte Oleg, doch sie zahlte ihm eben auch jeden Preis, den er für seine Umbaumaßnahmen veranschlagte. Und auch für meine Dienste legte sie, ohne mit der Wimper zu zucken, zweihundert Euro pro Stunde hin. Von denen ich selbstredend nie etwas zu Gesicht bekam. Immerhin war mein Gehalt hoch genug, dass ich mich nicht traute, mich allzu lautstark zu beschweren. Je schneller Nils und ich eine Anzahlung für ein Haus angespart hatten, umso besser.

Außerdem war die Arbeit für Tatjana auch nicht wirklich anstrengend. Im Gegenteil. Bei den Renovierungsarbeiten im Haus hatte ich überwacht, dass jede einzelne Fliese im rechten Winkel verlegt und kein Kratzer im Putz zu sehen oder ein Lichtschalter einen halben Zentimeter zu hoch oder zu niedrig gesetzt war. Und auch bei der Wohnung konnten wir inzwischen mit dem Einrichten anfangen.

Es war immer in den Phasen der Absprachen, in denen es zwischen meiner Kundin und mir zu kriseln begann. Wobei sie nichts von diesen Krisen ahnte. Die meiste Zeit saß ich auf einem ihrer unbequemen Prunksessel herum und wartete darauf, dass sie aufhörte, zu telefonieren. Dabei wechselte sie vom Ukrainischen mit ihrer Verwandtschaft oder Freunden zum Russischen, wenn sie mit ihrem Mann sprach. Ich durfte ihrem Geschwätz und Liebesgesäusel lauschen, bis sie fertig war. Es drehte sich immer entweder um Geld, Alkohol, Kinder oder Putin und Poroschenko, deren Namen nie genannt wurden. Genauso wenig wie der Name ihres Mannes, den sie stets »Ljubimi« nannte, das so viel wie Liebling heißt. Anscheinend gehörten die beiden Präsidenten sowie ihr Mann zur Liste derer, deren Namen man nicht aussprechen durfte. Ich hatte den Eindruck, dass sie sich in ihrer Heimat nicht viele Freunde gemacht hatte, indem sie einen Russen heiratete. Eine Rückkehr war für sie als Überläuferin quasi unmöglich.

Ich hielt mir den Bauch und spürte dem Ziehen in meinem Unterleib nach, das nichts Gutes verhieß. Ich hatte gelesen, dass es etwas wehtun konnte, wenn die Bänder sich auf eine Schwangerschaft einstellten. Diese Schmerzen sollten nicht krampfartig sein, sondern wie ein gleichmäßiger Druck. Ich fühlte jedoch etwas anderes. Wahrscheinlich hatte es wieder nicht geklappt.

Diesen Befürchtungen nachhängend rutschte ich von meinem Hocker. Nils räumte unsere leeren Tassen in die Spülmaschine, rückte die Dekoschale mit den Zierkürbissen gerade und verschwand im Schlafzimmer, um sich umzuziehen.

Ich sah zum grauen Himmel hinauf und spürte in diesem Moment, wie sich der erste Tropfen Blut seinen Weg in meine Unterwäsche bahnte. Eine Weile ließ ich den Tränen freien Lauf. Dann ging ich ins Bad und machte leise die Tür zu. Ich wusch mein Gesicht und kramte nach einer Schachtel Tampons. Immer nahm ich mir vor, beim nächsten Mal nicht enttäuscht zu sein. Oder wütend auf Nils. Was, wenn es an ihm lag? Er weigerte sich beharrlich, sich testen zu lassen.

Aus der Diele vernahm ich, wie Nils den Schlüssel vom Bord nahm. »Alexa, mach das Licht im Schlafzimmer aus«, sagte er in die Wohnung hinein. Dann rief er: »Ciao, Süße. Bis heute Abend.«

Kein Abschiedskuss, schon seit langem nicht mehr. Als sollten die Küsse beim Sex alle vier Wochen ausreichen.

Ich tappte aus dem Bad in die Küche, wo noch immer mein Handy auf der Bar lag.

Habt ihr gemeinsame Ziele?, fragte der Psychotest beharrlich.

Nicht mehr, dachte ich und schloss die Anwendung. Ich war des Hoffens müde. Warum dem sinnlosen Wunsch nach einem Kind und einem Haus nachhängen und dafür meine Ehe aufs Spiel setzen? Ich würde wieder mehr für unsere Partnerschaft tun. Mich ändern.

Es war an der Zeit, meine Ehe zu retten.

Kapitel 2

Das Wochenende verbrachten Nils und ich im üblichen Einkaufen-Putzen-Arbeiten-Modus. Es ergab sich keine einzige Gelegenheit für eine Unterhaltung über uns. Eigentlich hatte ich vorgehabt, mich mit ihm auszusprechen und einen gemeinsamen Neuanfang zu planen.

Stattdessen rief Tatjana am Samstagnachmittag an und zitierte mich zu sich. Sie wollte einen der bereits fertig gestrichenen Räume in der Vierzimmerwohnung umstreichen lassen, weil ihr der gewählte Pink-Ton in Kombination mit Türkis für das eine Kinderzimmer doch nicht gefiel. Geduldig durchforstete ich zum gefühlt hundertsten Mal Farbkarten mit ihr, bis wir uns auf die Änderung von Türkis in Flieder einigten.

Abends, als Zeit für ein Gespräch mit Nils zum Thema Rettung unserer Ehe gewesen wäre, checkte mein Mann E-Mails und hämmerte Antworten an schwierige Bauherren in die Tastatur seines Laptops, bis ich resigniert zur Fernbedienung griff. Ich tröstete mich mit *Liebe braucht keine Ferien*, einem Film, den ich schon ein dutzend Mal gesehen hatte. Ich mochte es, genau zu wissen, wie diese Story endete.

Natürlich bekam Nils mit, dass meine Periode eingesetzt hatte. Doch außer einem Kuss auf die Stirn und einem »Ach, Schatz« verlor er kein Wort darüber.

Montagmorgens reiste er für eine Woche nach München, um mit Architekten an der Ausschreibung für ein Projekt zu feilen.

Die Woche über beschäftigte ich mich weiter mit Tatjana und der Einrichtung der Bad Homburger

Wohnung, besuchte Johanna und Milla und ging früh ins Bett.

Als Nils am Freitagabend von seiner Geschäftsreise zurückkehrte, präsentierte ich ihm einen Plan für die vor uns liegenden Tage. Ich hatte nicht, wie sonst, im Vorfeld meines Eisprungs ›romantische Abende‹ mit elektrischem Kaminfeuer und Kuschelmusik aus Alexas unerschöpflichem Musikfundus auf dem Zettel, sondern für Sonntag eine Stadtführung in der restaurierten Frankfurter Altstadt gebucht. Wozu lange reden? ›Handeln‹ lautete die Devise.

Und siehe da, der erste Teil des Eherettungsplanes gelang halbwegs. Zwar schrieb Nils zwischendurch die eine oder andere E-Mail, dennoch lauschte er unserem Führer im historischen Stadtkern aufmerksam. Anschließend tranken wir noch einen Glühwein auf dem Weihnachtsmarkt, der gerade erst seine Pforten geöffnet hatte. Das gemeinsame Weihnachtsfest mit meinen Eltern kam mir dabei noch unendlich fern vor.

Am Montagabend, dem Tag, an dem mein Zyklus in die ›heiße Phase‹ für eine erfolgreiche Befruchtung eintrat, führte ich meinen Mann zu einem Japaner, der das Essen vor unseren Augen auf einer heißen Platte zubereitete. Wir saßen nebeneinander mit Papierschürzen um den Hals. Zuvor hatten wir uns an heiß-feuchten Tüchern die Hände gesäubert. Ich genoss die exotische Stimmung und verschwendete keine Gedanken an eventuell aphrodisierende Wirkungen der Speisen.

Vielleicht erwartete Nils, dass ich früher oder später auf ein Baby zu sprechen kommen würde, aber das hatte ich nicht vor. Stattdessen verwickelte ich ihn in ein Gespräch über weitere Besichtigungsziele, weil die Führung in der Altstadt so schön gewesen war.

Nils brauchte immer ein Ziel. Nur am Main spazieren zu gehen oder durch die Stadt zu schlendern, war nicht sein Ding. »Kino«, schlug Nils vor – und ich versprach, mich nach den aktuellen Filmen umzuhören. Natürlich hätte ich Alexa fragen können. Aber das war mehr Nils' Ding.

Als das japanische Matcha-Eis vor uns stand, beugte ich mich zu ihm hinüber und legte meine Hand auf seine. »Nils?« Ich lächelte ihn liebevoll an. »Was hältst du davon, wenn wir zusammen eine Weltreise machen würden?«

Bei diesem Thema hatte ich seine volle Aufmerksamkeit. Als wir uns kennenlernten, hatte er mir von diesem Traum erzählt. Aber in reelle Planungen waren wir nie eingestiegen. Eine Weltreise und ein Baby, das schloss sich gegenseitig aus. Der Gedanke zu dem Vorschlag war mir erst in diesem Moment gekommen.

»Das würdest du wirklich tun?«, fragte er lebhaft und nahm meine Hand. »Ein halbes Jahr um die Welt reisen?«

Ich riss die Augen auf. »So lange?«

»Weniger lohnt sich kaum. Die Welt ist groß.«

Es war ja nicht so, dass ich nicht gern verreiste. Aber wenn ich länger als zwei Wochen weg war, sehnte ich mich nach Daheim. Ich vermisste mein Bett, den Bäcker an der Ecke und Spaziergänge am Main. Selbst das Frankfurter Wetter ging mir nach einiger Zeit ab. Vielleicht war mein Vorschlag doch etwas zu voreilig gewesen. Aber da ich nun einmal damit angefangen hatte … Ich nahm einen Schluck Mineralwasser.

»Wo würdest du denn hinwollen?« Ich konnte mir Fjorde in Norwegen vorstellen, die Toskana, meinetwegen auch einen Robinson-Club in Tunesien.

Mein Mann saß aufrecht am Tisch. Das Dessert war vergessen. Er hatte den Löffel neben das vor sich hinschmelzende Eis gelegt. »Nun, zum Beispiel Afrika. Südamerika. Oder Indien.« Seine Augen leuchteten.

»Ist das nicht zu gefährlich?«, wandte ich ein. »Krankheiten, Überfälle, Monsunregen, Malar–.«

»Das ist lächerlich.« Nils ließ meine Hand los und rückte ein Stück von mir ab. »Es gab schon Reisewarnungen für Deutschland, weil irgendwer in Bayern in einem Zug randaliert und dabei einen Koreaner verletzt hat. Nicht überall auf der Welt herrschen Krieg, Kriminalität und Krankheiten. Die meisten Menschen sind ausgesprochen friedlich, gastfreundlich und sogar gesund. Zur Risikominimierung gibt es Impfungen und sichere Reiserouten. Glaub nicht alles, was in den Medien berichtet wird.«

Ich lehnte mich zurück und verschränkte die Arme vor der Brust. »Außerdem wäre unser ganzes Geld weg, das wir vielleicht irgendwann ...« Den Rest ließ ich offen. Ich hatte das Thema doch meiden wollen.

Nils sah mich resigniert an. »Ich weiß.« Langsam nahm er den Dessertlöffel auf und stieß ihn in den kläglichen Rest Eis.

Ich war frustriert. Der Abend hatte mir gezeigt, dass es gar nicht so leicht war, sich zu ändern.

Für Dienstagabend suchte ich den Kinofilm *Ein ganzes halbes Jahr* für uns aus. Ich hatte schon viel Gutes darüber gehört und dachte, es sei ein romantischer Film über zwei Menschen, die gegen jede Chance zueinanderfanden.

Doch leider hatte ich nicht bedacht, wie sehr mich dieser Film, in dem es um einen sterbenskranken Mann ging, berühren würde. Schon bald liefen mir die Tränen über das Gesicht. Selbst bei den lustigen Szenen. Ich steigerte mich so sehr in meinen eigenen zerplatzten Traum hinein, dass ich mitten im Kino einen Heulkrampf bekam.

Es gibt Menschen, die werden fürsorglich, wenn jemand weint. Nils stand meinen Tränen früher hilflos gegenüber. In letzter Zeit war er von meiner monatlich wiederkehrenden Trauer sichtlich genervt. Im Kino wurde er wütend. Vielleicht nahm er mir auch meine Reaktion auf seine Weltreisepläne noch zusätzlich übel?

Jedenfalls drängte er mich aus dem Saal und stürmte zum Auto. Auf der Rückfahrt wartete er nicht einmal ab, bis ich mich angeschnallt hatte. Er raste so schnell durch die Innenstadt, dass ich mich im Sitz festkrallte. Zuhause knallte er mir die Schlafzimmertür vor der Nase zu. Ich hatte nicht das Bedürfnis, ihm zu folgen. Denn in der aufgeladenen Atmosphäre hätte ich eh nicht schlafen können. Und wahrscheinlich hätten wir uns nur gestritten. So legte ich mich aufs Sofa. Einmal meinte ich, dass er telefonierte, aber ich mochte es mir auch nur eingebildet haben.

Mittwochmorgens saß ich niedergeschlagen an der Küchenbar vor meinem Müsli. Der von mir arrangierte Kinobesuch vom Vorabend steckte mir in den Knochen.

Wie sollte das mit Nils und mir noch enden? Meine Eherettungsversuche schienen zum Scheitern verurteilt.

Als Nils aus dem Schlafzimmer kam, hob ich den Kopf und sah ihm verzagt entgegen.

»Morgen«, brummte er.

»Hi«, grüßte ich gedämpft und beobachtete ihn dabei, wie er sich seinen doppelten Espresso zubereitete und sich zu mir setzte.

»Du fragst Alexa ja gar nicht, wie das Wetter heute werden soll«, versuchte ich mich an einem Scherz.

Nils sah nach draußen in den wolkenverhangenen Himmel und zuckte die Schultern. »Das kann ich mir ja auch irgendwie denken.«

Ich rutschte von meinem Hocker und ging um die Bar herum, schlang die Arme um Nils und küsste ihn in den Nacken. »Tut mir leid wegen gestern«, flüsterte ich. »Ich weiß auch nicht, was los war.«

Nach einer Weile löste Nils meine Umarmung und drehte sich zu mir. Er strich mir das vom Schlafen zerzauste Haar aus der Stirn und blickte mir in die Augen. Seine Lippen umspielte ein trauriges Lächeln.

Zärtlich streichelte er über meinen Arm. Nach kurzem Zögern nahm er meine Hand, führte sie nach unten und legte sie auf seinen Schritt.

»Oh.« Verblüfft sah ich ihn an. Es war neu, dass Nils beim Sex den Anfang machte. Ich konnte mich gar nicht daran erinnern, wann das zuletzt passiert war.

Ohne mich aus den Augen zu lassen, rutschte er vom Barhocker und ließ seine Schlafshorts zu Boden fallen.

Ich schluckte. Was war er nur für ein schöner Mann! Kein Gramm Fett zu viel und man sah seinem Körper immer noch an, dass er mal viel Sport getrieben hatte.

Nils Finger berührten die spezielle Stelle hinter meinem Ohr. Er wusste genau, dass ich dort extrem empfindlich war. Ein Schauer lief über meinen Rücken. Seufzend biss ich mir auf die Unterlippe.

Seine Hände glitten über meinen Hals, liebkosten einen Moment die Kuhle am Schlüsselbein, um dann wie absichtslos über meine Brüste zu streichen. Deren Knospen reagierten sofort.

Ich starrte ihn an. Aber er sah mir nicht in die Augen, sondern beobachtete seine Hände auf ihrem Weg nach unten. Sie fuhren die Kurve meiner Taille nach, streichelten sanft über meine Hüften, verweilten am Gummi meines Slips.

Nils war sehr konzentriert, als er mir behutsam aus der Unterwäsche half. Dann schob er meine Beine auseinander und kam noch näher. In einer fließenden Bewegung umfasste er meinen Po, hob mich hoch und drang in mich ein. Ich zog scharf die Luft ein und umschlang ihn mit meinen Beinen, hielt mich an ihm fest. Nils bewegte sich mit geschlossenen Augen in mir. Ich versuchte, in seinen Rhythmus zu finden, doch wir wippten unbeholfen auf und ab, hatten gar keine Erfahrung mit dieser Stellung. Schon spürte ich, wie er in mir erschlaffte.

»Tut mir leid.« Nils glitt aus mir heraus. Mit gesenktem Kopf nahm er seine Hose vom Boden und zog sie wieder an.

Ich legte kurz die Hand auf seine Schulter. »Schon gut.«

Als er ging, verabschiedeten wir uns mit einem kurzen Kuss. Allerdings lag so viel Traurigkeit darin, dass es wirkte wie ein Abschied für immer.

Kapitel 3

Ich saß noch eine Weile an der Bar und aß niedergeschlagen mein Müsli. Immerhin passte das graue Wetter zu meiner Stimmung.

Die Türglocke riss mich aus meinen Gedanken.

Über die Gegensprechanlage vernahm ich das Rauschen des Berufsverkehrs auf der Hanauer Landstraße. »Hallo?«

»Ist Oleg. Kannst du bitte aufmachen?«

In den letzten Jahren hatte sich Popows Deutsch verbessert. Er war mit einer Deutschen verheiratet, Barbara, sie hatten zwei Söhne. Inzwischen sprach er nur noch selten Russisch mit mir.

Ich drückte auf den Öffner und fragte mich, was mein Chef hier wollte. Oleg war selten hier, normalerweise meldete er sich telefonisch oder per SMS. Das wäre auch jetzt besser gewesen, denn ich war noch immer im Schlafshirt. Ich hatte erst gegen elf einen Termin im Laden mit der studentischen Aushilfe, die unsere hochwertigen Dekorationsstücke sowie Lampen, Bilder und andere Einzelstücke verkaufte. Ursprünglich war vereinbart gewesen, dass ich viel öfter im Laden sein sollte. Aber im Laufe der Zeit hatte sich herausgestellt, dass ich meine Arbeit besser bei den Kundinnen vor Ort verrichtete.

Ich eilte ins Schlafzimmer, tauschte die T-Shirts und schlüpfte in eine Jeans.

Schon klopfte es einmal kräftig an der Wohnungstür.

Schnell fuhr ich mir durch die Haare und setzte das strahlende Lächeln auf, das Popow von mir gewohnt war.

»Hi«, flötete ich, als ich ihm öffnete – und stutzte. Sein Gesichtsausdruck erinnerte mich an den meines Vaters, wenn er übellaunig war. Popow hatte die Augenbrauen zusammengezogen und die Lippen fest aufeinandergepresst. Die Mundwinkel zeigten nach unten.

»Darf ich reinkommen oder reden wir in Treppenhaus?«, blaffte er.

»Bitte.« Ich gab den Weg frei, ging vor ihm her ins Wohnzimmer und bot ihm einen Platz auf unserem sandfarbenen Sofa an. »Magst du einen Kaffee?«

Popow ließ sich auf die Couch fallen. »Gibst du dir keine Mühe. Vielleicht ich brauche Wodka.«

Das war ein schlechtes Zeichen. Im Gegensatz zu etlichen meiner Landsleute trank Popow keinen Tropfen Alkohol. Dies hatte er mit Johanna gemeinsam. Mit den beiden zu feiern, war nicht einfach.

»Ist was passiert?« Ich blieb abwartend stehen.

Mein Chef schnalzte mit der Zunge. »Was hast du nur dir bei das gedacht, Sina?«

»Wobei denn?« Hatte Nils etwa gestern mit ihm telefoniert und ihm erzählt, dass ich den falschen Kinofilm ausgewählt hatte? Das konnte doch nicht sein, oder?

»Du hattest versprochen, das kommt nie wieder vor«, antwortete Oleg. »War das Voraussetzung dafür, dass ich dich stelle ein.«

Ich runzelte die Stirn. Spielte er darauf an, weswegen ich meinen Job in der Anwaltskanzlei verloren hatte, bevor er mich vom Fleck weg für seinen Laden engagierte? Tatsächlich stand in meinem Arbeitsvertrag mit Popow, dass ich Zugang zu den privaten Räumlichkeiten meiner Kunden haben würde und unter keinen Umständen etwas ohne Rücksprache mit den Eigentümern entwenden dürfte. In Klammern stand dort sogar: Nicht einmal eine Rolle Toilettenpapier.

Dabei war diese Sache in der Kanzlei damals ein totales Missverständnis gewesen. Jeder im Büro hatte mal hier einen Stift, dort einen Block mitgehen lassen. Aber bei mir war es gleich ein Kündigungsgrund! Als Kind, ja, da war es vielleicht zwanghaft, dass ich die glitzernden Stifte oder Sticker meiner Mitschülerinnen mopste. Aber ich war da irgendwann rausgewachsen. Wirklich.

Popow deutete auf das weiße Bord an der Wand, auf dem ich meine Matroschka-Sammlung aufgereiht hatte.

Eine Matroschka besteht aus fünf bis neun Hohlpüppchen, die ineinandergesteckt sind. Ein traditionelles Spielzeug, das in keiner russischen Familie fehlt. Meist tragen die Matroschkas eine Tracht und es ist spannend, die Einzelheiten dieser klassischen Kleidung zu entdecken. Allein die fein gezeichneten Gesichter der rundlichen Frauen sind kleine Kunstwerke. Ich sammelte sie mit Leidenschaft; da kam wohl meine russische Abstammung durch. Die bunten Püppchen waren ein Hingucker in unserem Wohnzimmer, und ich hoffte, dass meine Eltern mir zu Weihnachten wieder ein hübsches Exemplar schenken würden. Mama betrieb inzwischen viel Aufwand, um neue Matroschkas zu finden, die meine Sammlung ergänzen konnten.

Jetzt dämmerte mir, worauf Popow anspielte. Er meinte die Matroschka aus dem Kleiderschrank im Babyzimmer der Bad Homburger Wohnung von Tatjanas Schwester.

Shit. Wo war die Puppe denn abgeblieben?

»Ich kann das erklären«, setzte ich an.

Doch Popow stoppte mich mit einer Handbewegung. »Musst du nicht. Ist zu spät. Tatjana hat Zusammenarbeit mit dir beendet. Und ich kann auch nicht mehr dich beschäftigen. Du weißt, dass Tatjana hat viel, wie sagt man, Einfluss. Bei Russen jeder kennt der andere. Die Sache ist, Sina, ich muss dich schmeißen raus.«

Ich schnappte nach Luft. »Aber es war nur ein Versehen! Das Ding ist … in meine Tasche gerutscht … ich fahre sofort zu Tatjana und bringe sie zurück. Ich rede mit ihr.« Mit meiner Kundin zu *reden,* würde zwar schwierig werden, keine Frage. Aber wenn ich ihr erklärte, wie es zugegangen war …

Popow faltete die Hände und wandte bedrückend langsam den kurzgeschorenen Schädel von links nach rechts. »Ist zu spät, Sina. Du gibst jetzt mir Matroschka, ich nehme mit. Fahrer von Tatjana sitzt unten ins Auto und wartet. Damit ist Ding erledigt.«

Sie hatte Popow mit einem Fahrer geschickt und ließ das Holzpüppchen abholen?

»Es war kein Diebstahl«, sagte ich bestimmt und ging mit betont festen Schritten in den Flur. Dort hingen meine Handtaschen an den Garderobenhaken, die in Hüfthöhe für Kinderjacken angebracht waren. Ich würde ihm jetzt die Puppe geben und morgen, wenn sich meine Kundin etwas abgekühlt hatte, Tatjana anrufen.

Systematisch durchsuchte ich eine Tasche nach der anderen. Welche hatte ich noch mal getragen, als dieses dumme Missgeschick geschehen war? Langsam wurde ich unruhig. Ich war bei der letzten angelangt und hatte die Matroschka noch immer nicht gefunden. Hektisch nahm ich wieder die erste Tasche zur Hand, drehte sie um und schüttelte. Nur ein alter Parkschein fiel heraus, aber keine Holzpuppe.

»Ich habe mich an unsere Vereinbarung gehalten«, rief ich zu Popow hinüber, »und nie wieder etwas mitgehen lassen.«

Das Wort ›stehlen‹ war mir im Zusammenhang mit dem, was ich früher getan hatte, noch nie über die

Lippen gekommen. Als Kind hatte ich die Sachen, die ich von meinen Mitschülern mitgehen ließ, nicht einmal benutzt, sondern in einem Kästchen aufbewahrt, um sie gelegentlich zu betrachten.

Aber das mit Tatjanas Matroschka war völlig anders gewesen – falls sie überhaupt ihr gehörte und nicht ihrer Schwester.

Ich hatte das Teil beim Ausmessen der Kleiderstange im Babyzimmer entdeckt. Diese Matroschka zeigte nicht die übliche Frau in traditioneller russischer Tracht, sondern ihre äußere Hülle war schwarz und mit roten Herzchen übersät. Die Neugierde, wie die weiteren Figuren aussahen, trieb mich dazu, nach ihr zu greifen. Ich hatte so ein Teil noch nicht in meiner Sammlung, brannte darauf, sie mir näher ansehen.

Kaum hielt ich sie in der Hand, rief Tatjana ein strenges »Njet!«, als rufe sie Sascha einen Befehl zu. »Nicht anfassen!« Dann nahm sie mir das Püppchen ab, stellte es zurück und schloss demonstrativ die Schranktür.

Meiner Neugierde auf das Innenleben der Figur tat ihr Verbot natürlich keinen Abbruch. An diesem Tag wagte ich es jedoch nicht mehr, sie mir heimlich näher zu betrachten. Doch bald ergab sich eine neue Gelegenheit.

Ich war schon fast auf dem Heimweg, als Sascha mich zu sich ins halbfertige Zimmer ihres Babycousins rief. Sie hockte auf dem frisch verlegten Fußboden und spielte mit einem Playmobil-Puppenhaus, das schon in der Wohnung Einzug gehalten hatte. Sie wollte mir zeigen, wie man mit einer Kurbel einen Fahrstuhl auf und ab bewegte.

Ich tat, als betrachte ich mir den Vorgang, schielte aber auf den Kleiderschrank. Ich hatte Sascha noch nie mit einer Matroschka spielen sehen. Deshalb konnte ich lange warten, bis das Kind sie mal aus dem Schrank nehmen würde. Ich musste schon selbst handeln.

Leise entfernte ich mich von Sascha, öffnete die Schranktür und griff nach dem Püppchen in der obersten Regalreihe. Das Teil ließ mein Herz höher schlagen. Vorsichtig strich ich über das lackierte Holz. Jedes einzelne rote Herzchen auf dem schwarzen Untergrund war handgemalt und pulsierte. So kam es mir wenigstens vor. Es war ein Meisterwerk, das sah ich gleich.

Eben wollte ich die Matroschka aufschrauben, als ich Tatjanas klackernde Schritte im Flur vernahm. Vor Schreck ließ ich das Ding in meine Handtasche gleiten, machte zwei Schritte auf Sascha zu und lächelte Tatjana entgegen.

Meine Kundin bemerkte die offenstehende Schranktür sofort, schnalzte mit der Zunge und warf ihrer Tochter einen tadelnden Blick zu.

Mit den Gedanken ganz bei ihrem Problem schloss sie, ohne hinzublicken, die Tür und sagte auf Russisch zu mir: »Ich hab mir was anderes wegen dem Wasserhahn in der Gästetoilette überlegt. Nur so ein ganz gewöhnlicher aus Edelstahl ist ja langweilig für meine Schwester. Es könnte schon ein Schwan sein, meinst du nicht? In Weiß fände ich ihn hübsch. Komm mit, ich zeig dir, was ich meine.«

Das war nochmal gut gegangen, dachte ich und folgte ihr scheinbar geflissentlich. Als ich hinter ihr herlief, fiel mir wieder ihr kerzengerader Gang auf und das über den Rücken fallende dunkle, glatte Haar. Natürlich wusste ich genau, um welche Armatur es ging. Aber Tatjana liebte es, alles an Ort und Stelle mit ausholenden Bewegungen zu beschreiben. Und am nächsten Tag fiel ihr garantiert etwas Neues ein.

Vielleicht ein Wasserhahn in Form eines Kolibris. Bei dieser Frau wusste man nie. Vielleicht kam die Idee mit dem Schwan aber auch von ihrer Schwester. Mit der telefonierte sie nämlich andauernd und schickte ihr Fotos.

Über Tatjanas Ausführungen vergaß ich die Matroschka jedenfalls total.

»Wo bleibst du?«, rief Popow und holte mich aus meinen Erinnerungen.

Immer verzweifelter wühlte ich in meinen Taschen. Aber umsonst. Ich musste der Wahrheit ins Gesicht sehen: Die Matroschka war verschwunden.

Als ich ins Wohnzimmer zurückkehrte, streckte Popow die Hand aus. »Gibst du mir also? Damit wir haben Sache hinter uns.«

Ich schloss die Augen. Wie sollte ich meinem Chef erklären, dass die Holzfigur gar nicht hier war? Ich musste sie verlegt haben. An das Wort ›verloren‹ wagte ich nicht einmal zu denken. Sie war in meiner Handtasche gewesen, als ich die Vierzimmerwohnung verließ, so viel stand fest. Anschließend war ich einkaufen gegangen, hatte Erledigungen gemacht – Nils' Hemden aus der Reinigung geholt und etwas für ihn im Apple-Store besorgt beispielsweise. Hatte ich zu irgendeinem Zeitpunkt die Figur aus der Tasche genommen? Ich erinnerte mich einfach nicht daran!

Popow hielt noch immer die Hand ausgestreckt. »Sina, du musst hergeben. Ist doch wohl klar das.«

»Weißt du, Oleg, es ist so …« Ich leckte mir über die Lippen. »Die Matroschka«, ich holte tief Luft, »ist nicht hier.«

Er fixierte mich misstrauisch. »Wieso? Wo hast du?«

»Ich weiß nicht«, krächzte ich.

Popows Blick verdüsterte sich noch mehr. »Verstehe ich nicht. Ist nicht Knopf von Hose, ist so groß wie Barbiepuppe.«

Ich nickte stumm. Vielleicht hatte ich sie in der Reinigung stehen lassen. Oder bei Rewe. Oder …

Mit einem Mal wurde mir heiß. Hatte ich die Figur auf der Suche nach meinem Autoschlüssel aus der Handtasche genommen und auf dem Autodach abgestellt? Das sähe mir ähnlich. Ein Eierkarton war auf diese Weise auch schon mal zu Bruch gegangen. Die Matroschka musste in Trümmern in irgendeinem Straßengraben liegen, vielleicht auch in einem Gulli!

Popow sah mich an, als könnte er meine Gedanken lesen. »Sag nicht, dass sie ist kaputt. Zerstört?« Er fuhr sich mit beiden Händen über den Schädel. »Das ist sehr wichtige Puppe, Sina!«

O Gott, ich hatte es geahnt. »Wie teuer war sie denn?« Meine Frage war fast nicht zu hören.

Popow legte den Kopf schräg. »Hast du nicht auseinandergemacht Puppe? Hast du nicht gesehen, was ist drin?«

Ich schüttelte den Kopf. »Ich sagte dir doch, dass sie in meine Tasche gerutscht ist. Und seitdem … ist sie weg!«

Popow atmete tief durch. »Ich kann nicht das glauben, wirklich. Tatjana ist größte Kundin mit so viel Einfluss. Was soll ich sagen zu ihr?«

»Dass ich sie wieder beschaffe«, wisperte ich. »Ich werde alles tun, um sie –.«

Popows erneutes Kopfschütteln stoppte mich.

»Du feuerst mich doch nicht wirklich?«, wagte ich nachzufragen. »Wegen dieses einen Fehlers?«

Oleg schnaubte. »Ich mag dich gern, Sina, wirklich das tue ich. Aber muss ich setzen Zeichen für Tatjana.

Sie hat gesagt zu dir, sollst du nicht anfassen. Aber hast du. Und du hast sogar mitgenommen. Und jetzt du hast verloren!«

»Aber wen willst du denn meine Arbeit machen lassen?«, piepste ich. »Du sagst doch immer, es gibt keine Bessere als mich. Ich spreche außerdem Russisch, verstehe die Mentalität. Das bietet dir niemand sonst.«

Popow wiegte den Kopf. »Werde ich finden jemanden. Gibt viele russische Studenten von Architektur, die warten auf diese Chance. Da machst du dir keine Sorgen. Niemand ist unersetzlich.«

Es tat weh, das aus seinem Mund zu hören.

»Jetzt du kannst dich voll konzentrieren darauf, dass du wirst schwanger, Sina.« Er erhob sich. »Ich wünsche dir dabei viel Glück.«

Überrascht sah ich ihn an. Wieso wusste er von meinen Plänen? Hatte Nils ihm davon erzählt? Oder hatte er mitbekommen, dass ich gelegentlich vom Laden aus auf Kinderwunschforen surfte?

Als die Tür hinter meinem Chef ins Schloss fiel, legte ich die Hände vors Gesicht, starrte auf den Boden zu meinen Füßen und kämpfte mit den Tränen. Dann machte ich es wie Papa und ging an den Kühlschrank, griff nach der Flasche Wodka und nahm zwei große Schlucke. Und noch einen.

Jetzt war auch schon alles egal.

Kapitel 4

Als sich alles um mich herum zu drehen begann, stellte ich die Flasche ab. Ich musste sofort mit Milla reden. Normalerweise telefonierten wir mehrmals pro Woche oder wir trafen uns. Nur war jetzt in der Vorweihnachtszeit bei ihr im Café so viel los, dass sie kaum Zeit für ein Schwätzchen fand. Am besten ich fuhr gleich zu ihr. Sie würde mich in den Arm nehmen und mir solange gut zureden, bis es mir besser ging. Umgekehrt machte ich es immer genauso.

Milla betrieb zusammen mit ihrem Mann Jochen im Frankfurter Stadtteil Bornheim eine Konditorei, die ich für sie im Stil der Fünfzigerjahre eingerichtet hatte. Oft schaute ich zwischen Terminen bei ihr vorbei und wir tranken einen Kaffee oder Tee, ich knabberte ein paar ihrer selbstgebackenen Ingwer- und Orangenplätzchen oder kostete von Jochens leckeren Torten. Zum Hausangebot gehörte ein eigens für ihr Café kreierter Teller mit einer Kuchenauswahl in Sushigröße, sodass man viele ihrer Erzeugnisse probieren konnte. Auch die köstlichen Tees aus aller Welt, die Milla in verschiedenen Samowaren zubereitete, waren ein Alleinstellungsmerkmal in Frankfurt.

Ein Samowar ist ein russischer Teekocher. Er besteht aus zwei Teilen. Im unteren Teil wird Wasser gekocht und dann den ganzen Tag auf gleichbleibender Temperatur warmgehalten. In der eigentlichen Teekanne, die obenauf sitzt und vom heißen Kessel gewärmt wird, befindet sich Teesud, mit dem man seine Tasse zu etwa einem Drittel befüllen und anschließend mit dem Wasser aus dem Kessel aufgießen kann. Auf diese Weise kann man viele Portionen zubereiten und den ganzen Tag frischen Tee genießen.

Manchmal riefen Milla und ich, wenn ich bei ihr im Café war, gemeinsam bei Mama und Papa in Moskau an. Die Wohnung meiner Eltern in Offenbach stand seit ihrer Rückkehr in die Heimat leer. Die Miete war günstig, und meine Eltern wussten nicht, ob sie nicht doch eines Tages wieder öfter als nur zu Weihnachten hier sein würden. Milla und ich sahen in der Wohnung alle paar Monate nach dem Rechten. Wenn mich mein Gefühl nicht trog, waren wir lange nicht dort gewesen.

Milla und ich verstehen uns blind. Wir gleichen einander wie das berühmte Ei dem anderen, allerdings kleiden wir uns unterschiedlich. Während sie Kleider der Vierziger, Fünfziger und Sechziger liebt – Etuikleider, Petticoats und schlichte Jerseykleider –, bevorzuge ich den American-Countrygirl-Look: Jeans mit Nietengürtel, Stiefel, Hemdblusen, dann und wann ein langer Blümchenrock. Ich schminke mich gern, trage das braune, überschulterlange Haar offen, während Milla ihres früher am liebsten in einer hübschen Flechtfrisur unter Kontrolle hielt. Vor einiger Zeit hatte sie es sich kürzer schneiden lassen und föhnte sich meist im Stil der Fünfzigerjahre eine hübsche Welle hinein. Ihr liebstes Hobby war das Häkeln. Nichts war vor ihr sicher. Milla häkelte sogar Deckeldeckchen für Marmeladengläser.

Man würde uns nicht für Schwestern halten, hätten wir nicht – zumindest für Außenstehende – nahezu identische Gesichter, Stimmen und Gesten. Wir haben die ausdrucksstarken dunklen Augen unseres Vaters geerbt. Viele halten uns eher für Italienerinnen als für Russinnen.

Früher machten wir uns natürlich einen Spaß daraus, uns für die andere auszugeben. Doch inzwischen würde uns das keiner mehr abnehmen. Nicht nur unser Kleidungsstil war nicht zu verwechseln, auch unsere Figuren hatten sich im Laufe der Jahre verändert. Während ich immer noch so schlank wie mit Anfang zwanzig war, hatte sich Milla Rundungen zugelegt. Sie war nicht dick, auf keinen Fall. Aber sie hatte sicherlich eine Körbchengröße mehr als ich.

Eines jedoch war unverändert geblieben: Wenn es der einen nicht gut ging, spürte es die andere.

Kaum saß ich im Auto, traf eine Nachricht von ihr ein. **Was machst du? <3**

Bin auf dem Weg zu dir, schrieb ich zurück und schickte ein Smiley hinterher. Der Gedanke an Milla brachte mich wieder ein klein wenig zum Lächeln.

Den Mini hatte mir Popow als Geschäftswagen zur Verfügung gestellt, und bis er und Tatjana sich wieder beruhigt hatten, würde er hoffentlich nichts dagegen haben, wenn ich ihn weiter benutzte. Kurz erinnerte ich mich daran, dass ich ja vorhin einiges an Wodka getrunken hatte, und ich horchte in mich hinein. Aber nein. Alles in Ordnung. Ich fühlte mich völlig fahrtauglich.

Inzwischen hatte sich der düstere Himmel gelichtet, und die Sonne spitzte durch die Wolken. Es war knapp unter null, eine ideale Temperatur für ein wenig Schnee.

Es wäre so schön, wenn es schneien würde. Ich liebte Winterlandschaften wie aus dem Bilderbuch. So wie im letzten Winter. Da waren wir – Milla und Jochen, Johanna und Raul sowie Nils und ich – ein paar Mal im Taunus durch den verschneiten Wald spaziert und anschließend in einem romantischen Restaurant eingekehrt. Johanna war bereits schwanger gewesen und wir hatten gemeinsam davon geträumt, dass unsere Kinder zusammen aufwachsen würden. Aber nun hatte nur sie ihren kleinen Oskar. Außerdem war ich seit heute nicht nur nicht schwanger, sondern stand auch noch ohne Job da. Mir kamen schon wieder die Tränen.

Energisch wischte ich mir über die Augen. Selbstmitleid brachte mich keinen Schritt weiter. Nicht Jammern war die Devise, sondern Handeln. Genau! Ich könnte zum Beispiel bei der Reinigung und dem Rewe-Markt nachfragen, ob dort jemand die Matroschka abgegeben hatte. Möglicherweise war sie noch heil, und alles wurde wieder gut. Ich wollte meinen Job behalten, unbedingt, aber ohne dass Oleg Tatjana und all die anderen wohlhabenden Russinnen als Kundinnen verlor.

Ich fuhr gleich schneller, als mir all die Pläne in den Sinn kamen, die ich noch verwirklichen wollte. Die Kuhfelle! Indische Kühe, deren Farbe so anders war als die unserer Rinder. Die hatte ich Tatjana noch zeigen wollen. Oder die margeritengelb schimmernden Gardinen, die ich fürs Babyzimmer ihrer Schwester vorschlagen wollte. Wir hatten schon so viel Blau an den Wänden: Dunkelblaues Meer, hellblauer Himmel, Piratenschiff mit blauem Segel – die gelben Vorhänge würden sich fantastisch vor den Fenstern machen. Sie durfte mich einfach nicht feuern!

Langsam wich die Trauer der Wut. Ich hasste es, wenn die Leute mich nicht einmal anhören wollten.

Schwungvoll bog ich vom Ring in den Sandweg ein und drückte aufs Gas. In meinem Kopf schwirrten neue Einfälle für die Wohnung wie Wespen herum. Da tauchte von rechts ein Lieferwagen auf. Ich sah die rote Kühlerhaube neben mir aufragen, stieg augenblicklich auf die Bremse – doch hier hatte die Sonne den Bodenfrost noch nicht geschmolzen – und der Mini rutschte auf den Lieferwagen zu.

Ich schlug die Hände vors Gesicht, und es krachte. Mit einem Knall platzten die beiden Airbags. In meinen Ohren pfiff es und mir wurde für eine Sekunde schwarz vor Augen. Mein Herz raste wie noch nie.

Wie hatte mir das nur passieren können? Ich fuhr mir durch die Haare. Vorsichtig drehte ich meinen Kopf von einer Seite zur anderen. Ich konnte ihn noch bewegen. Glück gehabt. Zaghaft öffnete ich die Augen und sah grün. Vor meiner Windschutzscheibe war alles grün und stachlig. Langsam begriff ich: Das waren Weihnachtsbäume! Auf der Motorhaube stapelten sich Weihnachtsbäume. So eine verdammte …

»Junge Frau, ist Ihnen was passiert?« Der Fahrer war aus seinem Wagen gesprungen und pochte nun an meine Scheibe.

Hinter uns hupten die ersten Autos.

Er riss die Fahrertür auf und berührte mich an der Schulter. »Gott sei Dank, Sie sind unverletzt. Na, na, wer wird denn da weinen? Ist doch nur Blech.«

»Das sagen Sie«, schniefte ich und drückte auf meine Ohren, damit der Pfeifton aufhörte. Der Wagen war Popows Eigentum. Warum hatte ich nicht den Bus genommen? Jetzt war der Mini Schrott und ich würde Oleg informieren müssen genauso wie die Polizei.

»Fahren Sie doch mal an die Seite, Sie blockieren ja den ganzen Verkehr!«, rief jemand von hinten.

Der Fahrer des Lieferwagens machte eine beruhigende Handbewegung in Richtung der wartenden Autos und zeigte auf die Weihnachtsbäume, die auf, neben und unter meinem Mini lagen.

Beherzt griff er sich einen nach dem anderen und warf sie zurück auf die Ladefläche, verschloss die Klappe und gab mir ein Zeichen, dass ich zurückstoßen sollte.

Machte man nicht Fotos für die Beweisaufnahme? Na, er wusste hoffentlich, was er tat. Der Motor des Minis lief noch, und ich setzte zurück. Meine Knie zitterten. Es knirschte entsetzlich, als das Blech meines Autos wieder unter der Laderampe hervorgezogen wurde. Das Nummernschild segelte scheppernd zu Boden. Ich quetschte den Wagen in eine Lücke zwischen zwei Autos am Straßenrand, der Fahrer des Lieferwagens fuhr rückwärts in die Straße, aus der er gekommen war. Kurz darauf war er wieder bei mir und rief die Polizei an.

Kapitel 5

»Du musstest in ein Röhrchen pusten und dir Blut abnehmen lassen?«, fragte Milla fassungslos, als ich drei Stunden später bei ihr in der Konditorei an einem Tisch saß und die Hände an einer Tasse heißer Schokolade wärmte. Meine Schwester trug eines ihrer Etuikleider und schüttelte ungläubig den Kopf.

»Zum Glück hatte ich gar nicht so viel Promille. Das liegt wahrscheinlich am russischen Blut in meinen Adern«, scherzte ich, obwohl mir nicht danach zumute war. Oder am Müsli, das ich vorher gegessen hatte. Nachdem ich die Versicherung informiert hatte, war das Auto in die nächste Werkstatt gebracht worden. Natürlich hätte ich sofort Popow über den Unfall informieren sollen, aber dazu fehlte mir der Mut.

Ich knallte die Tasse auf den Tisch. »An allem ist nur Oleg schuld! Oder noch eher Tatjana, diese verwöhnte Kuh! Was stellt sie sich so an wegen einer Matroschka? Hätte sie mich das Püppchen ansehen lassen, wäre das alles nicht passiert. Sie hat den ganzen Schneeball erst ins Rollen gebracht!«

»Du klingst wie früher, Schwesterherz.« Milla schürzte belustigt die Lippen. »Du hättest auch akzeptieren können, dass sie es dir nicht zeigen wollte. Und dann die Finger davon lassen.«

»Aber du weißt doch, wie ich bin! Du sagst selbst immer, ich wäre wie ein Trüffelschwein, wenn es um schöne Dinge geht. Ich muss sie berühren und ergründen. Vor allem bei den Matroschkas. Da muss ich wissen, wie sie aufgebaut sind, welche Farben und Muster als nächstes zu sehen sind.« Ich warf meine Hände in die Luft. »Das ist doch verständlich! Bist du nie neugierig?«

»Curiosity kills the cat«, antwortete meine Schwester lakonisch und hob bedauernd die Schultern. Dann setzte sie sich zu mir auf die Bank, legte den Arm um mich und drückte mich an sich. »Ich bin mir sicher, dass alle sich beruhigen werden. Solange Tatjana oder ihre Schwester keine Juwelen oder Drogen in der Puppe versteckt haben, deren Fehlen sie jetzt in die Pleite stürzen, wird sie sich schon wieder einkriegen.«

Entsetzt sah ich meine Schwester an, doch sie lachte. »Ich mach nur Spaß.«

In diesem Moment zog es wieder in meinem Unterleib und ich klagte: »Zu allem Unglück bin ich auch diesen Monat nicht schwanger geworden. Dabei standen alle Zeichen so gut. Ich war mir diesmal so sicher, Milla!«

Meine Schwester wischte ein unsichtbares Staubkorn vom Tisch. »Bald wird es klappen, du wirst sehen, ganz bestimmt.«

»Hauptsache, du drängelst nicht vor«, versuchte ich mich an einem Witz, um meine Trauer zu überspielen.

Milla und Jochen wollten noch keine Kinder. Sie hatten bei unserer Doppelhochzeit vor zweieinhalb Jahren gesagt, dass sie damit warten wollten. Ihnen wäre es zu riskant gewesen, gleichzeitig die Konditorei zu eröffnen und eine Familie zu gründen.

Milla war noch immer mit der Sauberkeit ihres glänzenden Tischs beschäftigt. »Was sagt denn eigentlich Nils zu Popows Maßnahme? Die beiden kennen sich gut, arbeiten eng zusammen. Vielleicht kann er mit ihm reden?«

»Davor bangt es mir doch am meisten«, rief ich aus. »Nils wird so sauer sein. Und enttäuscht. Nicht nur wegen der Sache mit der Matroschka, sondern auch wegen dem Unfall. Wenn der wenigstens nicht auch noch passiert wäre.« Ich schluckte. »Dabei läuft es zwischen uns beiden schon die ganze Zeit total mies.«

»Vielleicht solltet ihr mal ein Wochenende wegfahren«, schlug Milla vor.

Wahrscheinlich war das keine schlechte Idee, besonders hinsichtlich meiner Pläne, unsere Ehe zu retten. Ob Nils sich loseisen konnte? Schließlich war nur ich arbeitslos.

Das Vibrieren meines Handys riss mich aus meinen Gedanken.

Milla erhob sich von ihrem Platz und begrüßte hereinkommende Gäste. Ich fischte mein Smartphone aus den Tiefen meiner Handtasche. Auf dem Display lachte mir Nils' Konterfei entgegen. Normalerweise schrieb er mir lediglich Textnachrichten, mein Mann war kein großer Telefonierer. Es sei denn, es brannte.

»Hallo Schatz«, meldete ich mich zögernd. »Was gibt's?«

»Du fragst mich, was es gibt, ist das dein Ernst?« Er stieß einen unfrohen Lacher aus. »Wo steckst du denn?«

»Bei Milla«, sagte ich. »Hat Popow dich etwa –.«

»Du bist zu Milla gefahren, anstatt mich mal kurz darüber zu informieren, dass du fristlos gekündigt wurdest? Wann hättest du mir das denn sagen wollen?«

Schon wieder stiegen mir Tränen in die Augen. »Ich wollte einfach nur zu ihr. Natürlich hätte ich mich bei dir gemeldet.«

»Und jetzt sitzt du da seit wie vielen Stunden rum, statt dich um diese Figur zu kümmern?« Seine Stimme klang ätzend. »Du musst diese Matroschka besorgen,

Sina. Popow hat mich vom Projekt abgezogen, weil Tatjana ihm Druck macht. Weißt du, was das für mich bedeutet? Es kann passieren, dass meine ganze Vorarbeit über den Haufen geworfen wird, wenn ein anderer das anpackt. Popow weiß das, aber ihm sind die Hände gebunden. Meint er. Ich weiß nicht, was ich von dem Ganzen halten soll, mir erscheint es überzogen, aber er sitzt nun mal am längeren Hebel.«

Mein Herz rutschte mir immer tiefer in die Hose. Das mit dem Auto hatte ich ihm ja noch nicht mal gesagt. Am besten ich brachte es gleich hinter mich, sonst warf er mir das nachher nur vor. »Da ist noch etwas, das du wissen musst, Nils«, begann ich weinerlich.

»Hast du etwa wieder im großen Stil geklaut, Sina? Ich fasse es nicht, wie kannst du nur!?«

»Nein, habe ich nicht!«, rief ich beherrscht. »Und auch die Matroschka habe ich nicht gestohlen, ich habe sie lediglich«, ich suchte nach Worten, »ausgeborgt. Und dann habe ich sie verloren. Ich weiß nicht, wo sie ist! Nach Popows Kündigung wollte ich sofort zu Milla, aber ich war so aufgeregt, und dann, und dann …«

»Und dann …?« Nils klang resigniert, als ahnte er bereits, was ich ihm sagen wollte.

»Der Mini ist kaputt«, hauchte ich.

Mein Mann schwieg. Dann tat er etwas, das er noch nie getan hatte: Er legte einfach auf.

Als Milla zurückkam und zu mir in die Bank rutschte, lagen drei vollgeweinte Papiertaschentücher in meinem Schoß.

»So geht es nicht weiter, Sina.« Meine Schwester streichelte mir über die Wange. »Ich wollte dir das schon so lange sagen, aber ich habe gedacht, es geht mich nichts an. Du hast auch den Eindruck gemacht, dass dir zumindest dein Job gefällt. Aber wenn du mich fragst, brauchst du eine Auszeit von der Arbeit und deinem Kinderwunsch. Schau mal, Nils verdient doch genug. Ihr kommt auch eine Weile ohne dein Gehalt über die Runden. Vielleicht machst du was Ehrenamtliches, tust was Gutes, kümmerst dich um andere. Ich habe das Gefühl, du lebst in dieser russischen Blase und weißt gar nicht mehr, was andere Menschen bewegt. Diese Tatjana hat dir ohnehin nicht gutgetan mit ihrem Gold hinten, Gold vorne. Sei froh, dass du sie los bist. Und Popow ist auch nicht besser. Er behandelt dich wie seine Leibeigene. Und sobald es schwierig wird, lässt er dich fallen. Statt zu dir zu stehen, feuert er dich. Das geht gar nicht.«

Sie hatte ja recht. Mit allem. Aber noch viel schlimmer war, dass Popow Nils von den Projekten abgezogen hatte. Sein Boss im Bauunternehmen war garantiert nicht begeistert, wenn er davon hörte. Vielleicht wusste er es sogar schon und machte Nils zusätzlichen Druck.

Leise berichtete ich meiner Schwester, was geschehen war. »Dieser Mann spinnt doch.« Sie tippte sich ungläubig an die Stirn. »Ich hoffe nur, dass Nils das genauso sieht.«

Der Knoten in meinem Bauch sagte mir etwas anderes. Wenn jemand Nils beruflich in die Quere kam, kannte mein Mann kein Pardon. Man konnte mir vorwerfen, dass ich die Babyplanung zu akribisch verfolgte. Aber Nils war bei seinen Bauprojekten nicht anders. Zu mir sagte er, ich sollte loslassen, aber er selbst ließ nie los. Er war ein strenger Projektleiter, der seinen Mitarbeitern unerbittlich auf die Finger schaute. Er war geachtet und gefürchtet. Ich hatte seinen Ruf ruiniert, meinetwegen zog Popow ihn vom Projekt ab. Ob mein Mann mir das würde verzeihen können? Ich war mir nicht sicher. In der Branche würde diese Degradierung sofort die Runde machen, und keiner würde glauben, dass es daran liegen könnte, dass *ich* ein Holzpüppchen verloren hatte.

Ich legte mein Gesicht in die Hände. Wie sollte ich meinem Mann unter die Augen treten? Diese Sache würde er mir ewig vorwerfen. Es sei denn, ich beschaffte die Matroschka. Angenommen, sie war nicht vom Autodach gerutscht. Immerhin bestand die Möglichkeit, dass ich sie woanders gelassen hatte. Erst einmal sollte ich also beim Rewe anrufen und fragen, ob dort eine traditionelle russische Holzfigur abgegeben worden war.

»Was ist?«, fragte meine Schwester, die noch immer neben mir saß. Zärtlich strich sie mir über den Arm. In Gedanken ging ich die Plätze durch, die ich an jenem Tag aufgesucht hatte.

»Rewe, Reinigung, Apotheke«, sprach ich vor mich hin und gab die Begriffe in mein Handy ein. Außerdem war ich bei H&M gewesen, hier bei meiner Schwester und bei Johanna. Ich sah auf. »Könntest du mit Sicherheit sagen, wo du in den letzten drei Wochen überall warst?«

Milla lachte und zählte an den Fingern auf. »Hier im Café, auf der Bank, beim Einkaufen, beim Arzt …«

»Bei welchem Arzt?«, fragte ich. »Fehlt dir was?«

»Nichts Schlimmes«, murmelte sie, tippte auf ihre Zähne und grinste mich an. »Zahnreinigung.«

Ich hob die Schultern. »Jedenfalls ist dein Radius kleiner.«

In diesem Augenblick fiel mir ein, dass ich zwischendurch auch in Wiesbaden gewesen war. Eine Freundin von Tatjana und ich hatten uns zum Kaffee getroffen. Ich erinnerte mich nicht einmal an den Namen des Lokals. Diese Freundin, Ekaterina, hatte aber weniger über die Ausstattung ihres Hauses als über Tatjana reden wollen. Ob mir an ihr ›etwas Verdächtiges‹ aufgefallen sei.

Wahrscheinlich spielte sie auf die Vierzimmerwohnung für Tatjanas Schwester an, aber ich hatte Tatjana mein Wort geben müssen, dass von dieser Wohnung niemand etwas erfahren dürfte. Russen sind große Geheimniskrämer. Wer kein Geheimnis hat, ist bedeutungslos. Und wer eines verrät, wird geächtet. Ich wollte mit ihren ganzen Machenschaften nichts zu tun haben und hatte mich bald verabschiedet.

Entmutigt ließ ich die Schultern sinken. Es gab so viele Orte, an denen die Figur sein konnte.

Milla sah mich aufmunternd an. »Ruf einfach überall an. Vielleicht hast du ja Erfolg. Und das ein oder andere fällt dir sicher noch ein.« Sie stand wieder vom Tisch auf, um sich um ihre Gäste zu kümmern. Die meisten waren Stammgäste und kannten mich.

Der Anblick von uns Zwillingsschwestern fasziniert viele Menschen. Manche Leute fragten uns, ob es stimmte, dass wir den Schmerz der anderen spürten, wenn diese krank war. Tatsächlich hatte sich Milla als Kind den Arm gebrochen und mir hatte sofort mein eigener Arm wehgetan. Ebenso war es uns schon mit Beulen gegangen oder einem verstauchten Fuß. Die Windpocken hatten wir gleichzeitig gehabt genauso wie unsere erste Periode. Auch unser Zyklus pendelte sich immer wieder gleich ein. Milla und ich waren wie ein Uhrwerk aufeinander abgestimmt.

Während ich erfolglos die Orte auf meiner Liste abtelefonierte, wurde mir mein Herz immer schwerer. Bei Rewe auf dem Parkplatz hatte niemand etwas gefunden. Genauso wenig in der Apotheke, in der Reinigung und bei H&M. Das Ding war weg, so viel stand fest. Schon der Gedanke, am Abend Nils gegenüberzutreten, verursachte mir Übelkeit. Die Vorstellung, in sein enttäuschtes Gesicht schauen zu müssen, war grauenhaft.

Vielleicht sollten Nils und ich einfach alles hinter uns lassen und von hier abhauen. War seine ersehnte Weltreise die Lösung all unserer Probleme? Beziehungsweise für mich das kleinere Übel? Aber selbst wenn ich mich dazu überwinden könnte, in den wanzenverseuchten Betten der weiten Welt zu schlafen, funktionierte das nicht. Eine Weltreise verlangte Planung. Außerdem kamen bald Mama und Papa aus Russland, um mit uns Weihnachten zu feiern. Die beiden wollte ich auf keinen Fall verpassen. Auch wenn ich keine Ahnung hatte, wie ich mir bis dahin fast einen ganzen Monat lang die Zeit vertreiben sollte. In unserer perfekt eingerichteten Wohnung hatte ich nichts zu tun.

Ich würde die ganze Zeit nur darüber nachdenken, wie ich ein Baby bekommen könnte und warum es bis jetzt noch nicht geklappt hatte. Langsam, aber sicher würde ich verrückt werden. Nils dagegen würde andere Projekte zugeteilt bekommen. Und den Rest der Zeit wäre ich seinem Zorn ausgeliefert.

Kapitel 6

Um kurz vor zwei kehrte ich nach Hause zurück. Als ich unsere Wohnungstür öffnete, roch ich Zigarettenrauch. Normalerweise war mein Mann nie vor halb acht zu Hause, genauso wenig wie ich. Das Rauchen hatte er vor zwei Jahren aufgegeben, als wir beide beschlossen hatten, ein Kind zu zeugen. Nach dem Desaster am Morgen schien dieser Traum endgültig zerplatzt. Was war nur mit uns passiert?

Ich schlüpfte aus den Schuhen, hängte Jacke und Mütze an die Garderobe und betrat das Wohnzimmer. Als ich Nils sah, blieb ich ängstlich stehen.

Er lehnte an der halbgeöffneten Balkontür und blies Zigarettenrauch in die eiskalte Novemberluft. Er hielt das Handy am Ohr und fuchtelte mit der Zigarette in der Luft herum.

»… kann aber so nicht weitermachen, Johanna«, vernahm ich seine Stimme. »Angenommen ich bleibe hier – wie soll das werden? Ich drehe durch bei dem Gedanken, dass es den ganzen Tag kein anderes Thema geben wird als ein Baby. Noch mehr als je zuvor.« Er nahm einen Zug. »Sie steht kurz vorm Eisprung und hat die Taktik geändert. Anscheinend soll jetzt ich die Initiative für Sex ergreifen – was vorher immer sie gemacht hat –, aber ich kann mich nicht dazu durchringen, es geht nicht!« Er fasste sich an die Brust. »Sie hat sogar so getan, als hätte sie Interesse an einer Weltreise, um mich damit zu ködern. Als ob! Irgendwann flippe ich noch aus!«

Johanna war nicht nur meine, sondern auch Nils' beste Freundin. Wir hatten uns auf ihrem Geburtstag kennengelernt, und es funkte sofort zwischen uns. Johanna hatte mir davor erzählt, dass ihr alter Freund Nils seit jeher ein Faible für Frauen mit osteuropäischem Akzent hatte. An diesem Geburtstag bot ich ihm mein gesamtes Repertoire aus Schlafzimmerblick und sowjetischem Gemurmel, und es war um ihn geschehen.

Als ich dann bei unserem ersten Date akzentlos redete, blickte er zuerst enttäuscht drein. So kam es mir wenigstens vor. Deshalb hielt ich es am Anfang unserer Beziehung für angebracht, öfters eine Showeinlage der naiven russischen Immigrantin für ihn hinzulegen. Zu meiner Erleichterung schlief dieses Spielchen irgendwann wieder ein.

Jedenfalls war es legitim, dass er mit Johanna über seine Probleme sprach; ich hatte ja auch mit Milla geredet. Ich verstand ihn sogar. Ich hielt es ja auch nicht mehr mit mir aus. Ich verursachte nur Probleme. War ständig auf Hilfe angewiesen. Verlor einen Job nach dem anderen, weil ich Sachen mitgehen ließ. Trank am frühen Morgen Wodka und fuhr Autos zu Schrott, die mir nicht gehörten.

Nils schüttelte den Kopf und nahm wieder einen tiefen Zug von der Zigarette, hustete leise. »Das habe ich ja auch gar nicht vor, aber ich kann unmöglich heute Abend oder morgen früh mit ihr hier sein. Ich hab Angst, dass ich Sachen sagen werde, die ich hinterher bereue. Dass Popow mich von den Projekten abgezogen hat ... ich meine ... Johanna, das läuft so einfach nicht. Verstehst du das?«

Er lauschte konzentriert Johannas Entgegnung und trat seine Zigarette auf den Balkonfliesen aus. »Zur Not gehe ich in ein Hotel.«

Fassungslos starrte ich auf seinen Rücken.

»Natürlich nicht für immer, aber ich brauche mal eine Auszeit, keine Ahnung für wie lange.« Er schlug mit der flachen Hand an den Türrahmen. »Nein«, schnauzte er. »Es renkt sich überhaupt nichts ganz schnell ein. Allein, wenn ich an Weihnachten und Silvester denke! Es wird wieder losgehen mit dem Thema, ob wir nächstes Jahr um diese Zeit zu dritt sein werden. Sie verpackt jedes Jahr ein Geschenk für unser ungeborenes Kind. Das ist doch bekloppt!«

Still wandte ich mich ab und tappte ins Schlafzimmer, schloss die Tür hinter mir und ließ mich aufs Bett fallen.

Wie sehr hatte ich gehofft, dass sich zwischen uns alles wieder einrenken würde. Ich hatte mir einen wirren Eherettungsplan ausgedacht, der auch ohne verloren gegangene Matroschka oder meinen Unfall gescheitert wäre. Diese Dinge waren nur das Tüpfelchen auf dem i gewesen. Nils würde in einem Hotel schlafen, ich wäre alleine hier. Für wie lange? Frustriert zog ich mir die Decke über den Kopf.

Als ich erwachte, war es mucksmäuschenstill in der Wohnung. Ein Blick auf den Radiowecker verriet mir, dass es erst sechzehn Uhr war. Ich kroch aus dem Bett und ging hinüber ins Wohnzimmer. Die Balkontür war verschlossen, die leere Wodkaflasche lag im Müll in der Küche. Am Badezimmerspiegel klebte ein Zettel mit den Worten: **Kann heute spät werden.**

Er wollte doch nach Hause kommen. Zu seiner bekloppten Frau, mit der er es nicht mehr aushielt. Wahrscheinlich hatte Johanna ihn dazu überredet.

Ich würde ihm das ersparen.

Kapitel 7

Im Treppenhaus des Wohnblocks meiner Eltern in Offenbach, in dem Milla und ich unsere Kindheit verbracht hatten, roch es nach Kohl und gebratenem Fett. Außerdem schwebte eine Mischung aus indischen Gewürzen und Weichspüler durch die Flure, als ich die Treppe in den dritten Stock erklomm. Über der Schulter trug ich eine Reisetasche mit den Dingen, die ich für die nächsten Tage benötigen würde.

Meine Stiefel stellte ich im Hausflur neben der Wohnungstür ab. Vor der Nachbarwohnung stand ein Schuhregal mit mehreren Paaren, es kam anscheinend noch immer nichts weg. Zögernd steckte ich den Schlüssel ins Schloss.

Es hatte Zeiten gegeben, in denen in der Wohnung meiner Eltern kein Durchkommen gewesen war, weil meine Mutter vermeintliche Mülltüten gehortet hatte. Dabei waren sie voller wertvoller Aufzeichnungen meines Vaters gewesen. Milla und ich hatten die Situation völlig falsch interpretiert. Zudem hatte das kaputte Klavier meines Vaters den Flur blockiert, und wir hatten nie verstanden, warum er es nicht einfach reparieren ließ.

Doch dieses Drama war zum Glück vorbei. Inzwischen war alles entsorgt und aufgeräumt; das reparierte Klavier hatte in Millas und Jochens Café ein neues Zuhause gefunden. Solange unsere Eltern noch in Frankfurt wohnten, hatte Papa, der in Russland Musik studiert hatte, morgens dort gespielt. Jetzt nutzten es gelegentlich Gäste. Ein Bekannter von Milla hatte meinem Vater eine Position als Pianist am Bolshoi Theater verschafft. Diese Chance konnte er sich nicht entgehen lassen, und sie waren zurück nach Russland gegangen. Es hatte eine Menge Papierkram erfordert, aber mit den Details hatten sie uns verschont.

Ich stellte mein Gepäck im Flur ab und betrat die schlauchförmige Küche mit dem schmalen Fenster. Das Gebäude war übereck erbaut, sodass man aus dem Küchenfenster über eine Ecke des Hofs hinweg in die Küche des Nachbarn schauen konnte. Früher hatte darin unser Hausmeister gewohnt. Danach war jemand eingezogen, den ich nicht kannte. Ich warf einen Blick nach drüben, doch es war niemand zu sehen.

Seufzend sah ich mich in der Küche um. Meine Eltern hatten die Filterkaffeemaschine, den Toaster und ihren silbernen Samowar hiergelassen. In diesem Raum hatte ich oft mit Oma gekocht, sie hatte mir viel über die Russische Küche beigebracht. Manchmal kochte ich auch für Milla und mich alleine, wenn Oma im Schrebergarten und meine Eltern auf der Arbeit waren. Als Zehnjährige bereitete ich natürlich noch keine komplizierten Gerichte zu. Damals entschied ich mich meist für Ravioli, Miracoli oder Salamitoast mit Gürkchen.

In letzter Zeit fand man mich in meiner Küche höchstens beim Kaffeekochen.

Das Eiche-rustikal-Dekor der Schränke und die dunkle Arbeitsplatte waren bei unserem Einzug topmodern gewesen. Genauso wie die hellbraunen Kacheln. Das ehemalige Weiß der Tapeten war vergilbt. Es sah aus, als hätten hier Kettenraucher gelebt, dabei war es eher Bratfett, das sich niedergeschlagen hatte.

Ich schaltete den Kühlschrank ein, der sofort vernehmlich zu brummen begann. Die grüne Plastikuhr an der Wand war stehengeblieben. Ich nahm sie vom Nagel und suchte eine Batterie zum Wechseln. Ein paar lagen in der obersten Schublade des Küchenschranks neben angerosteten Kugelschreibern mit Werbeaufdruck und einem Schlüsselanhänger mit dem Briefkastenschlüssel, einem harten Radiergummi, einer stumpfen Schere. Die Uhr tickte so laut, als wollte sie das Brummen des Kühlschranks übertönen.

Im Hof, den man vom Wohnzimmerfenster aus einsehen konnte, wuchs eine Pappel. Zwischen den kahlen Ästen wucherten Misteln, die Milla und ich früher für Vogelnester hielten. Gern hätte ich jetzt einen Zweig davon geerntet. Aber dazu hätte ich auf den Baum klettern müssen, und der war ziemlich hoch. Zu hoch.

Der Anblick des Stockbetts im ehemaligen Kinderzimmer weckte Erinnerungen an kuschlige Abende von Milla und mir unter der Wolldecke im unteren Bett. Wir hatten uns Geschichten erzählt und davon geträumt, eines Tages Prinzessinnen mit ganz vielen Kindern zu sein, deren Männer furchtbar reich und großzügig und wichtig waren.

Ich wanderte durch die stillen Räume. Zurück in der Küche ließ ich mich auf einen der beiden Holzstühle sinken. Was sollte ich hier mit mir anfangen? Höchstwahrscheinlich würde ich depressiv werden, wie es mein Vater gewesen war, bevor seine Musik ihn rettete.

Ich hatte meinem Mann ebenfalls eine Nachricht am Spiegel hinterlassen: **Bin in Offenbach in der Wohnung meiner Eltern. Werde dortbleiben, bis du wieder mit mir sprechen kannst.**

Zuerst hatte ich schreiben wollen ›bis du keine Auszeit mehr von mir brauchst‹. Aber vielleicht würde sich daran ja nichts ändern. Möglicherweise war es vorbei.

Natürlich hoffte ich, dass er jeden Moment an der Tür auftauchen und sagen würde, dass er mir verzieh und dass er es gar nicht ohne mich aushielt. Doch tief in meinem Inneren wusste ich, dass das nicht passieren würde. Es wäre unfair, zu sagen, dass Nils seinen Job über alles – und damit auch über mich – stellte. Doch er definierte sich durch seine Arbeit, durch das Gelingen seiner Projekte. Wenn ich ihm das nahm, dann nahm ich ihm den Sinn für seine Existenz. Es klang pathetisch, zugegeben. Dennoch traf es den Kern der Sache. Ich hatte Nils mit meinem unüberlegten Tun zu tief in die Sache mit hineingezogen, und wenn überhaupt, würde es eine Weile dauern, bis er sich davon erholt hatte. Dabei gab es nicht einmal etwas zu verzeihen. Wenn nur Tatjana nicht so störrisch wäre!

Ich kramte mein Handy aus der Tasche und schrieb eine Nachricht an meine Schwester und an Johanna, informierte die beiden, dass ich in der Wohnung meiner Eltern war, und dass sie vorbeikommen konnten, wann immer sie wollten. Es erschien mir unwahrscheinlich, dass Johanna auftauchen würde. Jeder Ausflug mit dem kleinen Oskar war ein Kraftakt für sie. Manchmal kam sie erst nachmittags aus dem Schlafanzug heraus. Wenn man mich fragte, war es all das wert. Um ein Kind zu haben, würde ich so viel in Kauf nehmen.

Die Antwort von Milla kam sofort. **Komme zu dir, wenn ich den Laden abgeschlossen habe**.

Erleichtert ging ich ins Wohnzimmer und legte mich aufs Sofa, schaltete den Fernseher ein. Ein russischer Sender berichtete vom Schneechaos in Moskau. Vielleicht hätte ich meine Eltern darüber informieren sollen, dass ich eine Weile in ihrer Wohnung bleiben würde. Doch welche Sorgen würde ich damit entfachen? Nach Meinung unserer Eltern ließen sich deutsche Frauen – die Milla und ich in ihren Augen waren – viel zu schnell scheiden. In jedem Telefonat kam früher oder später die Frage: »Und, noch alles gut mit der Liebe?«

Ganz so, als warteten sie nur darauf, dass unsere Ehen in die Brüche gingen.

Als es an der Tür schellte, zuckte ich zusammen.

Nils, lautete mein erster Gedanke. Oder jemand drückte alle Klingelknöpfe auf einmal. So hatten Milla und ich das früher auch getan, wenn wir ins Haus wollten.

Doch als ich durch den Türspion spähte, entdeckte ich ein Mädchen vor der Wohnungstür. Das dunkelgelockte Kind trug einen azurblauen Anorak, eine pinkfarbene Wollmütze und einen buntgemusterten Schulranzen.

Ich beschloss, so zu tun, als wäre niemand da, und schlich zurück ins Wohnzimmer. Es war ja eigentlich auch keiner hier. Das Mädchen klingelte nicht noch einmal, und ich war froh darüber. Was interessierten mich fremde Kinder? Ich bekam ja nicht mal ein eigenes hin. Abends kam Milla vorbei und wir gingen noch einmal alle Orte durch, an denen die Matroschka sein mochte. Doch so langsam verlor ich das Interesse an ihr. Angenommen sie tauchte wieder auf. Würde das etwas an der ganzen Misere ändern? Ich war enttäuscht von Popow, dass er mich einfach so fallen gelassen hatte. Und von Nils, dass er nicht zu mir stand, sondern stattdessen Popow recht zu geben schien. Warum war er eigentlich auf mich wütend und nicht auf seinen Chef?

»Ich vermute, Männer ticken da anders«, sagte Milla. Wir saßen in der Küche und löffelten die Suppe, die sie von einer Bornheimer Suppenküche mitgebracht hatte. »Sie behalten gern die Kontrolle, und du hast sie den beiden durch deinen Fehler entzogen.«

»Tja«, entgegnete ich, »aber nicht mit Absicht.«

Milla lächelte. »Vielleicht finden sie gerade das am schlimmsten.«

Die nächsten beiden Tage verbrachte ich mit zum Pferdeschwanz hochgebundenen Haaren in Jogginghose oder Bademantel vor dem Fernseher, schaute mangels Streaming-Kanal mehrere Zoo-Reportagen, begleitete Polizeiteams oder Notfallärzte bei ihren täglichen Einsätzen in Problembezirken und riet in Quizshows mit, ob es ›das Nutella‹ oder ›die Nutella‹ hieß.

Hin und wieder setzte ich mich ans Wohnzimmerfenster und sah hinaus zur Pappel oder beobachtete im Hof einen orientalisch aussehenden Typen Mitte Dreißig dabei, wie er den Müll trennte und den Boden fegte. Seine dynamischen Bewegungen wirkten so, als würde ihm seine Arbeit Spaß machen. Ich beneidete ihn um seine Zufriedenheit. Wahrscheinlich führte er ein glückliches Leben mit einer lieben Frau und einer Handvoll Kindern.

Am Nachmittag half er einer alten Dame, die sich mit den Einkaufstüten auf ihrem Rollator abmühte, über den Parkplatz und schenkte ihr ein verschmitztes Lächeln. Als Dank übergab sie ihm einen Karton Eier. Ich sah den beiden dabei zu, wie sie diskutierten. Offenbar wollte der Mann die Eier nicht annehmen, doch die Dame bestand darauf.

Ich schüttelte den Kopf. Er sollte sie ruhig nehmen, die Eier. Frau und Kinder würden sich bestimmt freuen. Damit konnte man eine Menge Pfannkuchen backen.

Das sah er wohl auch endlich ein, denn er gab nach und stellte den Karton aufs Dach eines alten Volvos. Anschließend holte er zwei leere Wasserkästen aus dem Haus, lud sie in den Kofferraum und setzte sich ins Auto. Anstatt loszufahren, hantierte er mit seinem Handy, schrieb eine SMS oder was auch immer. Der Karton stand noch immer auf dem Autodach.

Der wollte doch jetzt nicht wegfahren? Dann flogen die Eier im hohen Bogen vom Dach – wie vielleicht die Matroschka bei mir. Das gab eine Sauerei!

Kurzentschlossen zog ich den Bademantel enger um mich, schlüpfte im Flur in ein Paar Pantoffeln meiner Mutter und rannte nach unten. Als ich atemlos im Hof ankam, startete er gerade den Wagen.

»Halt! Ihre Eier sind gleich Matsch!« Mit beiden Armen winkend sprang ich vor sein Auto.

Der Motor wurde abgewürgt, der Mann schaute erschrocken durch die Windschutzscheibe. Einen Moment lang sah ich im Geiste, was sich vor seinen Augen abspielte: Eine fremde Frau im Bademantel, mit zerzausten Haaren und zu großen Hausschuhen an den Füßen hüpfte aufgeregt vor seinem Auto herum.

Egal. Jetzt war ich schon mal da. Ich hob den Zeigefinger als Zeichen dafür, dass er warten sollte, und holte die Eierpackung vom Autodach. Triumphierend schwenkte ich sie in der Luft. Ups. Der Bademantel war aufgeklappt. Herrje. Schnell richtete ich den Ausschnitt.

Die Handbremse wurde angezogen. Der Mann stieg aus dem Auto. In seinen dunklen Augen blitzte es.

»Hier! Ihre Eier.« Ich hielt ihm den Karton entgegen.

»Danke, das ist sehr nett von Ihnen«, sagte er in akzentfreiem Deutsch. Mein unkonventioneller Aufzug schien ihm nicht aufzufallen. Jedenfalls ließ er sich nichts anmerken.

Er lächelte mir zum Abschied zu und stieg ein, legte die Eierpackung neben sich auf den Sitz. Dann ließ er den Motor an und fuhr mit einem kurzen Winken davon.

Fröstelnd schlang ich die Arme um mich und sah ihm nach. An irgendwen hatte er mich erinnert.

Diese dichten schwarzen Wimpern um die dunkelbrau-
nen Augen, die kleinen Lachfältchen.

Na, das würde mir schon wieder einfallen. Jetzt
brauchte ich erst einmal ein warmes Bad.

Kapitel 8

A m zweiten Abend meines Aufenthalts besuchte mich Milla wieder und wir orderten Tikka Masala von einem Lieferservice. Als Nachspeise kauten wir ein paar hart gewordene Gummibärchen aus dem Süßigkeitenvorrat unserer Eltern.

Ich war froh, dass Milla bei mir war. So musste ich nicht im Stillen die ewige Frage in meinem Kopf hin und her wälzen, wie Nils meine Nachricht am Spiegel aufgenommen haben mochte. Das tat ich eh den ganzen Tag. Ich traute mich nicht, ihm zu schreiben, wollte ihm Zeit geben, auf mich zuzugehen. Und er hatte ja bereits angekündigt, dass er eine längere Auszeit benötigte.

Aber wenigstens abends konnte ich mit meiner Schwester darüber reden. Ich befürchtete, dass er immer noch böse auf mich war. Sonst hätte er sich gemeldet. Ob er mich wenigstens ein bisschen vermisste?

»Ganz sicher.« Milla drückte mich an sich. »Er liebt dich doch.«

Die Einsamkeit, die ich bei meiner Ankunft in der leeren Wohnung verspürt hatte, wurde jedenfalls nicht weniger. Und so rief ich am Freitagnachmittag Johanna an und bat sie, mich abends zu besuchen. Zu meiner Freude sagte sie zu. Milla wollte auch wieder kommen.

Ich kam gerade aus der Dusche und hatte mir eine schwarze Jeans und einen weichen hellgrauen Strickpulli angezogen, als es an der Tür läutete. Für Milla und auch für Johanna war es eigentlich noch zu früh.

Der Blick durch den Türspion bestätigte meine Annahme.

Es war wieder das Mädchen mit den dunklen Locken.

Erneut trug sie Jacke und Mütze und einen Ranzen auf dem Rücken.

Ich öffnete die Tür. »Kann ich dir irgendwie helfen?«

Das Kind deutete auf meine Stiefel, die seit Mittwoch neben der Fußmatte abgestellt waren. »Wohnst du jetzt hier?«

Ich schüttelte den Kopf. »Meine Eltern haben hier gewohnt, ich bin nur vorübergehend hier.«

Sie zuckte mit den Schultern und zeigte zu der Wohnungstür mit dem Schuhregal. »Wir sind Nachbarn. Ich wollte mal Hallo sagen.«

Ich lächelte und hielt ihr die Hand hin. »Ich bin Sina und wer bist du?«

»Leila«, antwortete das Mädchen. »Kann ich reinkommen?«

Ich rührte mich nicht von der Stelle. »Sicher wartet deine Mama mit dem Essen auf dich.«

»Ich habe keine Mama.« Wieder zuckte das Mädchen mit den Schultern. »Ich habe nur einen Papa, und mein Papa arbeitet noch. Er kommt um sieben.«

Ich warf einen Blick auf meine Armbanduhr. Es war halb sechs. »Hast du keinen Schlüssel?«

»Natürlich.« Leila deutete auf ihren Ranzen. »Da drin.« Sie zögerte. »Kannst du auch Blini machen wie Hedwig?«

Ich sah die Kleine überrascht an. Hedwig war der Name meiner Mutter. Es war mir neu, dass Mama Kontakt zu den Leuten im Haus pflegte. Als Milla und ich hier gewohnt hatten, waren unsere Eltern nicht kontaktfreudig gewesen. Außer mit dem früheren Hausmeister hatte es nicht viele Berührungspunkte mit anderen Mietern gegeben. Nicht einmal zur russischen Gemeinde hatten sie Bande geknüpft. Ich war im Übrigen selbst nicht auf nachbarschaftliche Kontakte aus. In dem

Haus, in dem Nils und ich wohnten, beschränkten sich diese auf das Grüßen im Treppenhaus.

Das Mädchen mochte also Blini. Blini sind eine traditionelle russische Nachspeise. Es handelt sich um handtellergroße, dicke Pfannkuchen, die meist mit Schmand und Marmelade gegessen werden. Plötzlich fiel mir ein, dass Mama doch mal jemanden erwähnt hatte. Ein Marokkaner mit Tochter hatte den Hausmeisterdienst vom Vorgänger übernommen. Ich hatte das Bild eines älteren Mannes im Kopf gehabt, dessen unverheiratete Tochter bei ihm wohnte.

Zögernd sagte ich: »Natürlich kann ich Blini, nichts leichter als das. Aber ich hab gar nichts da, womit ich sie –.«

»Kein Problem«, unterbrach mich Leila. »Wir haben alles im Haus. Buchweizenmehl und Hefe, dazu gibt es Schmand mit Erdbeermarmelade und Zucker. Ja?«

Ich grinste kopfschüttelnd. Die Kleine ließ sich offenbar nicht so leicht abwimmeln, jetzt, wo ich ihr geöffnet hatte.

»Also, was ist?«, fragte Leila. »Haben wir einen Deal?«

Ich lachte. »Einen Deal?« Dann zuckte ich die Schultern. »Meinetwegen.«

Leila klatschte in die Hände und schwang ihren Ranzen vom Rücken, kramte aus einer Seitentasche einen Schlüssel hervor und sperrte die Tür zur Nachbarwohnung auf.

»Komm ruhig rein«, rief sie und verschwand im Flur.

»Ich warte hier«, rief ich zurück, auch wenn ich durchaus neugierig auf ihre Wohnung war. Ich liebe es seit jeher, einen Blick auf fremde Einrichtungen zu erhaschen. Die Wohnungseinrichtung sagt so viel über einen Menschen aus.

Eigentlich hätten viele Leute Beratungsbedarf, allerdings ist es unter Deutschen nicht üblich, für solche Dinge Geld auszugeben. Sie sind der Meinung, einrichten könnte jeder. Umso dankbarer war ich für meine russische Kundschaft.

Wie sich herausstellte, kannte meine kleine Nachbarin das Rezept für den Teig auswendig. Und nicht nur das. Sie wusste, wo in Mamas Küche das Rührgerät und die passenden Pfännchen zu finden waren. Gemeinsam rührten wir den Teig, und Leila erzählte mir ihre Lebensgeschichte. Ihr Papa hieß Elyas. Er war sechsunddreißig Jahre alt und arbeitete als Krankenpfleger in der Uniklinik. Nebenbei übernahm er Hausmeisterdienste im Wohnblock. Dann war ihr Vater vermutlich der Mann, den ich schon im Hof gesehen hatte. Da hatte ich mit meiner Einschätzung, dass er eine Frau und eine Handvoll Kinder hatte, wohl knapp danebengelegen.

Geboren war ihr Papa in Marrakesch. Er war als Kind nach Deutschland gekommen und hier zur Schule gegangen, sein Papa war Deutscher, der an der Botschaft gearbeitet hatte, und dabei Elyas' Mama kennenlernte. Deren Familie war christlichen Glaubens, und hatte daher wenig Einwände gegen diese Beziehung gehabt.

An ihre Mutter konnte Leila sich nicht erinnern. Sie war zusammen mit Leila im Auto verunglückt, als diese noch ein Baby war. Nur Leila überlebte in ihrem Kindersitz.

Als sie mit ihren Erzählungen geendet hatte, sah das Mädchen mich bekümmert an. »Papa sagt, sie war eine sehr liebe Mama, die so gern noch bei uns geblieben wäre. Aber ich frage mich, warum sie nicht besser aufgepasst hat.«

Ich suchte nach tröstenden Worten. Doch beim Wenden der Blinis wechselte Leila schon wieder das Thema. Sie machte eine ausschweifende Handbewegung in die Küche meiner Eltern hinein. »Ich male dir ein paar Bilder für die Wände. Dann sehen sie nicht mehr so hässlich aus.«

»Das ist sehr nett von dir«, entgegnete ich lachend, »aber ich werde vielleicht erst einmal streichen.«

Tatsächlich sollte ich das tun. Allein beim Anblick der vergilbten Wände verdüsterte sich meine Stimmung, die sich durch Leilas Anwesenheit merklich gehoben hatte. Ich würde renovieren. Ich würde wieder russisch kochen und am Main, der auch von hier nicht weit war, spazieren gehen. Möglicherweise gab es den Flohmarkt noch, sicher aber den Wochenmarkt auf dem Marktplatz. Vielleicht auch den Griechischen Händler, bei dem wir immer Brot gekauft hatten. Da ich die Matroschka nicht wiederbekommen würde, konnte ich nicht darauf setzen, kurzfristig in mein altes Leben zurückkehren zu können.

Leila und ich aßen unseren dritten Blin, als ich den Schlüssel in der Haustür hörte.

»Ist das dein Mann?«, fragte Leila.

Ich schüttelte den Kopf. »Meine Schwester nehme ich an. Hat Hedwig dir nie erzählt, dass sie Zwillingsmädchen hat?«

Leila hielt sich die Hand vor den Mund. »Vergessen.«

Ich rief meiner Schwester zu, dass ich in der Küche war, und schon lugte sie mit vor Kälte geröteten Wangen zu uns hinein. »Du hast Besuch?«, fragte sie und sah Leila mit hochgezogenen Augenbrauen an.

»Boah.« Das Mädchen sah von mir zu Milla und wieder zurück. »Ihr seht ja haargenau gleich aus.« Dann blickte sie mich an. »Aber du bist cooler.«

»Darf ich vorstellen: Milla«, ignorierte ich schmunzelnd Leilas Worte. Ich stand auf und begrüßte meine Schwester mit einem Kuss. Unter dem Arm trug sie eine Keksdose, die garantiert mit frisch gebackenen Orangenkeksen gefüllt war. »Das ist Leila aus der Wohnung nebenan.«

»Hast du dich ausgesperrt?«, erkundigte sich Milla bei ihr und starrte auf den Berg Blini auf dem Tisch.

»Darf ich? Ich verhungere.«

Während Milla Blini in sich hineinstopfte, erzählten Leila und ich, wie es dazu gekommen war, dass wir hier zusammensaßen. Auch meiner Schwester gegenüber gab die Kleine noch einmal ihre Lebensgeschichte zum Besten.

Da klingelte es wieder. Das Mädchen rutschte vom Stuhl. »Das wird Papa sein!« Und draußen war sie.

»Süßes Kind«, raunte Milla. Sie betrachtete mich eingehend. »Du siehst schon viel besser aus. Irgendwelche Neuigkeiten von Nils?«

Ich hob die Schultern. »Kein Wort. Er hält ganz schön lange durch.«

Milla schüttelte den Kopf. »Er wird sich bald beruhigen, und alles ist wieder gut. Du weißt doch, dass er dich gern ein bisschen zappeln lässt.«

Tatsächlich hatte mein Mann mich schon öfter zappeln lassen, wenn wir im Streit lagen. Er hatte keine Schwierigkeiten damit, die Dinge auszusitzen. Ehrlich gesagt war immer ich diejenige, die den ersten Schritt tat und um ein Gespräch bat. Bevor wir heirateten, ließ er mich sogar einmal in dem Glauben, er hätte eine andere, weil er meinte, ich könnte einen Denkzettel vertragen. Wie in der Kindererziehung.

Man beobachtet, wie sich das Kind in einem Kaufhaus entfernt. Irgendwann meint es, es sei verloren gegangen und bekommt Panik. Dann rettet man es, und es wird in Zukunft nicht mehr davonlaufen.

Ich hatte mich schon häufig so gefühlt. Zum Beispiel, als ich meinen Job in der Anwaltskanzlei verlor. Hinter den Kulissen verhandelten Popow und Nils über ein neues Tätigkeitsfeld für mich, ohne mich in ihre Planungen einzubeziehen. Oleg pachtete den Laden, Nils mietete unsere Wohnung – und dann stellten die beiden sich als meine Retter dar und mich vor vollendete Tatsachen. Damals hatte ich es natürlich anders gesehen. Ich war voller Dankbarkeit. Heute war das erste Mal, dass ich anders darüber dachte. Dabei war das doch ungerecht. Alle hatten sich für mich ein Bein ausgerissen. Ob sie jetzt gerade auch wieder Strippen zogen, um meinen Kopf zu retten?

Ein Klopfen im Türrahmen der Küche schreckte Milla und mich auf.

»Guten Abend zusammen«, sagte der Mann, den ich im Hof gesehen hatte. Der mit dem Eierkarton. O Gott, ich war im aufklaffenden Bademantel und Mamas Hausschuhen vor ihm herumgeturnt! Nur nicht daran denken …

Leila schmiegte sich an ihn und schlang die Arme um seine Hüften. Mit den dunklen Augen und Locken war seine Tochter ihm wie aus dem Gesicht geschnitten. Er trug eine dunkelblaue Jeans und einen naturweißen Wollpullover, der sich wahnsinnig gut von seiner olivfarbenen Haut abhob.

Auch er starrte Milla und mich an. »Und wer ist wer?«

Meine Schwester fand zuerst die Sprache wieder. Sie stand auf und hielt Leilas Vater die Hand hin. »Milla.« Dann zeigte sie auf mich. »Und das ist Sina, die hier ein paar Tage wohnen wird. Unsere Eltern scheinen Sie ja schon zu kennen.«

»Freut mich, ich bin Elyas«, sagte Leilas Vater. »Elyas Bertal.«

Grundgütiger! Jetzt wusste ich, an wen mich sein Aussehen erinnert hatte. Der Typ hieß nicht nur so, er sah auch noch aus wie Elyas M'Barek. Endlich erhob auch ich mich von meinem Platz und gab ihm die Hand. »Möchten Sie vielleicht Blini? Es sind noch welche da.«

Er hob bedauernd die Schultern. »Leila und ich müssen noch nach den Hausaufgaben schauen. Morgen hab ich Wochenenddienst und sonntags machen wir gern frei.«

»Natürlich«, entgegnete ich.

»Ein andermal vielleicht. Wie lange sind Sie hier?«

»Ich weiß es noch nicht.« Ich strich mir das Haar hinter die Schulter. »Wahrscheinlich noch ein paar Tage.« Bis Nils sich wieder beruhigt hatte, konnte ich mich mit der Renovierung ablenken. Und vielleicht kam auch Leila noch mal vorbei.

»Darf ich morgen zu dir?«, fragte sie prompt. »Ich bin dir auch nicht im Weg! Ich will nicht zur Tagesmutter. Bei Brigitte ist es immer so laaangweilig.«

Ihr Vater tätschelte ihr den Kopf. »Bitte dräng dich nicht auf. Und Brigitte rechnet fest mit dir.«

»Aber wir machen immer dasselbe: Vorlesen und Lego spielen. Und dauernd fragt sie nach den Hausaufgaben, auch, wenn ich schon längst alle gemacht habe!«

»Mich würde Leila bestimmt nicht stören«, sagte ich zu Elyas Bertal. »Ich kann etwas Gesellschaft gebrauchen. Es sei denn, das geht nicht so kurzfristig, dann kann man nichts machen.« Abwartend sah ich Leilas Vater an.

Er hob die Hände. »Ich überlege es mir, in Ordnung? Geben Sie mir noch Zeit, bis ich Leila ins Bett gebracht habe?«

»Kein Problem«, versicherte ich und verabschiedete mich kurz darauf an der Tür von den beiden.

Im selben Moment erklang wieder die Türglocke. Diesmal von der Haustür unten.

Durch die Gegensprechanlage schallte mir Johannas Stimme entgegen. »Huhu«, rief sie. »Hier ist die Vermittlerin!«

Ich grinste und betätigte den Türöffner.

Auf der Kapuze von Johannas Anorak lagen Schneeflocken. Sie streifte sie vor der Wohnungstür ab und stellte ihre Stiefel neben die von Milla und mir.

»Schneit es?«, fragte ich überrascht.

»Hast du noch nicht aus dem Fenster geguckt?« Sie gab mir einen Kuss auf die Wange. »In der Wettervorhersage heißt es: Schneefall bis die Niederungen.« Sie reckte die Nase in die Luft. »Rieche ich Blini?«

Ich winkte sie mit mir in die Küche, wo sie sich sofort über die restlichen Küchlein hermachte. Milla und ich räumten derweil die Küche auf.

»Ich hatte eigentlich nicht erwartet«, sagte Johanna mit vollem Mund, »dass ich dich so gut gelaunt vorfinde.«

Milla nickte nachdrücklich. »Geht mir genauso. Heute Morgen war sie noch am Boden zerstört. Aber inzwischen sind ihr ein kleines Mädchen und ihr attraktiver Papa begegnet.« Sie zwinkerte Johanna verschwörerisch zu. »Ein alleinerziehender Krankenpfleger, der auch noch handwerklich begabt ist.« Lachend fügte sie hinzu:

»Er roch lecker. Ich habe das Gefühl, Nils wäre beunruhigt, wenn ihm das zu den Ohren käme.«

Natürlich machte sie nur einen Witz. Dennoch fühlte ich mich ertappt.

»Dass ich so nicht drauf bin, solltest du aber wissen«, murrte ich. »Außerdem würde Nils niemals auf so einen Mann eifersüchtig sein. Ein Krankenpfleger mit Hausmeisternebentätigkeit ist unter seiner Akademiker-Würde.«

Johanna wiegte mit dem Kopf. »Da könntest du dich aber täuschen. Wie wir alle wissen, kannst du Nils die gesamte Städteplanung übertragen und er weiß, wie man – theoretisch – eine Mauer setzt. Aber praktisch hat er zwei linke Hände. Oder hat er auch nur eine einzige Lampe in eurer Wohnung aufgehängt? Und andere zu pflegen, gehört auch nicht gerade zu seinen Stärken. Ich erinnere dich nur an das eine Mal, als du diese schlimme Grippe hattest.« Sie leckte sich die Finger ab und griff dann nach einem Küchenkrepp, tupfte sich die Mundwinkel. »Sollte er sich bei dir melden, erzähl ihm ruhig von diesem Nachbarn – und lass ihn zappeln.« Sie zwinkerte mir verschwörerisch zu. »Er erwartet, dass du spätestens morgen angekrochen kommst und ihn tränenreich um Verzeihung bittest. In Wahrheit ist er doch froh, dass du ihm Popow vom Hals geschafft hast. Weißt du, wie oft er schon gesagt hat: ›Wenn Sina nicht für ihn arbeiten würde, würde ich gar kein Projekt mehr von ihm annehmen‹?«

Mit offenem Mund starrte ich meine Freundin an und ließ den Teller sinken, den ich gerade abtrocknete. »Wirklich?«

Johanna knüllte das Papier zusammen und legte es auf ihren Teller. »Natürlich ist es so. Er will die Oberhand behalten. Aber wenn er erfährt, dass hier ein gutaussehender Typ in Reichweite ist, bekommt er vielleicht endlich mal Schiss.«

Milla lachte auf. »Und wie stellst du dir das vor? Soll Sina mit dem armen Mann flirten und ihn dann wieder fallen lassen? Du hättest sehen sollen, wie er sie angestarrt hat.«

Ich tippte mir an die Stirn. »Er hat uns beide angestarrt, weil wir Zwillinge sind. Für eine nähere Inspektion war er viel zu kurz hier.«

Milla winkte ab. »Bisher gab es nur einen einzigen Mann, der sich spontan in *mich* verguckt hat, und das ist meiner.« Sie sah versonnen in die Ferne. »Aber wenn ich mir diesen Elyas Bertal im Cordanzug vorstelle, könnte er auch mir gefährlich werden.«

Ich kicherte. »Schon klar.« Millas Jochen hatte vor fast drei Jahren mit ebendiesem Cordanzug ihre Aufmerksamkeit erregt, und sie hatte einiges auf sich genommen, um ihn sich zu angeln. Die beiden waren nicht nur innerlich, sondern auch rein äußerlich hoffnungslos altmodisch. Allein Millas heutiges Outfit erinnerte mehr denn je an das von Grace Kelly. So lange ich denken konnte, hatte ich meine Schwester keine Hosen oder auch nur ein T-Shirt tragen sehen. Sie besaß unzählige Kleider, die meisten von ihnen Einzelstücke aus dem Secondhand-Shop.

»Mir kann überhaupt niemand gefährlich werden«, widersprach ich.

»Das will ich auch hoffen«, entgegnete Johanna. »Das sollte keine Aufforderung zu einem Seitensprung sein. Gott bewahre.« Stirnrunzelnd sah sie mich an. »Ich habe dir doch jetzt keinen Floh ins Ohr gesetzt?«

Ich grunzte abfällig und räumte einen Teller in den Schrank, griff dann zu ihrem, um ihn abzuspülen.

»Keine Sorge. Ich liebe Nils. Aber ihn ein bisschen schmoren zu lassen, ist vielleicht gar keine schlechte Idee.« Vor allem fühlte es sich viel besser an, als diejenige zu sein, die schmorte. »Und das kleine Mädchen ist wirklich süß. Wenn ihr Papa einverstanden ist, hilft sie mir morgen beim Renovieren.«

Als es schellte, warfen wir drei uns einen Blick zu.

»Ist er das etwa?«, fragte Johanna und riss die Augen auf.

Ich fing an zu lachen. »Wird er die Kleine morgen bei mir lassen, was meint ihr?«

»Ich verwette meinen Original-Fünfzigerjahre-Ohrensessel, dass er es tut«, erklärte Milla.

Johanna hob den Daumen und zwinkerte anzüglich.

Ich schüttelte meine Haare auf, zog meinen Pulli zurecht und öffnete die Tür. Vor mir stand Elyas Bertal und lächelte mich an. Er hatte tatsächlich ein Grübchen in der rechten Wange. Das war mir vorhin gar nicht aufgefallen. Hinter mir hörte ich Johanna und Milla tuscheln. Wahrscheinlich lugten sie um die Ecke. Und so, wie der Mann an mir vorbei sah, bekam er es sogar mit.

Milla hatte vollkommen recht. Jetzt, als ich ihm so nah gegenüberstand, nahm ich es auch wahr. Er duftete nach einem holzigen Parfum. So anziehend, dass ich mich beherrschen musste, mich nicht an ihn zu kuscheln.

»Und?«, krächzte ich und strich eine Haarsträhne hinter mein Ohr.

»Leila würde sich wirklich sehr freuen, wenn sie morgen rüberkommen dürfte. Steht das Angebot noch?«

»Natürlich.« Ich nickte.

»Und wäre neun Uhr okay?«

»Klar.« Ich nickte heftiger.

»Aber ich würde mich gern revanchieren, also …« Er räusperte sich und kratzte mit dem Zeigefinger an seiner Augenbraue.

Ich sah ihn fragend an.

»Wenn ich Sie morgen Abend zu uns zum Essen einladen dürfte?«

Ein Mann, der kochte. Wow. »Das ist doch nicht nötig«, stotterte ich.

»Bitte. Sonst komme ich mir blöd vor.«

»Na dann. Gern.« Ich streckte ihm die Hand hin. »Aber bitte lassen Sie uns doch duzen, das macht es irgendwie lockerer.«

Er wirkte peinlich berührt. »Ich arbeite in einer Klinik, und die meisten Frauen, mit denen ich zu tun habe, sind Patientinnen, da bin ich es nicht gewohnt. Also dann: Elyas.«

Ich deutete einen Knicks an. »Sina.«

»Muss ich beim Kochen irgendwas beachten?«, fragte er nun. »Laktose-Intoleranz, Gluten-Unverträglichkeit, Veganerin oder bloß vegetarisch?«

Ich lachte und fühlte mich herrlich unkompliziert. »Nichts von alledem.«

»Freut mich«, sagte Elyas. »Dann bis morgen. Essen ist um neunzehn Uhr fertig.«

Ich lächelte. »Dann bleibt Leila einfach so lange bei mir. Wir beschäftigen uns schon.«

Elyas hob eine Augenbraue, doch er widersprach nicht. »Na dann«, sagte er lachend. »Ich hoffe, du überlebst.«

Kapitel 9

Am anderen Morgen galt mein erster Gedanke nicht Nils, sondern Leila und unserem Vorhaben. Ich freute mich darauf, mit der Kleinen den Pinsel zu schwingen. Wenn sie sich so geschickt anstellte wie beim gemeinsamen Kochen, würden wir viel Spaß miteinander haben.

Zuvor musste ich allerdings noch Farbe und Malutensilien besorgen. Und so nahm ich um kurz nach halb acht den Bus, der mich zum Baumarkt brachte, kaufte alles, was ich brauchte, und gönnte mir für den Rückweg ein Taxi.

Ächzend schleppte ich die drei Farbeimer, Rollen, Pinsel und Abdeckfolie nach oben und sank, nachdem ich alles im Flur stehen gelassen hatte, auf einen Küchenstuhl.

Nur noch eine Viertelstunde bis Leila kam. Schnell brühte ich mir einen Kaffee und schlüpfte in meine Jogginghose, band mir eine von Mamas Schürzen um und nahm die tickende Wanduhr und das Einschulungsfoto von Milla und mir von der Wand.

Ich strich sachte mit dem Finger über das Glas und dachte an diesen aufregenden Tag zurück, an dem es wie aus Eimern gegossen und der Regen unsere von Mama selbstgebastelten Schultüten aufgeweicht hatte. Mamotschka hatte uns Zöpfe geflochten, die sie mit riesigen Schleifen versah.

Ob ich je eine Schultüte für mein Kind basteln würde? Und wenn ja, würde es mir wie Johanna ergehen? Die Arme war gestern Abend plötzlich in Tränen ausgebrochen und hatte uns gestanden, dass sie manchmal entsetzlich damit haderte, Mutter geworden zu sein.

»Die ganze Zeit plappere ich vor mich hin!«, hatte sie gerufen. »»So, jetzt geht die Mama nur noch schnell duschen, dann ist sie wieder für ihren kleinen Schatz da!‹ Solche Sachen gebe ich andauernd von mir! Raul und ich haben keine Augen mehr füreinander, sondern wir starren Oskar die ganze Zeit an, sogar wenn er schläft. Wir unterhalten uns über die Farbe und Konsistenz seines Stuhlgangs und zwischendurch meckern wir uns an, weil wir dermaßen unter Schlafmangel leiden, dass es uns schon völlig mürbe macht.«

»Aber ihr teilt euch wenigstens alles«, wandte ich ein. »Ich könnte mir vorstellen, dass ich mit Nils keinen Mann an meiner Seite hätte, der nachts aufsteht und ein Baby durch die Gegend trägt.«

Johanna hatte genickt. »Raul ist ein vorbildlicher Daddy. Ich muss mich einfach nur daran gewöhnen, dass sich durch Oskar so viel geändert hat.« Sie lachte unter Tränen. »Selbst wenn er nicht bei mir ist, erwische ich mich dabei, dass ich hin und her schaukle, als wollte ich ihn in den Schlaf wiegen.«

Milla nahm ihre Hand. »Das hört auch wieder auf. Und ihr habt ein so süßes Kind!«

Das stimmte allerdings. Raul hat indische Wurzeln, sein Teint ist dunkel, das Haar pechschwarz. Bei Oskar war eine wilde Mischung zwischen ihm und der blonden Johanna herausgekommen. Oskar hatte flammendrotes Haar, und zwar in einem Rot, das wie gefärbt aussah. Dazu die getönte Haut und die schwarzen Augen. Er war wunderhübsch. Ich konnte mich an diesem Kind kaum sattsehen.

Die Türglocke riss mich aus meinen Gedanken an den gestrigen Abend, und ich stellte meine Kaffeetasse ab.

Vor der Tür hielt Leila mir eine bunte Zeichnung entgegen und strahlte mich an. »Für dich!«

»Ist dein Papa schon weg?« Ich griff nach dem Gemälde und guckte verstohlen in den Flur.

»Schon seit sechs Uhr«, antwortete Leila und flitzte in die Küche. Ich folgte ihr langsamer.

»Hast du gefrühstückt?« Ich selbst hatte noch gar nichts gegessen, so früh am Morgen bekam ich nichts runter.

Mein Blick fiel auf das Bild. »Was ist denn das?«

Das Blatt zeigte zwei schwarze Gestalten, die sich – mit einer Sense? – über ein buntes Pferdchen hermachten. Dem Tier spritzte Blut in einer Fontäne aus der Kehle.

»Es heißt ›Monster-Zombie-Apokalypse mit Einhorn‹«, erklärte Leila. »Gefällt es dir?«

Ich lachte. »Es ist zumindest interessant.«

»Wo willst du es hinhängen?« Das Mädchen sah sich in der Küche um. Die Wände waren inzwischen frei. Ich hatte die beiden Regale abgehängt, auf denen die alten Kochbücher meiner Großmutter vor sich hin staubten und Mama jeglichen Nippes, den sie jemals von Milla und mir geschenkt bekommen hatte, aufbewahrte. Auch ein paar Matroschkas waren darunter. Allerdings keine so einzigartig wie die aus meiner Sammlung zu Hause oder die, die mir abhandengekommen war.

Ich deutete auf den Kühlschrank. »Vielleicht hier? Da macht es sich doch ganz gut.«

Leila nahm eine Rolle Klebestreifen aus einer Schublade und hängte die Zeichnung auf.

»So«, sagte ich. »Und jetzt noch mal: Hast du etwas gefrühstückt? Ich hätte ein paar Kekse da. Nachher muss ich einkaufen.«

Wir knabberten Millas Orangenkekse, und ich zeigte Leila die Farben, die ich besorgt hatte.

»Zuerst werde ich hier die Decke weiß streichen«, erklärte ich, »und die Wände bekommen ein schönes Grau.« Es war die einzige Farbe, die einigermaßen mit dem Eichenfurnier der Möbel harmonierte.

»Grau ist langweilig«, erklärte Leila mit vollem Mund. »Ich würde Rot nehmen. Oder Grün.«

»Ich habe nur weiß und grau eingekauft. Die Wohnung soll ja heller werden. Rot ist eine dunkle Farbe. Außerdem lässt sie sich nicht so gut streichen.«

Leila zog einen Flunsch. »Ich darf nie mitentscheiden.« Sie runzelte die Stirn. »Hat Papa gesagt, du sollst allein entscheiden?«

»Wir haben gar nicht darüber geredet. Weiß er überhaupt, dass wir streichen wollen?«

Leila sperrte den Mund auf. »Vergessen.«

Ich lachte und streichelte ihr über den Kopf.

Plötzlich strahlte sie. »Von meinem Zimmer ist noch ein Rest roter und grüner Farbe da, Papa hat sie in den Keller gestellt. Die könnte ich holen.«

»Okay«, antwortete ich ergeben und zeigte zum Küchenfenster. »Wir machen die Wand am Fenster rot.« Der dunkle Kontrast würde in dem schlauchförmigen Raum dazu beitragen, dass er quadratischer wirkte. »Aber für das Grün habe ich keine Verwendung.«

Kurz darauf waren wir beiden beschäftigt. Ich klebte die Schränke ab, lagerte Tisch und Stühle im Flur bei den Farbeimern zwischen und widmete mich schließlich der Küchendecke. Irgendwo in der Wohnung hörte ich Leila vor sich hin summen. Ich hatte erwartet, dass sie mir in der Küche zur Hand gehen würde, doch sie ließ sich nicht blicken.

Ein Kind wie Leila zu adoptieren, wäre natürlich auch eine Möglichkeit, sinnierte ich und rollte die Farbrolle über meinem Kopf an der Decke entlang, verwandelte die vergilbte Tapete in leuchtendes Weiß. Bestimmt gab es etliche Kinder, die nur darauf warteten, von liebevollen Eltern aufgenommen zu werden. Ein kleines Mädchen wie Leila, die mit mir zu Hause die Wohnung dekorieren würde, mit der ich auf den Spielplatz gehen und der ich Geschichten vorlesen könnte. Die sich zu mir ins Bett kuschelte, wenn Nils abends noch nicht zu Hause oder am Wochenende auf einer Baustelle war. Das war eine schöne Vorstellung.

Ich zog mit der grauen Farbe Bahn um Bahn an der Wand entlang und betrachtete mein Werk. Jetzt wirkte das Eichenfurnier schon feiner. Ich würde noch einmal nachstreichen müssen und außerdem die schmale Fensterseite in Rot anlegen. Mit einem Mal fiel mir Leila ein. Von dem Mädchen hatte ich schon eine Weile nichts gehört.

»Leila?«

Als ich in den Flur sah, fielen mir sofort die beiden Holzstühle ins Auge. Einer erstrahlte in Rot, der andere in Grün. Der Flurboden war rot-grün gesprenkelt.

»Leila?«, rief ich lauter und ging ins Wohnzimmer. Links und rechts des Fensters verschmolzen blutrote und giftgrüne Farbstreifen ineinander und trennten sich wieder. Wie Schlangen beim Liebesspiel.

Als Leila mein Seufzen hörte, wandte sie den Kopf und strahlte mich an. »Ich hab schon vorgearbeitet, siehst du?«

»Wir wollten doch nur die Wand in der Küche in Rot streichen«, bemühte ich mich um einen ruhigen

Tonfall. »Und nicht hier – und nicht die Möbel. Für die ist das gar nicht die richtige Farbe, dafür verwendet man andere.« Ich atmete tief durch. Wie hatte ich annehmen können, eine Neunjährige mit einem Eimer roter und grüner Wandfarbe alleinlassen zu können?

Es läutete schon wieder.

»Ich gehe!«, rief das Mädchen und rannte an mir vorbei zur Tür, rief in die Gegensprechanlage: »Hier Hotel Leila, Rezeption!«

Ich nahm der Kleinen den Hörer aus der Hand und sagte: »Hier ist Sina Berger. Wer ist dort?«

»Oleg Popow!«, schallte es mir entgegen. »Warum gehst du nichts an Telefon?«

Überrascht sah ich Leila an und betätigte den Türöffner.

»Wer ist das?«, fragte sie.

»Jemand, der mich vor drei Tagen gefeuert hat«, entgegnete ich, nicht sicher, ob das Mädchen dieses Wort überhaupt kannte.

Gemeinsam sahen wir meinem Chef entgegen, der schnaufend die Treppe nach oben kam.

»Machst du für Sachen?«, fragte er und hielt sich schwer atmend am Türrahmen fest. »Warum bist ausgezogen?«

Ob Nils ihn schickte? Das wäre eine neue Taktik.

Ich blieb regungslos in der Tür stehen. Es war nicht nötig, dass Popow Zeuge davon wurde, was farbtechnisch in dieser Wohnung vor sich ging.

»Ich bin nur vorübergehend hier«, erklärte ich, »um Nils ein bisschen Raum zu geben. Immerhin hast du nicht nur mich gefeuert, sondern auch ihn. Das hat ihn ziemlich gegen mich aufgebracht.«

Popow leckte sich über die Lippen. »War vielleicht ein bisschen voreilig. Aber nur weil er mir hat gesagt, dass Auto ist kaputt. War ich wütend. Und Tatjana genauso. Wir haben nicht viel überlegt. Ist ja auch Puppe wie jedes andere, meint Tatjana, und wäre besser, wenn du machst Wohnung fertig vor Weihnachten. Kommt ihre Schwester und Mann von Tatjana über Feiertage und muss rechtzeitig alles fertig sein. Schnell wie

meglich.«

»Verstehe«, sagte ich.

Jetzt schaltete Leila sich ein, die noch immer neben mir stand. »Wir sind aber gerade am Streichen, und heute Abend kommt Sina mit zu uns zum Essen, es gibt Couscous.«

»Kuss Kuss?« Popow sah mich fragend an.

Ich warf Leila einen warnenden Blick zu und sagte zu Oleg: »Was heißt das jetzt genau? Dass du mich doch nicht entlässt und Nils die Projekte wieder zurückgibst?« Wie ich von Johanna erfahren hatte, würde mein Mann sich nicht mal freuen.

»Genau.« Jetzt breitete Oleg die Hände in einer verlegenen Geste aus. »Mittwoch war schlechter Tag, Sina, musst du verstehen. Ich war böse auf dich, weil Tatjana hat Druck gemacht.« Er trat von einem Fuß auf den anderen. »Kannst du vielleicht beeilen? Tatjana braucht leider dich heute schon. Damit wir gleich Montag können machen Möbelbestellung fertig. Haben wir verloren zu viel Zeit.«

Als ob meine Kundin nicht selbst ein paar Möbel hätte bestellen können. Ihr Deutsch reichte durchaus dafür. Aber sie ging ja auch nie einkaufen. Um Sascha kümmerte sich auch meistens eine Nanny. Eigentlich schien Tatjanas Haupttätigkeit darin zu bestehen, zu telefonieren.

Einerseits war ich erleichtert, dass Nils und ich unsere Jobs wiederhaben sollten. Wahrscheinlich konnte ich dann sogar wieder nach Hause. Allerdings hatte ich für heute zugesagt, Leila zu betreuen. Und sie hatte vollkommen recht. Wir waren gerade dabei, zu streichen. Wenn auch ungeplante Lianen.

»Tja«, antwortete ich zögernd.

Wieder schaltete sich Leila ein. »Wir müssen um sechs zurück sein, sonst macht Papa sich Sorgen.« Sie zupfte an meiner Jogginghose. »Und du musst zum Abendessen bleiben. So ist es ausgemacht.«

Ich sah Oleg fragend an. »Da hörst du es. Schaffen wir das?«

Popow salutierte und zwinkerte Leila zu. »Wird genau so gemacht, Chef.«

Kapitel 10

Offenbar war Leila noch nie in einer schwarzen Limousine gefahren – genauso wenig wie ich. Auf der Fahrt ins Frankfurter Westend saß die Kleine mucksmäuschenstill neben mir und sah aus den getönten Scheiben nach draußen, wo es wieder zu schneien begonnen hatte. Leider blieb die weiße Pracht nicht liegen, noch nicht. Laut Wetterbericht würde es heute Nacht kälter werden.

Davon, dass Leila und ich farbverschmiert waren und ich uns zuerst säubern wollte, hatte Popow nichts hören wollen. Anscheinend mussten Tatjanas Bedürfnisse so dringend befriedigt werden, dass er ein verschmutztes Auto in Kauf nahm. Oder er hatte geahnt, dass ich kurz davor stand, einen Rückzieher zu machen. Schon jetzt hegte ich die größten Zweifel, ob ich das Richtige tat. Tatjana rief und ich sprang. Dabei hatte sie mich doch gerade erst wie eine heiße Kartoffel fallen lassen. Erwartete sie, dass ich die Matroschka mitbrachte? Würde sie mir vor Leila eine Standpauke halten?

Und dann war da die Tatsache, dass ich Leilas Vater wahrscheinlich hätte fragen müssen, ob er einverstanden war, wenn ich sie mitnahm. Wir kannten uns kaum, und es war nicht ausgemacht gewesen, dass wir das Haus verließen. Doch Leila hatte mir versichert, dass wir ihren Papa deswegen nicht stören durften. Seine Nummer war nur in absoluten Notfällen zu wählen.

»Und das ist keiner«, hatte sie mit erhobenem Zeigefinger verkündet.

Wir mussten also nur pünktlich um sechs wieder zurück sein. Das sollte doch zu schaffen sein.

Leila und ich hatten bereits vereinbart, morgen weiter zu streichen. Dann konnte ihr Papa mal blau machen, was er ihrer Meinung nach dringend nötig hatte.

Meine Sorge bezüglich einer Strafpredigt durch Tatjana war jedenfalls unbegründet. Schon an der Haustür tätschelte sie mir die Wange. »Du bist wieder da.«

Nach ihrem Tonfall hätte man meinen können, dass ich es gewesen war, die gekündigt hatte. Sie würdigte Leila kaum eines Blickes. Stattdessen rief sie nach Sascha, die mit Ohrstöpseln im Ohr und einem Handy in der Hand durch die Halle geschlurft kam und bei Leilas Anblick das Gesicht verzog.

Tatjana forderte sie auf, mit Leila zu spielen, doch Sascha sagte lediglich »Nein, danke« und machte eine Kehrtwende.

Meine Kundin rief ihrer Tochter auf Ukrainisch einen Fluch und eine Drohung hinterher.

Leila griff nach meiner Hand.

Wir waren kaum im ›Salon‹ angekommen, als Tatjanas Handy in der ukrainischen Nationalhymne losdudelte. Sie nahm den Anruf entgegen und bedeutete uns, schon mal am Tisch Platz zu nehmen. Dem riesigen aus Südamerika importierten Esstisch war ein jahrhundertealter Baum zum Opfer gefallen, damit die Tischplatte aus einem einzigen Stück gefertigt werden konnte. Ich hatte lange nach so einem Einzelstück recherchiert. Die Verschiffung dieses Teils hatte drei Monate beansprucht.

Leila raunte: »Ist sie eine Königin?«

»Nein«, flüsterte ich zurück. »Aber sie hält sich für eine.«

Es setzte dem Ganzen die Krone auf, dass sie mich hierher beordert hatte, aber nun schon wieder am Telefon hing und uns ignorierte. Ich wollte zurück nach

Offenbach und die Wände streichen. Die Wohnung meiner Eltern hätte in Tatjanas Wohnzimmer gepasst.

Meine Kundin ließ sich auf ihr cremeweißes Wildledersofa nieder und unterhielt sich auf Ukrainisch. Es ist nicht leicht für Russen, diese Sprache zu verstehen, allerdings kannte ich Tatjana lange genug, um mir inzwischen aus ein paar Brocken den Sinn eines Gesprächs zusammenzureimen. Normalerweise schaltete ich ab, heute aber lauschte ich interessiert. Ein Mann wollte nach Weihnachten seine Frau verlassen. Für Tatjana. Nanu. Diese Information war neu und aufschlussreich. War der Russe, mit dem sie in der Vergangenheit so verliebt telefoniert hatte, gar nicht ihr Mann gewesen?

»Was machen wir hier?«, fragte Leila und äugte zu meiner Kundin.

»Wir warten.«

»Aber es war doch so dringend?«, wandte sie ein. »Wenn Papa zum Duschen ruft und ich endlich komme, wäre er dumm, wenn er dann telefonieren würde. Dann wäre ich nämlich wieder weg.«

Wie schlau dieses Kind war. Ich trommelte mit den Fingern auf der glänzenden Tischplatte und sah mich in dem riesigen Raum um, an dessen Längsseite ein überdimensionales Gemälde hing. Es zeigte ein abstraktes Muster, in dem Blattgold zusammen mit dick aufgetragener pinkfarbener und schwarzer Ölfarbe verarbeitet war.

Tatjana plapperte weiter und sah nicht einmal in unsere Richtung. Selbst dann nicht, als sie erleichtert äußerte, dass ›die‹ endlich wieder zurück sei. Bis Weihnachten seien es immerhin nur noch drei Wochen. Und es sei alles gut gegangen. Die Matroschka sei nämlich verloren, und nichts sei entdeckt worden.

Ich legte den Kopf schräg und runzelte die Stirn. Hatte ich das wirklich alles richtig verstanden?

»Welche Sprache ist das?«, wollte Leila wissen.

»Ukrainisch«, klärte ich sie auf und lauschte weiter Tatjanas Gespräch. Sie hatte allerdings schon wieder das Thema gewechselt. Jetzt ging es um die Weihnachtsgeschenke für die Kinder. Wahrscheinlich sprach sie mit ihrer Schwester.

»Ich verstehe ein bisschen Arabisch«, wisperte Leila. »Manchmal kommen meine Großeltern, und dann bringt Oma mir ganz viel bei. Oma will, dass Papa mit mir Arabisch spricht, aber er vergisst es immer.« Wieder schielte sie zu Tatjana. »Ich wünschte, wir könnten weiter streichen. Hier ist es langweilig.«

Sie hatte so recht. Und ich hatte es satt, die Hälfte meines Lebens bei Tatjana abzusitzen. Noch nie hatte mich das so sehr gestört wie heute. Ich hatte Besseres zu tun! Zum Beispiel die grünen und roten Streifen von der Wohnzimmerwand meiner Eltern zu entfernen.

Das Handy in meiner Tasche vibrierte, und ich schaute verstohlen aufs Display.

Bitte melde dich, schrieb Nils. **Und komm wieder nach Hause. Ich habe für 20 Uhr einen Tisch im Oosten reserviert.**

»Ist was passiert?«, fragte Leila.

Ich schüttelte den Kopf und legte das Handy auf dem Tisch ab. Es war eine Premiere, dass Nils den ersten Schritt tat. Wahrscheinlich hatte auch er seine Projekte zurück, und Popow hatte ihn dazu verdonnert, heute zu arbeiten, weil in den letzten Tagen viel Zeit verloren gegangen war.

Sollte ich ihm schreiben, dass heute jemand für mich kochte? Das hatte Nils noch nie getan. Er bezahlte in den Lokalen mit der Golden Mastercard, und ich bedankte mich mit einem Kuss.

Eilig tippte ich: *Heute Abend bin ich verabredet. Und es kann sein, dass ich noch eine Weile in Offenbach bleibe.*

Damit ich es mir nicht wieder anders überlegte, drückte ich auf Senden. Mein notorisch schlechtes Gewissen beruhigte ich damit, dass es gute Gründe für mein Handeln gab.

Erstens: Johanna hatte gesagt, ich sollte ihn schmoren lassen – das dürfte sie wohl damit gemeint haben. Zweitens wollte ich die Wohnung meiner Eltern nicht halb renoviert zurücklassen. Drittens konnte ich Leila und Elyas nicht enttäuschen, indem ich ihre Einladung wieder absagte. Und viertens zog mich im Moment leider gar nichts zu Nils. Genauso wenig wie hierher zu Tatjana, die sich gerade über die Privatschule ihrer Tochter echovierte und meinte, dass die Lehrer an dieser Schule viel zu wenig engagiert seien, dafür, dass man ihnen so viel Geld zahlte.

Wenn sie nicht innerhalb der nächsten drei Minuten auflegte, würde ich gehen, schwor ich mir. Es wäre das erste Mal, aber ich war wild entschlossen.

Nach genau fünf Minuten, in denen ich mit Leila ›Ich sehe was, was du nicht siehst‹ gespielt hatte, nahm ich das Mädchen an der Hand und verließ Tatjanas Haus.

Kapitel 11

Auf der vom Schneeregen feucht glänzenden Straße hielt ich Ausschau nach einem Taxi. Leila hopste neben mir auf dem Bürgersteig auf und ab.

»Was haben wir da eigentlich gemacht?«, fragte sie und warf einen Blick über ihre Schulter zurück. Vielleicht befürchtete sie, dass Tatjana uns hinterherlief und zurückholen wollte.

»Wertvolle Zeit verplempert«, antwortete ich und entdeckte in einer Seitenstraße zum ›Palmengarten‹ einen Taxistand. Doch dann überlegte ich es mir anders. Dieser von Heinrich Siesmayer gestaltete botanische Garten war in Deutschland einer der größten seiner Art. Wenn wir schon einmal hier waren, konnten wir genauso gut einen Abstecher in die Gewächshäuser machen.

Vielleicht hatte Johanna Lust, mit Oskar vorbeizukommen, sie wohnte in Bockenheim, das war nicht weit. Kurzentschlossen rief ich sie an. Tatsächlich war meine Freundin sowieso gerade im Begriff, mit ihrem Baby nach draußen zu gehen, um der Heizungsluft in ihrer Wohnung zu entfliehen.

Kaum hatte ich aufgelegt, vibrierte mein Handy. Es war Tatjana. Ich drückte den Anruf weg und schaltete das Gerät auf Flugmodus. Es würde nicht lange dauern, bis sich Popow oder Nils meldeten und mir mitteilen wollten, was sie ihrer Meinung nach zu tun hatte. Aber heute war ich mir sicher: Ich wollte an diesem 1. Dezember einmal genau das tun, wozu *ich* Lust hatte. Morgen war der erste Advent, und in der Wohnung meiner Eltern gab es nicht einmal einen Adventskranz oder sonstige Weihnachtsdeko. Wie sollte man denn da in Stimmung kommen?

Immerhin das Wetter spielte mit. Der Schneeregen ging gerade in Schneefall über, und die ersten Flocken blieben auf dem Bürgersteig liegen.

Im Palmengarten flanierten Leila und ich durch die Gewächshäuser und betrachteten die exotischen Pflanzen und ihre Bezeichnungen. Leila konnte gut lesen, sie scheiterte nur an den lateinischen Begriffen.

Als Johanna dazustieß, schaute Leila mit mir zusammen andächtig in den Kinderwagen und streichelte sanft über Oskars Finger. Ich selbst berührte seine zarten, warmen Wangen. So weich.

»Geil!«, krähte Oskar, und Leila sah uns mit großen Augen an. »Was sagt er?«

»Dass es ihm hier gefällt«, antwortete Johanna und zwinkerte mir zu.

Später raunte meine Freundin mir zu: »Gib bloß auf dein Herz acht.«

»Wie meinst du das?«,

»Du bist dabei, dich zu verlieben.« Mit dem Daumen deutete sie auf Leila, die mit leuchtenden Augen die Weihnachtsausstellung in der Galerie im Palmenhaus betrachtete. All die Weihnachtssterne, Amaryllis und Christrosen, all die Nadelbäume und glänzenden Weihnachtskugeln versetzten auch mich in weihnachtliche Vorfreude.

Und was Leila betraf: Tatsächlich war die Kleine zum Anbeißen. Sie war so fröhlich und aufgeschlossen, höflich und hilfsbereit. Sogar ihre Waffel mit Sahne und Kirschen im Siesmayer Café hatte sie mit Messer und Gabel gegessen. Und sie war nicht davon abzubringen, dass sie an der Fensterseite im Wohnzimmer meiner Eltern mit den roten und grünen Pinselstrichen den

Grundstein für ein Motiv gelegt hatte, das sie in einem der Gewächshäuser gesehen hatte: Palmen, Lianen und exotische Blüten. In deren Anblick hatte sie sich so sehr vertieft, dass ich sie für ein paar Minuten aus den Augen verlor, durch die Gänge hastete und ihren Namen rief. Glücklicherweise dauerte der Schreckensmoment nur kurz. Doch danach ließ ich sie nicht mehr aus den Augen.

Leila und ich kehrten um kurz vor achtzehn Uhr nach Offenbach zurück. Der Schneefall hatte sich noch verstärkt, und die Bürgersteige und Bäume waren weiß überzogen. Leilas Wangen und Ohren waren von der Kälte gerötet, und auch ich war inzwischen durchgefroren.

Wir hatten noch ein paar Einkäufe erledigt, unter anderem alles für einen Adventskranz besorgt. Sie hatte den Wagen geschoben und die Waren in den Korb geladen, an der Kasse hatte sie der Kassiererin das Geld übergeben und das Wechselgeld in meinem Portemonnaie verstaut und so sehr gestrahlt, dass eine Zahnlücke zum Vorschein kam, die ich vorher noch gar nicht bemerkt hatte.

In der Wohnung meiner Eltern verstaute ich die Einkäufe – den Adventskranz würde ich am nächsten Tag bestücken – und wir debattierten wieder über die Wand im Wohnzimmer.

»So ein Dschungelmuster passt hier nicht rein«, erklärte ich händeringend, nachdem wir uns mit einer Tasse Kakao an den Esstisch im Wohnzimmer gesetzt hatten. Die Küchenmöbel waren unbenutzbar geworden. Ich hatte noch keine Ahnung, wie ich die Farbe davon entfernen sollte. Am besten ich bestellte neue Stühle.

»Doch, das passt«, wischte Leila meinen Einwand beiseite. »Es wird dich fröhlich machen, du wirst sehen.«

»Aber ich bin doch fröhlich. Außerdem bin ich hier nur auf Besuch, die Wohnung gehört doch Hedwig und Albrecht, schon vergessen?« Ich streichelte ihr über die Wange.

»Ich finde, du siehst traurig aus«, widersprach Leila. »Außerdem wirst du doch öfters kommen?« Nun sah sie mich hoffnungsvoll an. »Du kennst doch jetzt mich. Und Papa.«

Ich lachte, von Kennen konnte noch kaum die Rede sein. Dennoch sagte ich, um Zeit zu gewinnen: »Wenn Hedwig und Albrecht wiederkommen, dann können wir sie fragen.«

Leila schüttelte heftig den Kopf. »Es soll alles fertig sein, wenn sie kommen. Sie werden sich freuen, wenn sie einen Dschungel sehen! Papa kann ein paar Äffchen und Papageien malen.« Leilas Augen leuchteten.

Ich seufzte. »Also gut. Wir sprechen erst mal mit ihm.«

Ich würde Elyas vorher beiseite nehmen und bitten, in meinem Sinne zu entscheiden. So langsam gingen mir die Argumente aus.

Nachdem ich die Tassen gespült und mich geduscht hatte, schlüpfte ich in eine khakifarbene Hemdbluse und schminkte mich.

Leila beobachtete mich andächtig. »Brigitte macht das nie«, meinte sie, »und meine Lehrerin Frau Schmitt und meine Oma auch nicht.«

»Muss man ja auch nicht«, erwiderte ich. »Ich tue es nur schon so lange, dass ich mich ohne Schminke ganz nackt fühle.«

»Nackt?« Leilas Augen weiteten sich.

»Ich meine im Gesicht. Es kommt mir dann so leer vor, weißt du.«

»Ich würde mich auch gern mal schminken, aber Papa meint, ich muss noch damit warten.«

»Da hat er recht. Das kommt alles noch früh genug.«

»Papa sagt, Mama hat sich auch geschminkt. Wenn sie noch da wäre, würde sie es vielleicht erlauben.«

Ich tupfte mir die Lippen an einem Zellstofftuch ab, damit die rote Farbe etwas verblasste. Wie musste sie sich fühlen ohne Mama? Milla und ich hatten uns auch oft alleine gefühlt, weil unsere Eltern hier niemals richtig angekommen waren und sich damit den Zugang zu unserem Leben verwehrten. Doch immerhin war da eine Anlaufstelle gewesen, vor allem meine Großmutter, die alles zusammengehalten hatte. Als sie starb, war durch eine unglückliche Verkettung der Umstände alles aus den Fugen geraten, und Milla und ich hatten lange damit zu kämpfen, unsere Eltern aus ihrer Lethargie wachzurütteln.

Ich zwang mich zu einem aufmunternden Lächeln. »Bestimmt wäre deine Mama mit deinem Papa einer Meinung gewesen. Neunjährige Mädchen sind zu jung für Schminke.«

»Aber warum?« Leila sah mich an, als sei das ein Rätsel für sie. »Ich will es doch nur mal probieren und nicht so in die Schule gehen. Das fände ich ja selber doof.«

Ich biss mir auf die Unterlippe. Dieses Kind konnte einen argumentativ schachmatt setzen. »Wir fragen deinen Papa, okay? Wenn er einverstanden ist, können wir es mal machen.«

Leila klatschte in die Hände. »Bestimmt macht es dir auch Spaß, und du bist dann nicht mehr so traurig.«

»Ich bin wirklich nicht traurig«, erklärte ich nachdrücklich und straffte die Schultern. »Und jetzt gehen wir rüber zu deinem Papa. Ich habe Hunger.«

Kapitel 12

Als Leila die Tür aufschloss, strömte uns sofort ein köstlicher Duft nach orientalischen Gewürzen und gebratenem Fleisch entgegen. Augenblicklich lief mir das Wasser im Mund zusammen.

Die Wohnung von Elyas und Leila war identisch mit der meiner Eltern, nur spiegelverkehrt.

»Wir sind da-ha!« Die Kleine winkte mich hinter sich her und hopste in die Küche, wo sie ihrem Vater in die Arme sprang und sein Gesicht mit Küssen bedeckte.

Elyas kniff die Augen zusammen. Auf seiner rechten Wange bildete sich wieder dieses tiefe Grübchen; das schwarze, lockige Haar hing ihm in einer Strähne ins Gesicht.

»Leila, Leila! Darf ich vielleicht mal unseren Gast begrüßen?«

Von der Anrichte zauberte er zwei Gläser hervor. »Ich hoffe, du magst Holundersirup und Pfefferminze?« Er reichte mir ein Glas, in dem Sekt mit den genannten Zutaten perlte. »Danke, dass du heute auf Leila aufgepasst hast.«

Wir stießen an, und ich nahm einen Schluck des Getränks. Lecker.

»Wir waren im Palmengarten«, sprudelte Leila heraus. »Und Waffeln essen!«

»Ich dachte, ihr wolltet die Wohnung streichen?« Elyas sah mich erstaunt an.

»Schon, aber dann kam ein Mann vorbei, der uns mit einem Räuberauto abgeholt und zu einer Frau gebracht hat, die die ganze Zeit telefoniert hat. Irgendwann sind wir zum Palmengarten gegangen.«

Ich verkniff mir ein Lachen. »Sie hat recht, genauso war es. Anschließend sind wir noch einkaufen gegangen und deine Tochter hat bezahlt.«

»Da guckst du dumm, Papa!«, rief Leila.

Das stimmte.

»Diese Geschichte müsst ihr mir in Ruhe erklären. Später.« Elyas deutete auf die auf dem Herd dampfenden Töpfe. »Jetzt muss ich erst mal achtgeben, dass hier nichts anbrennt.«

»Darf ich Sina mein Zimmer zeigen?« Leila legte bettelnd die Hände zusammen.

Er hob den Daumen. »Ihr habt ein paar Minuten.«

Leila zog mich hinter sich her in das Zimmer, das in der Wohnung unserer Eltern auch Millas und mein Kinderzimmer gewesen war. Es maß nur zwölf Quadratmeter, doch wie viel größer wirkte es als unseres.

»Du magst also Einhörner und Fußball«, stellte ich fest.

Die Wände waren bemalt. Über Einhörnern auf einer Blumenwiese spannte sich ein roter Himmel mit Regenbogen. Es gefiel mir ausgesprochen gut, dass die Einhörner Fußball spielten.

Unter Leilas Hochbett fand ein Schreibtisch mit Drehstuhl Platz. An der gegenüberliegenden Wand befand sich ein Regal mit Büchern und Spielen.

Leila deutete auf die Leiter ihres Hochbetts. »Magst du mal hoch? Ich habe es noch nicht lange. Mein Papa hat es immer verboten, weil da so viele Unfälle passieren, aber jetzt durfte ich es endlich haben.«

»Siehst du, und das Schminken wird er dir auch irgendwann erlauben«, sagte ich und betrachtete zweifelnd die angebotene Leiter.

»Wenn Papa das schafft, kannst du das schon lange«, deutete Leila meinen Blick richtig. »Ich will dir was zeigen.« Sie zupfte an meiner Bluse. »Bitte!«

Ergeben kletterte ich hinauf und setzte mich aufs Bett. Zwischen meinem Kopf und der Zimmerdecke war nicht mehr viel Platz.

»Schau«, meinte Leila und deutete aus dem Fenster zu der schneebedeckten Pappel im Hof. »Siehst du die ganzen Vogelnester im Baum? Im Sommer sieht man sie gar nicht, aber im Winter.«

Die Tür öffnete sich und Elyas betrat das Zimmer. »Und wir warten immer darauf, dass mal ein Vogel darin landet, stimmt's, Leila?«

Seine Tochter schürzte empört die Lippen. »Im Winter brüten doch gar keine Vögel, Papa.«

Elyas legte unauffällig einen Finger an die Lippen, und ich behielt die Wahrheit über die Misteln für mich. Zumindest teilweise.

»Ich würde mir gern so einen Zweig von einem der Nester abmachen und über meine Wohnungstür hängen. Das fände ich total schön«, sagte ich.

»Wirklich?« Leila sah mich verwundert an und strich sich zwei Haarsträhnen hinter die Ohren.

»Ist ein alter Brauch«, bestätigte ich.

»Bei uns ist es übrigens Brauch, pünktlich zu Abend zu essen«, sagte Elyas und nickte uns beiden auffordernd zu. »Es ist angerichtet.«

Leila kletterte wieder vom Bett, und ich folgte ihr Stufe für Stufe. Elyas stand mit verschränkten Armen in der Tür und ließ uns nicht aus den Augen. Ich konnte seinen Blick nicht deuten. Hatte ich eine Grenze überschritten, indem ich zu Leila ins Bett gekrabbelt war?

Ich strich meine Hemdbluse glatt und stopfte sie zurück in den Hosenbund. »Sorry«, murmelte ich und lächelte ihn zuversichtlich an. »Das war vielleicht übertrieben.«

»Finde ich gar nicht«, widersprach er. »Der Mistelbrauch ist doch etwas sehr Schönes. Besonders der Teil, den du nicht erwähnt hast. Wir könnten ja zusammen welche ernten. An die in der Pappel kommt man nicht ran, aber meine Familie hat einen Schrebergarten an den Mainwasen, dort wachsen sie in den Apfelbäumen.«

Meine Augen weiteten sich. Wie war dieses Angebot zu verstehen?

Glücklicherweise nahm er Leila an der Hand und ging mit ihr voraus ins Wohnzimmer. Zögernd folgte ich den beiden. Hatte er mit mir geflirtet?

Bewundernd betrachtete ich den marokkanisch gedeckten Tisch. Bunte handbemalte Teller und Schälchen lagen auf einer roten Tischdecke, die mit Goldfäden durchzogen war. Die Wassergläser wiesen feine Muster auf, die sich in den silbernen Serviettenhaltern wiederfanden. Es gab zwei Blumenväschen mit Stoffblumen darin und Briefchen mit Erfrischungstüchern.

»Gefällt's dir?« Leila hopste auf und ab.

»Hast du das etwa gemacht?«

Sie nickte. »Ganz allein. Heute Morgen schon, bevor ich zu dir rüber bin.«

Das ganze Wohnzimmer hatte einen orientalischen Touch. Besonders gut gefielen mir die Kontraste zwischen der dunkelblauen Wand und dem senfgelben Cordsofa mit tiefer Sitzfläche. Es sah einladend aus. Ein dunkler Holzcouchtisch mit orientalischen Schnitzereien, eine Stehlampe mit einem Lampenschirm, der von

Bommeln umrandet war. Ein Sideboard mit Fotos, die ich mir gern angeschaut hätte, es aber lieber sein ließ. Keine Gardinen an den Fenstern. Nils und ich hatten auch keine.

»Wo ist denn euer Fernseher?«, fragte ich.

»Wir haben keinen.« Leila verzog den Mund. »Und das finde ich total Scheiße.«

Elyas sah sie tadelnd an und sagte zu mir: »Wenn wir uns etwas anschauen wollen, gucken wir es auf dem Laptop. So zappen wir nicht dauernd. Ich bin mit laufendem Fernseher großgeworden.« Er lachte. »Wenn du mich fragst, haben meine Eltern das Gerät niemals ausgeschaltet, es dröhnte in ohrenbetäubender Lautstärke. Du kannst dir die Geräuschkulisse in einem marokkanischen Haushalt nicht vorstellen. Es scheint, als ob alle sich immer nur anschreien. Keiner spricht in normaler Lautstärke. Ich habe drei Brüder, was meinst du, was da los war! Seitdem ich alleine lebe, besitze ich keinen Fernseher mehr, und ich vermisse nichts.«

»Wie kam es, dass du Krankenpfleger geworden bist?«, fragte ich.

Er zwinkerte Leila zu. »Da hat wohl jemand geplaudert?«

»Ist es ein Geheimnis?«, fragte Leila kokett.

»Nein, aber mir scheint, du warst sehr mitteilungsbedürftig. Ich hoffe, du hast Sina nicht das Ohr abgequatscht.«

»Hat sie nicht«, versicherte ich. »Wir hatten einen sehr angenehmen Tag.«

Elyas nickte. »Was meine Berufswahl betrifft: Ich habe mich schon immer gern um andere gekümmert und bleibe ruhig, wenn es brenzlig wird. Ich kippe nicht um, wenn ich Blut sehe, und kann gut Menschen beruhigen, die in Panik geraten. Ich hätte ehrlich gesagt nicht gewusst, was ich sonst machen sollte.«

»Ich auch nicht«, erklärte Leila. »Ich will mal Ärztin werden.«

War dieses Kind nicht toll? Ich lächelte ihr zu. »Super, dass du das jetzt schon weißt. Ich wusste nie, was ich werden wollte, und mache nur zufällig das, was ich jetzt tue.«

Elyas warf mir einen fragenden Blick zu, als interessierte es ihn, um was es sich dabei handelte, doch Leila wechselte schon wieder das Thema.

»Sina ist nur vorübergehend hier«, warf sie ein und machte ein zerknirschtes Gesicht. »Die Lieben gehen immer. Das ist ungerecht.«

»Vielleicht komme ich ja ab und zu vorbei, jetzt, wo ich weiß, dass du hier wohnst.«

Das war ein schöner Gedanke. Ich wusste nur noch nicht, wie ich es zeitlich schaffen würde, wenn ich die Wohnung für Tatjanas Schwester bis Weihnachten fertiggestalten sollte. Anscheinend hatte ich meinen Job zurück, und wenn ich es mir auch heute, an einem Samstag, erlaubt hatte, Tatjana sitzen zu lassen, so war ich ab Montag wieder dazu verpflichtet. Auch, wenn ich überhaupt keine Lust dazu hatte. Es waren noch so unendlich viele Kleinigkeiten zu besorgen. Angefangen von Sofakissen über Pflanzen und Müslischalen. Eigentlich hätte ich auch mal Urlaub gebrauchen können. Bedauern machte sich in mir breit. Ich hätte Leila und ihren Papa gern näher kennengelernt.

Elyas hob sein Glas. »Schön, dass es zumindest heute geklappt hat. Und danke noch mal für deine Hilfe.«

Auch Leila hob ihr Orangensaftglas, und wir drei stießen an.

Irgendwo im Haus klingelte jemand Sturm, und ich wandte den Kopf.

»Ist das bei dir?« Elyas stellte das Glas ab.

Ich nahm die Serviette vom Schoß und verzog verlegen den Mund. »Ich geh mal kurz nachsehen. Vielleicht ist es meine Schwester.« Dabei hatte sie doch mitbekommen, wie Elyas mich zu sich einlud. Außerdem besaß sie einen Schlüssel.

Doch es war nicht Milla, sondern Nils. Als ich die Tür zu Elyas' Wohnung öffnete, wandte mein Mann den Kopf und starrte mich mit offenem Mund an. Ich schaute vermutlich nicht anders zurück. Mein Herz klopfte augenblicklich wie wild.

Nils war in drei Schritten bei mir und nahm meine Hände. »Ich hab mir Sorgen gemacht. Warum beantwortest du denn keine Nachrichten?«

»Ich hab doch getextet«, sagte ich lahm.

»Heute Nachmittag! Aber danach nicht mehr. Warst du so beschäftigt?« Er zeigte hinter mich in die Wohnung. »Bist du hier verabredet?«

Ich nickte. »Extra hierher zu kommen, war ganz schön riskant. Ich hätte doch auch woanders verabredet sein können.«

Jetzt grinste er. »Ich hielt deine Verabredung ehrlich gesagt für eine Ausrede. Ich dachte, du wärst sauer.« Bevor ich ihm bestätigen konnte, dass ich das auch irgendwie war, fuhr er fort: »Oder warum bist du heute bei Tatjana abgehauen? Sie meinte, du wärst auf einmal aus ihrem Wohnzimmer verschwunden gewesen, als hätte man dich weggebeamt.«

Ich verschränkte die Arme. »Das hast du wahrscheinlich von Popow?«

»Ist das ein Problem?«

Eigentlich wusste ich selbst nicht, was in mich gefahren war und was mich gegen die drei aufbrachte, vor allem aber wollte ich wieder zurück zu Elyas und Leila. »Ich finde es nur erstaunlich, wie ihr mich zuerst alle drei abschreibt und dann wiederhaben wollt.«

»Abschreiben? Hierherzukommen war doch deine Entscheidung.«

»Du wolltest eine Auszeit von mir. Deswegen bin ich gegangen.«

Nils runzelte die Stirn. Vielleicht fragte er sich, woher ich diese Info hatte. Noch immer hielt er meine Hände in seinen. Das fühlte sich seltsamer Weise fremd und ungewohnt an.

»Bitte komm nach Hause. Meinetwegen warte ich auch, bis deine Verabredung zu Ende ist.« Nun sah er mich so flehend an, dass ich grinsen musste. »Vertragen wir uns wieder?«, bat er. »Ja, ich habe überreagiert. Dass auch noch das Auto kaputt war ... und dann der Abzug vom Projekt ...«

Augenblicklich fühlte ich mich wie ein Rindvieh. Ich war einfach davongelaufen, hatte das Ganze unter dem Deckmäntelchen verpackt, ich käme Nils mit seiner ›Auszeit‹ zuvor. Dabei war ich nur vor meinen eigenen Problemen davongelaufen.

»Mir tut es auch leid«, sagte ich leise. »Du hattest schon so viel Trouble meinetwegen. Aber ich möchte nicht unhöflich sein.« Ich deutete über meine Schulter hinweg zu Elyas' Wohnungstür. »Du kannst ruhig fahren. In ein paar Tagen komme ich nach. Ich hab bei meinen Eltern angefangen zu streichen und bin noch nicht fertig geworden.«

»Du bleibst hier wirklich länger? Wie lange denkst du? Popow hebt die Kündigung auf, du musst –.«

»Ich kann hier keine halb renovierte Wohnung hinterlassen«, widersprach ich. »Meine Eltern reisen zu Weihnachten an. Die trifft sonst der Schlag. Ich würde abends nach der Arbeit hierher statt nach Hause kommen. Oder viel besser wäre, ich …«

Mit einem Mal weiteten sich Nils' Augen, und ich wandte den Kopf.

Elyas stand im Flur hinter uns. Er hob beide Hände. »Sorry, ich wollte nicht stören. Ich dachte nur, dass vielleicht was passiert ist.« Er machte auf dem Absatz kehrt und verschwand wieder Richtung Wohnzimmer.

Nils sah mich fragend an. »Wer ist das denn?«

»Ich habe heute auf seine Tochter aufgepasst, und jetzt revanchiert er sich mit einem Essen, weiter nichts. Und bevor alles kalt wird und zusammenfällt, wäre es wirklich besser, wenn ich jetzt wieder reingehe. Richte Tatjana und Popow schöne Grüße aus, ich nehme vielleicht sogar mal ein paar Tage frei.« Mit dem Kinn deutete ich auf die Wohnungstür von Mama und Papa. »Meine Eltern haben meine Unterstützung auch mal verdient.«

»Urlaub? Das ist wahrscheinlich keine gute Idee, Tatjana –.«

»Nils«, stoppte ich meinen Mann, »wenn ich eines aus dieser Sache gelernt habe, dann, dass es mir ein bisschen gleichgültiger sein sollte, was Tatjana und Oleg brauchen. Wenn es hart auf hart kommt, bin ich ihnen nämlich schnuppe.« Ich zeigte hinter mich in den Flur. »Ich muss jetzt wirklich wieder rein.«

»Alles klar.« Mein Mann hob beide Hände und trat von der Schwelle. »Meldest du dich heute Abend noch mal bei mir und sagst gute Nacht?«, fragte er mit treuherzigem Blick.

»Ich versuche, daran zu denken«, versprach ich, warf Nils eine Kusshand zu und schloss die Tür. Durch den Flur hörte ich das Besteck von Elyas und Leila klappern.

Kapitel 13

»Da hat wohl jemanden die Sehnsucht gepackt«, sagte ich mit einem schrägen Lächeln, als ich mich zurück auf meinen Platz setzte. »Entschuldigt die Störung.«

»Dein Mann hätte doch mitessen können«, sagte Leila kauend.

»Er musste wieder weg«, entgegnete ich und hielt Elyas meinen Teller hin, auf den er dampfendes Fleisch aus einem Tongefäß und Couscous aus einer Schüssel lud.

»Das ist Lamm-Tajine«, erklärte er und gab mir Salat in ein Schälchen daneben.

Alles duftete so köstlich. Die Tajine und der Couscous rochen nach Koriander, Petersilie und Minze, der Salat nach Frühlingszwiebeln, Tomaten und Zitrone.

»Lass es dir schmecken«, sagte Elyas, und ich nahm andächtig die erste Gabel. Ich war froh, dass er das Auftauchen von Nils nicht weiter kommentierte. Deshalb versuchte ich es auch zu vergessen und mich wieder auf den Abend hier zu konzentrieren.

»Großartig«, schwärmte ich mit vollem Mund. »Das ist das Beste, das ich seit langem gegessen habe.«

»Lass mich raten, zuletzt war es eine Gänsekeule auf irgendeiner Weihnachtsfeier«, sagte Elyas, und ich sah ihn verblüfft an.

»Unser Team war auch schon beim Gänseessen«, erklärte er. »Es gibt wahrscheinlich kaum ein deutsches Unternehmen, das diese Tradition auslässt.«

»Ist ja auch ein schöner Brauch.«

»Aber nicht für die armen Gänse.« Leila zog einen Flunsch.

Ich verkniff mir den Kommentar, dass das Fleisch auf ihrem Teller auch von einem Tier stammte.

Elyas legte die Gabel zu Seite und lehnte sich zurück. »Was machst du eigentlich beruflich? Du hast vorhin kurz erwähnt, dass du da in eine Branche hineingerutscht bist?«

Ich kostete von dem köstlichen, frischen Salat, der mich schon die ganze Zeit anlachte. »Inneneinrichtung. Ich statte die Häuser steinreicher Russinnen aus. In den letzten drei Jahren habe ich fachliche Fortbildungen besucht. Farbenkunde, Mathematik, Feng Shui, Materialbeschaffenheit, Nachhaltigkeit und so weiter. Um auf dem neuesten Stand zu sein.«

»War die Frau heute so eine steinreiche Russin?« Leila pickte Rosinen aus ihrem Couscous.

»So ist es.« Ich nahm eine weitere Gabel von dem zarten Lammfleisch, ließ es genüsslich auf meiner Zunge zergehen.

»Hast du ihr Haus auch eingerichtet? Und das gefällt dir so?«, fragte Leila stirnrunzelnd.

»Ich richte die Häuser ja nicht nach meinem Geschmack ein, sondern nach dem meiner Kundinnen.«

»Es war sehr ungemütlich«, erklärte Leila ihrem Vater. »Als ob dort gar niemand wohnt.«

»Gut beobachtet«, erwiderte ich. »Obwohl es in der Wohnung, die ich gerade für ihre Schwester einrichte, zum ersten Mal anders aussehen wird. Tatsächlich will Tatjana es für sie gemütlich haben. Normalerweise wollen diese Frauen nur ihren Reichtum zeigen. Jedenfalls die, die ich kennengelernt habe.«

Elyas sah mich interessiert an. »Was sagt dein geschultes Auge zu meinen Einrichtungskünsten?«

Er machte eine ausschweifende Handbewegung in sein Wohnzimmer hinein.

»Ich finde es ausgesprochen behaglich, auch wenn es auf den ersten Blick keine Linie verfolgt. Aber das macht es besonders reizvoll. Ich mag es eigentlich ein bisschen klarer, weniger Schnickschnack, nur ein paar Blickfänge. Unsere Wohnung im Ostend ist sehr hell und Ton in Ton.« Ich lachte. »Dadurch passen automatisch alle unsere Klamotten zu den Möbeln.«

»Ein interessanter Ansatz«, antwortete Elyas und stocherte im Couscous. »Du bist also eher der praktisch veranlagte Typ?«

Ich dachte über seine Frage nach. Tatsächlich war bei Nils und mir alles funktionell. Unsere Alexa ließ ich lieber unerwähnt. »Es ist schon komisch«, sagte ich endlich, »die hübschen Dinge verstecke ich in Schubladen.«

Bis auf meine Matroschka-Sammlung natürlich. Und auch im zukünftigen Kinderzimmer hatte ich es anders handhaben wollen. Da hinein hätte ich so viele verspielte Details gestopft, bis es vermutlich aus allen Nähten geplatzt wäre.

Elyas sah mich aufmerksam an. Er war hoffentlich nicht auch noch Psychologe und nahm gerade mein Innerstes auseinander.

»Was ist?« Ich spürte, wie mein Gesicht heiß wurde.

»Vielleicht versteckst du sie, weil man *dich* wahrnehmen soll und nicht die schönen Dinge.«

Ich hob eine Augenbraue. »Tja ...«, sagte ich gedehnt.

»Darf ich spielen, Papa?«, unterbrach Leila unsere Unterhaltung und legte ihr Besteck beiseite. »Ich hab keinen Hunger mehr.«

»Klar, geh nur. Zum Nachtisch ruf ich dich.«

»Ich hab gar nicht dran gedacht, was mitzubringen«, sagte ich entschuldigend. »Irgendwie ist das heute untergegangen.«

Elyas lächelte. »Mir gefällt es, wenn sich jemand einladen lässt. Außerdem stehe ich in deiner Schuld, nicht umgekehrt.«

Ich winkte ab. »Etwas Besseres als Leila hätte mir heute gar nicht passieren können.«

Elyas sah mich fragend an.

»Diese Russin und mein Chef machen mir das Leben schwer«, erklärte ich. »Dazu kam dann noch ein Streit mit meinem Mann. Das ist der wahre Grund, warum ich hierher geflüchtet bin. Ich hatte ziemlich viel Ärger, dann hab ich auch noch einen Unfall gebaut …« Ich holte Luft. »Ich möchte jetzt nicht in die Details gehen, aber vor drei Tagen befand ich mich in einem Tief. Seit Leila aufgetaucht ist, erscheint alles etwas leichter.«

»Das freut mich«. Elyas hob sein Glas. »Auf die Leichtigkeit.«

Darauf stieß ich gerne mit ihm an.

Nach dem Nachtisch – einem köstlichen Joghurt mit Honig und Walnüssen – brachte er Leila zu Bett. Später räumten wir gemeinsam den Tisch ab. Elyas wollte nichts davon hören, dass ich ihm in der Küche zur Hand ging. Stattdessen ließen wir alles auf der Spüle stehen, und er lud mich ein, im Wohnzimmer noch einen Wein zu trinken und dabei eine Partie Scrabble zu spielen.

Er hätte mich mit seinem Vorschlag nicht mehr überraschen können. Seitdem ich erwachsen war, hatte ich – außer Bleigießen an Silvester – kein Spiel mehr gespielt.

Elyas deutete meinen Gesichtsausdruck falsch. »Ich hoffe, du denkst nicht, ich will dich hier festhalten, um dich auszufragen. Durch meinen Beruf passiert es mir leider immer wieder, dass ich allzu sehr nachbohre und immer alles genau wissen will. Dadurch habe ich schon ein paar Leute vergrault.« Er lachte. »Ich klopfe meistens sofort den ganzen Lebenslauf ab und gehe dann über zu den Kinderkrankheiten.«

Ich stimmte in sein Lachen ein. »Davon war bisher nichts zu merken.«

»Das ist gut, denn ich habe mir wirklich Mühe gegeben. Es interessiert mich nämlich brennend, ob du schon mal die Windpocken hattest, und ich muss alles tun, um mich davon abzulenken, dir diese Frage zu stellen.«

»Ich hatte sie.« Ich hob den Daumen.

»Wie war der Verlauf?«

»Milla und ich durften eine Weile von der Schule zu Hause bleiben und den ganzen Tag fernsehen. Dabei haben wir uns die Pusteln immer wieder aufgekratzt, um die Heilung hinauszuzögern.«

»Aufgekratzte Pusteln bedeuten aber auch eine schreckliche Komplikation.« Elyas grinste mich an. »Also, was ist: Spielen wir eine Runde?«

»Klar, lass uns spielen.«

Kaum hatten wir angefangen, stritten wir um die Existenz von Wörtern. Elyas wollte ›Brainstorming‹ nicht gelten lassen, weil das kein Deutsch war. Ich hingegen sträubte mich gegen jegliche medizinischen Fachbegriffe. Allein durch ihre Verwendung brachte er spielend das Y unter. Das war ein unfairer Vorteil.

Von dem Wort ›Matroschka‹ hatte er noch nie etwas gehört, geschweige denn von der Figur. Doch dank Google konnte ich ihm beweisen, dass sie existierte. Ich berichtete ihm doch von dem Fauxpas, der alles in

Gang gesetzt hatte und der Grund dafür war, weshalb ich überhaupt nach Offenbach gekommen war.

»Und jetzt hat deine Kundin an dieser Matroschka wieder das Interesse verloren?«, fragte Elyas. »Wie kommt das?«

»Das wüsste ich auch gern«, antwortete ich. »Zuerst hat sie deswegen ein riesiges Brimborium veranstaltet, und dann scheint es plötzlich egal zu sein. Aber erst, seitdem sie weiß, dass ich sie nicht geöffnet habe.«

»Brimborium ist auch ein schönes Wort«, sagte Elyas lächelnd.

»Aber nur das Wort!«, erklärte ich lachend.

Wir unterhielten uns über unsere Kindheit als Einwandererkinder und stellten fest, dass wir ähnliche Erfahrungen gesammelt hatten. Man saß oft zwischen den Stühlen der Kulturen. Wenn man als Kind in einem den Eltern fremden Land aufwuchs, integrierte man selbst zwar in diese Gesellschaft, aber die Eltern schafften es nicht immer. Sobald man die Wohnungstür hinter sich schloss, befand man sich in einer anderen Welt.

Bei Elyas war es durch den deutschen Vater leichter gewesen, man unterhielt sich zumindest meist auf Deutsch, doch ein Teil der Verwandtschaft lebte in Marokko. Sie hatten jeden Urlaub in der Heimat der Mutter verbracht und dabei deren Kultur in sich aufgesaugt, sodass die Rückkehr nach den Ferien wie ein Schock wirkte. Und dann waren da die Schulfreunde, die verwundert lauschten, wenn er sich mit seiner Mutter auf Arabisch unterhielt. Geburtstagseinladungen, die ausblieben, weil man ›irgendwie anders‹ war. Selbst nach Jahrzehnten in diesem Land, das unsere Heimat war, gab es Menschen, die uns allen Ernstes fragten: »Und? Wie gefällt es Ihnen in Deutschland?«

»Inzwischen frage ich zurück: ›Gut, und Ihnen?‹«, sagte Elyas, und wir lachten und stießen miteinander an.

Unsere Blicke trafen sich und für einen Moment verfingen sie sich ineinander, bis ich verlegen wegsah.

Später legte er Musik auf. Wir lauschten *John Mayer*, von dessen Musik Nils immer sagte, ein Lied klinge wie das andere, dabei stimmte das überhaupt nicht. Die Texte von Liebe und Missverständnissen waren mitten aus dem Leben gegriffen, und es gab eine Zeit, da hörte ich ihn ständig. Bisher hatte ich kaum jemanden getroffen, der *John Mayer* kannte.

Um Viertel vor eins rieb ich mir die Augen und gähnte. »Wenn ich nicht gleich nach drüben gehe, schlafe ich hier auf deinem Sofa ein.« Schwerfällig stand ich auf.

Wir hatten Wein getrunken, der mich schwindeln ließ, und Elyas war mit einem Schritt bei mir und hielt mich am Arm. »Hoppla.«

»Sorry«, krächzte ich und starrte mitten in seine tiefbraunen Augen. Die Müdigkeit war schlagartig verflogen.

»Das war ein schöner Abend«, sagte Elyas. Seine Stimme klang rau.

»Fand ich auch.«

Seine Lippen formten sich zu einem Lächeln. »Du starrst mich an«, sagte er leise und kam meinem Gesicht ganz nah. Er roch so gut. Nach diesem hölzernen Duft, der es in meinem Bauch kribbeln ließ. Und diese Augen, in denen ich hätte versinken mögen.

Endlich riss ich mich los. »Ich muss gehen«, murmelte ich und hastete zur Tür.

Kapitel 14

Der nächste Morgen war ein Sonntag, und ich hatte nicht vor, zu arbeiten. Es kam mir vor, als würde ich die Schule schwänzen. Natürlich war mir klar, dass ein freier Sonntag der Normalzustand eines Arbeitnehmers sein sollte, aber bei mir war es das schon lange nicht mehr gewesen. Samstags frei zu machen, war kein Problem, dann war selbst Tatjana meist beschäftigt. Sonntags schien ihr jedoch die Decke auf den Kopf zu fallen. Sascha war daheim, die Nanny hatte frei, und Tatjana hätte etwas mit ihrer Tochter unternehmen können. Doch wer hätte das organisieren sollen? Also suchte sie sich meine Gesellschaft, dann kam sie gar nicht erst in die Verlegenheit. Doch heute stand ich nicht zur Verfügung.

Das mit den Urlaubsplänen hatte ich wieder verworfen. Immerhin legte sich Tatjana für ihre Schwester ziemlich ins Zeug. Sie jetzt im Stich zu lassen, wäre mit meinem Gewissen nicht zu vereinbaren gewesen. Außerdem hätte Oleg sowieso nie zugestimmt.

In einer halben Stunde würde Leila zum Streichen zu mir herüber kommen, so hatten wir es abends noch mit Elyas ausgemacht. Er hatte angeboten, mitzuhelfen, doch ich hatte protestiert – so viel wäre ja gar nicht mehr zu tun.

Im Bett hatte ich noch überlegt, ob ich mich nicht vielleicht doch darauf einlassen sollte, die Wohnzimmerwand im gewünschten Dschungelmuster zu gestalten. Allerdings hatte sich meine innere Perfektionistin noch nicht dazu durchringen können.

Meinen Eltern war es vermutlich egal, und wenn sie erfuhren, dass die Idee von Leila stammte, wären sie wahrscheinlich begeistert. Aber ich selbst hatte so gar keinen Hang zum Dschungelmotiv. Den Gedanken fand ich sogar ziemlich schrecklich. Das entsprach so gar nicht meiner klaren Linie!

Ich schwang die Beine aus dem Bett, tappte zum Fenster und zog den Rollladen hoch. Wow! Schnee. Überall. Auf den Bäumen, Dächern und Straßen. Der Weg vom Parkplatz zur Haustür war geräumt und gestreut, doch die Spielgeräte auf dem Spielplatz bildeten bucklige weiße Formen, bei denen man nur erahnen konnte, was sie verbargen.

Unter der Dusche wanderten meine Gedanken zu Elyas Bertal.

Was war da bei unserer Verabschiedung passiert? Fast hätten wir uns geküsst. Und wenn wir uns geküsst hätten, dann …

Stopp! Ich verbot mir jede weitere Träumerei von meinem attraktiven Nachbarn. Energisch rubbelte ich mich trocken, schlüpfte in meinen Bademantel und band mir ein Handtuch um den Kopf. In der Küche befüllte ich die Kaffeemaschine und lehnte mich an die Fensterbank, um zuzuschauen, wie das heiße Wasser durch den Filter tröpfelte. Eine Bewegung im Augenwinkel erregte meine Aufmerksamkeit.

Ich sah aus dem Fenster über die Hofecke hinweg zur Nachbarküche. Elyas spülte Geschirr. Mir klappte der Mund auf, und ich starrte ihn an. Er war nackt.

Zumindest der Teil von ihm, den ich sehen konnte. Olivbraune breite Schultern, eine gut ausgebildete Rückenmuskulatur und definierte Armmuskeln, deren Zusammenspiel beim Heben und Senken der Teller gut zu sehen war.

Wegen der Fensterbank endete die Aussicht auf nackte Haut kurz über seinem Po. Trug er Boxershorts? Oder einen Slip? Oder gar nichts? Ich reckte mich auf die Zehenspitzen, um –.

In diesem Moment wandte Elyas sich um, und unsere Blicke trafen sich.

Fluchend glitt ich vom Fensterbrett und stellte mich mit dem Rücken an die Küchenwand daneben. Ich legte eine Hand auf mein pochendes Herz. Wie peinlich! Hatte ich ihn etwa schon wieder angestarrt?

Ich rang die Hände. Was sprang er auch nackig in seiner Küche herum? Früher hatten die Leute Gardinen. Heute kaum noch. Warum?!

Als es klingelte, zuckte ich zusammen. Hoffentlich war das nicht er und wollte sich beschweren, dass ich seine Privatsphäre missachtet hatte.

Ich schlich zur Wohnungstür und spähte durch den Türspion.

Er war es. Mein Herzschlag legte einen Gang zu.

Zumindest trug er ein Shirt. Und eine Jeans.

Sollte ich so tun, als wäre ich nicht da? Blödsinn! Er hatte mich ja gesehen.

»Was ist?«, fragte ich durch die geschlossene Tür.

Ich hörte gedämpft durch das Holz seine Stimme. »Bitte lass mich kurz rein.«

Zögernd öffnete ich die Tür einen Spalt. »Es tut mir leid, falls ich gestarrt haben sollte, ich –.«

Elyas' Finger berührten meine Hand. Er strich so zart darüber, dass ich nicht mehr wusste, was ich sagen wollte, und ihn überrascht ansah.

»Ich kann wieder gehen.« Er zeigte hinter sich zu seiner Wohnungstür. »Aber Leila schaut gerade die Sendung mit der Maus, die dauert noch eine halbe

Stunde, also dachte ich, wir könnten vielleicht«, er machte eine Pause, »reden?«

Mein Herz klopfte mir bis zum Hals. »Worüber denn?«

Er neigte den Kopf. »Ich weiß nicht, wie es dir geht, aber ich konnte die ganze Nacht an nichts anderes denken als an unsere Verabschiedung. An deinen Duft, an dein Lachen.« Er schob sich an mir vorbei. »Sag mir, wenn ich wieder gehen soll.« Seine Augen baten um Einlass.

Alles in mir schrie nach ihm. Bestimmt hatte er die Jeans nur übergestreift und trug nichts darunter. Ich wollte ihn küssen und berühren. Wollte wissen, wie er sich anfühlte. Doch wenn ich hier und jetzt Elyas Bertal näherkam, wäre das das Unvernünftigste, das ich je getan hatte. Das Dümmste. Wir würden es bereuen!

»Ich will, dass du bleibst«, flüsterte ich, »aber ich kann nicht.« Ich sah ihn verzweifelt an.

»Du hast recht.« Er nahm meine Hände in seine. »Bitte vergiss, dass ich hier war. Das war dumm und unüberlegt. Verzeih.«

Ich schluckte und nickte.

Wie ein Schatten glitt er aus der Tür und schloss sie lautlos hinter sich. Nur sein Geruch lag noch in der Luft und ließ mich erschaudern. Wie verloren stand ich herum und umarmte mich selbst, bis ich mich endlich losriss und ins Schlafzimmer ging, um mich umzuziehen. Bis Leila herüber kam, musste ich mich wieder gefangen haben. Ich strich mir mit beiden Händen übers Gesicht und versuchte, einen klaren Gedanken zu fassen.

Ich hatte mich gerade angezogen, geföhnt und geschminkt, als wieder jemand an der Tür war. Für Leila war es noch zu früh. Sollte es Nils sein? Ich hatte ganz vergessen, ihm wie verabredet ›Gute Nacht‹ zu wünschen. Welche Rückschlüsse mochte er daraus gezogen haben? Noch dazu wären diese gar nicht so abwegig.

»Moment!«, rief ich und erspähte durch den Türspion Leila, die von einem Bein aufs andere trat.

Als ich die Tür öffnete, sagte sie: »Papa fragt, ob du Lust hast, zum Frühstück rüberzukommen. Er macht Pfannkuchen aus irgendwelchen Eiern, du wüsstest schon welche, und ich decke den Tisch!«

Dieser Mann hatte Nerven.

»Ich frühstücke heute lieber allein«, erklärte ich. »Aber wir beide sehen uns ja dann zum Streichen.«

Leila nickte und machte kehrt. Bevor sie die Tür hinter sich schloss, hörte ich sie »Sie will nicht!« rufen, dann war es wieder still.

Ich ahnte, was Elyas damit bezweckte. Er wollte dahin zurück, wo wir gestern geendet hatten. Doch leider war ich nicht so flexibel. Der Gedanke an seinen Körper, an das, was ich davon nicht gesehen hatte, die Blicke, die wir miteinander ausgetauscht hatten …

Ich lehnte die Stirn gegen die Wohnungstür und beschloss, sobald wie möglich nach Frankfurt zurückzukehren. Nur die Wohnung zu streichen und dann die Zelte abzubrechen. Dann hatte dieser Spuk hier ein Ende.

Eine halbe Stunde später diskutierten Leila und ich schon wieder wegen der Wohnzimmerwand. Glücklicherweise hatte ich mich inzwischen gefasst und konnte der Kleinen normal begegnen. Elyas hatte sich nicht mehr gezeigt, wofür ich dankbar war.

Vorsichtig äußerte ich meine Zweifel darüber, dass eine Dschungellandschaft für ein Wohnzimmer passend war. Sie könnte dadurch eventuell etwas zu wild aussehen, zumal wir beide möglicherweise nicht die begnadetsten Maler waren.

Das hätte sie kränken können, tat es aber offenbar nicht. »Papa könnte uns doch helfen«, schlug sie stattdessen vor.

»Nein, er soll heute wirklich mal pausieren. Immerhin arbeitet er in der Klinik und nebenher noch als Hausmeister. Du hast selbst gesagt, dass er dringend frei machen muss. Außerdem bin ich nicht sicher, ob dein Papa es besser drauf hat, Lianen und exotische Blüten zu malen als wir zwei.«

»Doch, er kann das. Er hat ja auch mein Zimmer bemalt.«

Wenn ich an die Fußball spielenden Einhörner dachte, die Leilas Kinderzimmerwand bevölkerten, musste ich lächeln. Elyas Bertal konnte also malen. Dieser Mann schien über viele Talente zu verfügen.

Glücklicherweise fiel mir etwas Besseres ein. »Wenn du dich unbedingt mit einem Dschungelmotiv verewigen willst, nehmen wir eine Wand in Millas und meinem früheren Kinderzimmer.«

»Hier würde es aber besser aussehen«, beharrte Leila. »Und Papa kann das wirklich.«

Wann wollte sie denn nur endlich von ihrem Papa aufhören? Der tanzte doch ohnehin schon die ganze Zeit vor meinem inneren Auge herum. Nackt.

Mein Blick fiel nach draußen in die verschneiten Zweige der Pappel, und mir kam eine Idee.

»Was hältst du davon, wenn wir in den Schnee gehen? Wir könnten eine Schneeballschlacht machen.« Ich hatte so richtig Lust, mich ein bisschen abzureagieren.

»Au ja!«, rief Leila. »Ich frag Papa!«

Innerlich verdrehte ich die Augen.

Was bildete ich mir eigentlich ein? Leila von ihrem geliebten Papa abzulenken, war ein aussichtsloses Unterfangen. Schon war sie unterwegs durch den Flur, um ihn zu fragen, ob er mitkommen wollte.

Und das wollte er. Er wollte sogar noch viel mehr.

Als die beiden in Anoraks und Mützen gehüllt wieder auftauchten, sagte Elyas: »Ich hoffe, du hast nichts gegen eine Schlittenfahrt im Taunus.« Er tippte auf seine Armbanduhr. »Um diese Zeit ist es dort vermutlich noch nicht so voll.«

»Wir wollten doch noch streichen«, wandte ich matt ein, dankbar dafür, dass er sich nicht anmerken ließ, was zwischen uns vorgefallen war.

Er legte bittend die Hände aneinander und neigte den Kopf. »Ein bisschen frische Luft würde uns allen guttun.«

»Ihr macht mich fertig«, seufzte ich. »Aber ich werde nicht Schlittenfahren. Zuletzt hab ich als Vierjährige in Russland auf so einem Ding gesessen.«

Für meine schneeverwöhnten russischen Eltern waren die deutschen Winter eine Farce. Einen Schlitten konnten wir uns außerdem nicht leisten. Und Nils wäre auf eine solche Idee niemals gekommen.

Ergeben nahm ich Jacke und Mütze vom Garderobenhaken und schlüpfte hinein, griff nach meiner Handtasche.

»Wenn du lieber nur spazieren gehen möchtest?«, fragte Elyas zweifelnd.

»Neeeeeiiiin!«, quengelte Leila. »Ich will Schlittenfahren!«

»Solange ich nicht fahren muss«, wiederholte ich, zog hinter mir die Tür ins Schloss und schlüpfte in meine Stiefel, die ich im Treppenhaus abgestellt hatte.

»Hast du auch andere als die?«, erkundigte sich Elyas. »Welche ohne Absatz?«

Ich schürzte die Lippen. »Als ich hierher kam, war ich leider nicht auf Schneetouren eingestellt. Eigentlich wollte ich nicht mal das Haus verlassen.«

»Fahren wir doch bei dir vorbei und holen welche«, schlug Leila vor.

O ja, dachte ich. Nils würde sich sicher freuen. Bestimmt würde er uns dreien vom Balkon aus nachwinken und viel Spaß wünschen.

Außer er war gar nicht zu Hause. Er hatte sich noch nicht bei mir gemeldet. War er sauer, dass ich ihm gestern nicht mehr geschrieben hatte?

»Es wird auch so gehen«, widersprach ich.

»Ich kann dich ja stützen, sollte es glatt sein«, bot Elyas an. Er fixierte mich aus seinen braunen Augen und ich sah weg. Genau. Hervorragende Idee.

Innerlich rief ich mich zur Ordnung. Ich benahm mich unmöglich. Als wäre Elyas ansteckend. Nur weil ich ihn nackt gesehen hatte. Und nicht einmal alles. Aber seither ging meine Fantasie mit mir durch. Wie sah er aus? Groß, klein, lang, dick, dünn? Wie wäre es gewesen, Elyas zu küssen? Wie, ihn zu berühren? Meine Gedanken ließen nicht locker. Erst recht nicht das aufgeregte Flattern in meinem Bauch, wenn ich ihn ansah.

»Lasst uns einfach gehen. Wir werden ja sehen, wie alles klappt«, brummte ich und stakste hinter den beiden die Treppe hinunter.

Kapitel 15

Nachdem wir eine Weile in Elyas' altem Volvo gefahren waren, fand ich endlich meine Sprache wieder. »Wie kommt es eigentlich, dass ihr in Offenbach wohnt?«

»Leila und ich brauchten kurzfristig was. Eine Beziehung von mir ging in die Brüche, und wir mussten fix eine Lösung finden. Als Alleinerziehender bekommt man nicht so schnell eine passende Bleibe. Und als hier die Hausmeisterwohnung frei wurde, hab ich mich beworben. Da sie für die Außenanlagen und den Winterdienst eine Firma haben, die sich um alles kümmert, hält sich die Arbeit in Grenzen.«

»Die zerbrochene Beziehung war Anna«, erklang Leilas Stimme von der Rückbank. »Ich war ihr zu fordernd.«

Ich schnaubte belustigt. Die Wortwahl dieses Kindes war einmalig. Vielleicht hatte Elyas sie auch schon ins Scrabble-Spiel eingeweiht.

»Findest du mich auch fordernd?«, erkundigte sich Leila.

Ich wandte den Kopf zu ihr um. »Allerdings. Allein, wenn ich an die Dschungelwand denke. Du bist ein harter Brocken.«

»Dschungelwand?« Elyas setzte den Blinker, um auf die Autobahn aufzufahren.

»Die wollen wir mit dir zusammen bemalen, Papa«, erklärte Leila. »Mit Äffchen und Aras! In Hedwigs Wohnzimmer.«

»Siehst du«, sagte ich lachend und hob hilflos die Hände. »Obwohl ich das gar nicht möchte. Ich finde dich auch zu fordernd, Leila. Über diese Wand ist noch nicht das letzte Wort gesprochen.«

Das Mädchen blieb unbeeindruckt. »Du bist trotzdem anders als Anna. Anna hätte geschimpft. Aber du lachst. Und bestimmt machen wir es doch.«

Ich ahnte, dass sie damit recht haben könnte. Sie hatte diese Gabe, Erwachsene weich zu kochen. Aber auf eine entzückende Art.

Milla und ich hätten als Kinder niemals widersprochen oder versucht, unseren Willen durchzusetzen. Diskussionen mit unseren Eltern wären nutzlos gewesen, da diese bei Unstimmigkeiten die Strategie anwendeten, uns so lange zu ignorieren, bis wir aufgaben.

»Du siehst plötzlich so nachdenklich aus«, sagte Elyas nach einer Weile.

Leila hatte sich Ohrstöpsel in die Ohren gesteckt und lauschte einem Hörspiel.

»Ich wundere mich nur darüber, dass wir uns nie begegnet sind, wenn Milla und ich bei meinen Eltern waren.«

»Das stimmt«, bestätigte er. »Aber ich bin ja noch gar nicht so ewig da.«

Wir hingen eine Weile unseren Gedanken nach, bis Elyas sagte: »Ich möchte mich bei dir entschuldigen, dass ich fast nackt in der Küche herumgelaufen bin. Ich wollte dich nicht belästigen. Es hat nur so lange niemand bei euch gewohnt, dass ich nicht darüber nachgedacht habe.«

Ich spürte, wie mir die Hitze in die Wangen stieg. »Du musst dich nicht dafür entschuldigen. Jeder kann in seiner Wohnung herumlaufen, wie er mag.«

»Und dass ich dann noch bei dir geklopft habe …«

»Wirklich, es ist okay.«

»Freunde also?«, fragte er.

Ich senkte zustimmend den Kopf. »Freunde.«

Ich starrte aus dem Fenster in die verschneite Landschaft. Was für ein Glück. Fast wäre ich heute fremdgegangen. Ich hatte es um Haaresbreite verhindert. Allerdings war ich nun – statt ihm aus dem Weg zu gehen – mit diesem Mann und seiner Tochter auf einem Sonntagsausflug, während mein Mann arbeitete und Popow und Tatjana zu beschwichtigen versuchte.

Woher deren Sinneswandel gekommen war, interessierte mich immer noch brennend. Nur weil ich die Matroschka verloren und mir nicht näher angesehen hatte? Wieso war das eine solche Erleichterung? Vielleicht würde ich es in den nächsten Tagen erfahren, wenn ich auf die Arbeit zurückkehrte.

Nachdem wir Bad Homburg passiert hatten, wo Popow mit seiner Familie lebte und auch die Vierzimmerwohnung für Tatjanas Schwester lag, rief Leila: »Das sieht da draußen ja aus wie in einem Märchenwald!«

Und wirklich! Als wir von der Autobahn abbogen und auf der Landstraße weiterfuhren, schienen die Bäume links und rechts der Fahrbahn unter dem Gewicht des Schnees zusammenbrechen zu wollen.

»Immer wieder erstaunlich«, bemerkte Elyas, »was so ein paar Höhenmeter ausmachen.«

Leila auf der Rückbank klatschte in die Hände. »Das wird gleich so schön im Schnee!«

Ich warf einen Blick auf mein Schuhwerk und bereute inzwischen, mir nicht doch ein paar gefütterte Stiefel mit flachem Absatz geholt zu haben. Sollte Nils sich nicht für mich freuen, wenn ich ein bisschen Spaß hatte? Es war ja nichts passiert. Und das würde es auch nicht.

Bald erreichten wir unser Ziel in Oberreifenberg. Der Dorfberg diente als Schlittenpiste und lockte Familien aus der ganzen Umgebung an. Dafür, dass es erst halb zehn war, war schon erstaunlich viel los. Ein buntes Durcheinander aus Schneeanzügen und Pudelmützen sowie Schlitten aller Art tummelte sich bereits am Hang. Mütter rückten Mützen und Handschuhe gerade, Väter zogen die Gefährte den Berg hoch.

Ich schluckte. Wir drei würden auch aussehen wie eine Familie.

Elyas fuhr in eine Parklücke und zog die Handbremse. »Da wären wir.

Beim Aussteigen sank ich knöcheltief in den Schnee ein.

»Meinst du, es wird gehen?« Elyas sah mich zweifelnd an und lud den Schlitten aus dem Kofferraum.

Leila klaubte Schnee vom Boden auf und formte einen Schneeball.

»Bitte nicht auf mich werfen!«, rief ich mit erhobenen Händen. »Ich muss mich erst mal orientieren!«

Elyas zog lachend sein Handy aus der Hosentasche und machte zuerst ein Foto von Leila mit dem Schneeball und dann von mir. »Du bist doch kein Wüstenbewohner, der zum ersten Mal Schnee sieht, oder? Kommst du nicht aus Russland? Haben sie dort nicht strenge Winter?«

Ich streckte ihm die Zunge raus. Frechheit. Es lag ja nur an meinen Schuhen!

Verwegen deutete ich auf den Schlitten. »Ihr könntet mich eigentlich bis zur Piste hinüberziehen, meint ihr nicht?«

Elyas lachte noch mehr. »Schade, dass ich die Rückenlehne nicht mehr habe, die ich früher für Leila benutzt habe, damit sie nicht rauskullert.«

»Sollen wir dich wirklich ziehen?« Leila sah sich nach allen Seiten um, als überlegte sie, ob das nicht zu peinlich werden könnte. Sie schleuderte den Schneeball auf Elyas.

Er duckte sich gekonnt. »Frauen mit Stöckelschuhen müssen das abkönnen«, sagte er. Aber er zwinkerte mir zu und bot mir seinen Arm. »Bitte sehr, ich gebe Ihnen Halt, Mylady.«

Ich fühlte mich wie ein Storch, der auf der Suche nach Nahrung durch seichtes Wasser watet, als ich an Elyas' Arm den Parkplatz und die angrenzende Straße überquerte, um auf der Spitze des Hangs anzukommen. Zu unseren Füßen ging es steil bergab.

»Blöd«, meinte Elyas mit Blick auf mein Schuhwerk. »Ich glaube, du wirst zusehen müssen. Du kommst zwar runter, aber nicht mehr rauf.«

Leila verzog das Gesicht. »Ohne Sina macht es ja überhaupt keinen Spaß!«

»Ich wollte sowieso nicht fahren«, winkte ich ab. Dabei bekam ich beim Anblick der fröhlich kreischenden Kinder direkt Lust dazu.

Ich zog mein Handy aus der Tasche. »Ich werde euch beide filmen. Und ganz bald wiederholen wir das Ganze, dann ziehe ich passende Schuhe an und fahre auch. Versprochen.«

Elyas schüttelte den Kopf. »Ich kann dich ja nach oben ziehen.«

Leilas Miene hellte sich auf. »Dann musst du aber mit Sina fahren, anders geht es nicht. Und ich filme dann euch!«

»Du weißt wohl nicht, wie schwer ich bin«, brummte ich.

»Und du hast keine Ahnung, wie stark ich bin«, raunte Elyas und versetzte mir einen Stupser mit dem

Ellenbogen. »Dabei solltest du doch meine Muskeln gesehen haben.«

Für einen Moment verschlug es mir die Sprache.

»Angeber«, scherzte ich schließlich und deutete auf die Piste. »Heute nur ihr. Da lasse ich gar nicht mit mir verhandeln.«

Leila brachte den Schlitten in Position, dann hockte sie sich nach vorn und klopfte einladend aufs Holz. Die Bommel an ihrer pinkfarbenen Mütze wackelte hin und her. Elyas nahm hinter seiner Tochter Platz und wies sie an, die Füße hochzunehmen. Dann griff er um sie herum und fasste den Schlitten an der Gabel, um sich Halt zu geben.

Das wäre verdammt eng mit uns geworden, dachte ich und schaltete die Videofunktion meiner Handykamera ein.

»Auf die Plätze!«, rief ich, und Elyas stieß den Schlitten mit den Füßen ab. »Los!«

Ich hielt die Kamera auf die beiden gerichtet und ließ sie nicht aus den Augen. Leilas Juchzen vermischte sich mit dem der anderen Kinder, und ich zoomte sie und ihren Vater näher heran. Elyas lenkte den Schlitten geschickt durch die Menge, bis sie unten angekommen waren und Leila mit den Armen winkte. Ich drückte auf Stopp und wartete geduldig ab, bis sie wieder bei mir ankamen.

»Noch mal!«, rief Leila, und sie fuhren sofort wieder los.

Nach der fünften Runde sagte Elyas außer Atem: »Pause. Ich kann nicht mehr.« Erschöpft ließ er sich auf den Schlitten fallen. Leila gesellte sich zu einer Gruppe Kinder, die einen Schneemann bauten.

Mir taten die Füße weh, und kalt waren sie auch.

Elyas klopfte neben sich zur Vorderseite des Schlittens. »Komm, ruh dich aus«. Er öffnete den Reißverschluss seines Anoraks und zauberte einen Müsliriegel hervor. »Hunger?«

Dankbar nahm ich den Riegel entgegen und setzte mich. Inzwischen war es auf dem schmalen Plateau noch voller geworden. Mütter und Väter rasten mit ihren Sprösslingen geübt die Piste hinunter, als würden sie nie etwas anderes tun. Ich fühlte mich entsetzlich unsportlich. Wann hatte ich überhaupt das letzte Mal Sport getrieben? Noch nie, wäre die ehrliche Antwort gewesen. Johanna hingegen war topfit. Nach Oskars Geburt hatte sie sofort mit Rückbildungsgymnastik begonnen und war wieder einmal die Woche bei ihrem Steckenpferd Zumba eingestiegen. Wenn sie auch sonst nicht mehr viel hinbekam – der Zumbakurs war ihr heilig.

Milla und Jochen gingen regelmäßig zum Tanzen. Seit einem Jahr hatte meine Schwester zudem mit Yoga begonnen, wovon sie jedes Mal schwärmte, als hätte sie das Ei des Kolumbus für sich entdeckt.

Es gab ja auch diese Apps, die Schritte zählten. Aber ich hatte sie frustriert wieder gelöscht, nachdem ich feststellen musste, dass mein Tagesdurchschnitt bei 1457 Schritten lag. Dabei sollte das Tagesziel laut App bei Zehntausend sein. So viele!

Und wo wir gerade dabei waren: Tatjana beschäftigte neben ihrer Nanny und ihrer Putzfrau auch einen Personal Trainer, mit dem sie sich jeden Montag- und Donnerstagmorgen traf. Popow ging ins Fitnessstudio. Nils spielte samstags Tennis. Irgendwie schien es jeder auf die Reihe zu bekommen. Außer ich.

Elyas rutschte näher zu mir heran. »Ist dir kalt?«

»Ein bisschen«, erwiderte ich und nahm den letzten Bissen, stopfte die Verpackung in die Brusttasche meines Anoraks.

»Ich könnte dich wärmen«, bot Elyas an.

Ich warf ihm einen Seitenblick zu.

Ohne eine Antwort abzuwarten, hob er ein Bein über mich hinweg und umarmte mich. Nun saß ich im Damensitz auf dem Schlitten, und er platzierte seine Füße links und rechts auf den Kufen.

Ich lehnte zaghaft meinen Kopf gegen seine Schulter, vergrub meine Nase an seinem Kinn und schloss die Augen. Es fühlte sich so vertraut an, hier mit ihm zu sitzen. Und wie gut er roch.

»Du benutzt Apfelshampoo«, flüsterte Elyas.

»Stimmt«, hauchte ich.

Seine Lippen streiften meine Wange, und –.

Da verpasste uns jemand einen Stoß, und wir gerieten ins Rutschen. Ich schrie auf und hob reflexartig die Beine. Elyas packte den festen Draht zwischen den Kufen und drückte sich an mich. Sein Gesicht war nah an meinem. Genießen konnte ich diese Nähe aber überhaupt nicht. Dazu hatte ich zu viel Angst. Ich klammerte mich an ihn.

»Entspann dich!«, rief er lachend und lenkte unser Gefährt schwungvoll an den anderen Fahrern vorbei.

Gerade als ich mir vornahm, Elyas' Fahrkünsten zu vertrauen und unsere unfreiwillige Fahrt lockerer zu sehen, preschte jemand von schräg hinten auf uns zu. Ich sah ihn schon in uns hineinrasen und schrie wieder panisch auf. Der andere lehnte sich zur Seite, drehte eine enge Kurve von uns weg. Dabei spritzte hoch Schnee auf und bedeckte uns. Ich schwankte und wollte mich mit den Füßen abfangen, aber meine Absätze verhakten sich im Schnee der Piste. Es ging alles so schnell. Elias verlor den Halt, ich kippte vornüber, der Schlitten geriet in Schieflage und fuhr mit einer Kufe über meinen Fuß. Elyas wurde weggeschleudert und landete im Schnee.

Ich brauchte einen Moment, um wieder ganz zu mir zu kommen. Als ich versuchte aufzustehen, knickte ich um. Der Schmerz in meinem Knöchel trieb mir Tränen in die Augen.

Elyas krabbelte zu mir herüber, sein Blick war sorgenvoll. »Hast du dir wehgetan?«

Ich biss die Zähne zusammen und nickte.

»Du Idiot!«, rief Elyas dem Unbekannten hinterher und betrachtete meinen verdrehten Fuß.

»Scheiße.« Er kniete sich neben mich und legte vorsichtig seine Hand auf meinen Knöchel. »Hoffentlich ist der nicht gebrochen. Der Winkel sieht komisch aus.«

Bloß das nicht, betete ich. Doch das Reißen und Pochen sagte das Gegenteil. Mir trat der Schweiß auf die Stirn. *Bitte nicht.*

Elyas versuchte, mir auf den Schlitten zurück zu helfen. Doch ich schrie auf vor Schmerz. Schließlich packte er mich unter den Armen und zog mich aufs Holz. Schweratmend blieb ich sitzen.

»Hier gibt es leider keine Bergwacht wie in den Alpen.« Elyas kniete vor mir. Er bemühte sich, Zuversicht auszustrahlen. »Wir schaffen das schon, Sina. Irgendwie kriegen wir dich wieder nach oben.«

Ich sah den Schlittenhang hinauf, und er kam mir vor wie der Mount Everest.

»Kann ich Ihnen helfen?« Ein Mann sprach uns an. Er sah kräftig und durchtrainiert aus, und er war in Begleitung eines Jungen. Nach kurzer Beratschlagung banden die beiden Männer die Schlitten aneinander. So konnte ich rückwärts auf Elyas' Schlitten sitzen und die

Beine auf dem des Mannes ablegen. Der Junge lief neben mir her und gab Acht, dass ich nicht abrutschte.

Es tat noch immer weh, doch nicht mehr so sehr, dass ich meinte, es würde mir den Fuß abreißen.

Während Elyas und der Mann mich halb scherzend, halb fluchend den Berg hinaufzogen, wurde mir klar, dass unser Ausflug schon zu Ende war. Der Knöchel pochte gegen das Leder, als wollte er es sprengen.

Als wir endlich oben angekommen waren, bedankten wir uns bei unseren Helfern.

»Ich komme mir so blöd vor«, stöhnte ich. »Wie kann ich mich nur so dämlich anstellen?«

»Das war die Schuld von dem Blödmann!«, rief Leila, die alles beobachtet hatte. »Er hat euch umgenietet!«

»Und du?«, fragte Elyas. »Hast du uns den Schubs gegeben?«

Leila senkte den Blick. »Ich wusste ja nicht, dass so was passieren kann.«

Elyas legte den Arm um sie. »Ich weiß. Aber Sina hatte gesagt, dass sie gar nicht fahren wollte.«

»Und jetzt?«, fragte Leila. »Muss Sina zum Arzt?«

Ich schloss die Augen. Mein Knöchel meldete, dass das eine verdammt gute Idee war.

»Wenn du mir mal den Stiefel aufmachen könntest«, bat ich Elyas, der etwas in sein Handy eintippte.

Eilig steckte er das Gerät zurück in seine Jacke und zog am Reißverschluss meines Schuhs.

»Ach du liebe Güte«, murmelte er. Die Kontur meines Knöchels war kaum mehr zu erkennen. Der Anblick erinnerte mich an die unter dem Schnee verborgenen Spielplatzgeräte.

»Ich hol das Auto.« Er zog den Schlüssel aus seiner Jackentasche. »Meine Kollegen in der Klinik wissen schon Bescheid. Ich hoffe, dass das Ganze schlimmer aussieht als es ist.« Er hob die Schultern. »Ich schätze, du solltest deinen Mann informieren. Dann kann er ins Krankenhaus kommen. Ich nehme nicht an, dass du in der Wohnung deiner Eltern bleiben möchtest?«

»Scheiße!«, rief Leila und trat gegen den Schlitten, und ich stöhnte auf. Dicke Tränen quollen aus den Augen des Mädchens. »Es hätte so ein schöner Tag werden sollen!«

Zerknirscht sah ich sie an. Ich hatte auf dasselbe gehofft. Dieser Unfall brachte noch ganz andere Probleme mit sich. Hatte ich Nils nicht erzählt, ich wollte heute die Wohnung meiner Eltern streichen und deswegen noch in Offenbach bleiben? Zwar hatte ich nicht von Anfang an geplant, eine Schlittenfahrt zu unternehmen. Aber ich hatte es auch nicht für nötig gehalten, ihm von der Planänderung zu erzählen. Genau genommen hatte ich es ihm sogar verheimlicht, sonst hätte ich ja die flachen Stiefel holen können. Was würde er dazu sagen? Würde er sich hintergangen fühlen oder es locker nehmen? Und welchen Grund gab es dafür, es nicht locker zu nehmen? Ich war ein freier Mensch und hatte nichts getan!

Ich versenkte das Gesicht in meinen Händen und atmete tief durch.

»Okay«, sagte ich schließlich und sah Elyas niedergeschlagen an. »Ich rufe ihn an.«

Im Laufe des Nachmittags stellte sich heraus, dass zwar nichts gebrochen war, mein Knöchel aber dennoch geschient werden musste. Zwei Wochen ruhighalten hieß das Urteil des Arztes. Elyas' Vorgesetzter empfahl mir ein Streaming-Abo sowie einen guten Pizzaservice, falls ich niemanden hätte, der sich um mich kümmern konnte. Außerdem übergab er mir ein Rezept für ein paar Krücken.

Bis dahin waren meine Versuche, Nils zu erreichen, vergebens geblieben, und so bat ich Elyas schließlich, mich nach Hause zu bringen. Ich wollte mich aufs Sofa legen und abwarten, bis mein Mann heimkam.

»Wir könnten mit dir warten«, bot Elyas vor meiner Wohnungstür an. Leila saß im Auto.

Ich schüttelte den Kopf. »Das wäre keine so gute Idee.«

»Soll es das schon gewesen sein?«, fragte er leise. »So ein kurzes Vergnügen, dich kennengelernt zu haben? Ich hatte gehofft, ich könnte dich noch mindestens einmal in Scrabble schlagen.«

Ich lächelte wehmütig. »Das wäre wirklich schön gewesen.«

Doch ich konnte ihm noch nicht einmal anbieten, es nachzuholen. Was sollte ich denn zu Nils sagen? Wenn ich mit einem Kind Schlitten fahren gehen wollte, würde das vielleicht gerade noch durchgehen. Alles andere war nicht machbar. Und selbst das mit dem Schlitten war nach diesem Erlebnis eher unwahrscheinlich.

»Die Wohnung meiner Eltern ist ja erst halb fertig«, fiel mir schließlich ein, »und ich brauche ja noch deine Unterstützung bei der Erstellung des Dschungelmotivs.«

»Du willst es also doch?« Er lächelte. »Hat meine Tochter dich endlich weichgekocht?«

»Weich wie ein Eis in der Sonne.« In gespielter Verzweiflung verzog ich das Gesicht.

Elyas gab mir einen zarten Kuss auf die Wange. »Ich kann dir gar nicht sagen, wie mich das freut.« Dann sah er mich ernst an. »Jetzt aber erst mal alles Gute für deinen Knöchel. Es tut mir leid, wie das gelaufen ist.«

Ich winkte ab. »Ist nicht eure Schuld, wirklich. Und sag Leila liebe Grüße, ich bin ihr nicht böse. Das wird schon wieder.«

»Sollen wir Handynummern austauschen, für alle Fälle?«, fragte er.

Zögernd kramte ich das Smartphone aus meiner Handtasche. Er nannte mir seine Nummer, und ich rief ihn an, damit er meinen Kontakt auch auf seinem Apparat hatte.

»Tja.« Elyas versenkte die Hände in den Hosentaschen. »Dann hoffentlich bis bald.«

Ich steckte den Schlüssel ins Schloss und nickte noch einmal nachdrücklich. »Bis bald.«

Heute war ich dankbar für unsere Alexa. Sie schaltete die Lichter in Flur und Wohnzimmer ein, sodass ich mich nur noch auf einem Bein an der Wand entlang zum Sofa hangeln musste. Langsam ließ ich mich darauf sinken und legte den Fuß auf dem Couchtisch ab. Was für ein elendiges Desaster.

Kapitel 16

Nils' Hand an meiner Schulter weckte mich. Wenn ich tief geschlafen habe und so in die Wirklichkeit zurückgeholt werde, sehe ich immer verschwommen. Milla meint, ich würde dann immer schielen und das sähe zum Totlachen aus. Nils kannte das auch schon. Heute reagierte er nicht mit dem üblichen belustigten Schnauben, sondern mit einem unsanften, heftigeren Rütteln an meiner Schulter.

»Was ist denn um Gottes Willen passiert?« Er zeigte auf die Schiene an meinem Fuß, der augenblicklich schmerzhaft pochte. »Ist der gebrochen?«

Ich schüttelte den Kopf. »Nur geprellt. Könntest du mir eine Tablette geben?«

Nils setzte sich in Bewegung und erkundigte sich über seine Schulter hinweg: »Bist du beim Streichen von der Leiter gefallen, oder was hast du angestellt?«

Ich suchte nach Worten. Wie gestand ich ihm am besten, dass ich nicht gestrichen hatte, sondern –.

»Oleg meinte, dass ich auf dich achtgeben sollte, als ich ihm erzählte, dass du zum Abendessen bei einem attraktiven Kerl eingeladen warst und dich am Abend nicht wie verabredet gemeldet hast. Er hat mir den ganzen Tag in den Ohren gelegen, dass die russischen Frauen das Abenteuer lieben.« Er hielt mir die Tablettenpackung hin und zwinkerte mir zu. »Und dass du in Wahrheit gar keine Wohnung streichst, sondern dich mit diesem Kerl vergnügst.«

Seine Stimme hatte einen ironischen Unterton, der mir sagte, dass er selbst nicht dieser Meinung war.

»Hm, ja.« Ich sah auf den Tablettenstreifen hinunter und drückte eine Pille heraus. »Kannst du mir bitte noch Wasser geben?«

Während Nils in der Küche ein Glas mit Wasser füllte, hatte ich noch einen Moment Zeit zu überlegen. Wie sollte ich Olegs Unterstellung widerlegen, wenn ich Nils jetzt gestand, dass ich mit Elyas eine Runde Schlitten gefahren war? Mein Mann würde mich niemals ohne Riesentheater die Wohnung zu Ende streichen lassen. Schon gar nicht zusammen mit Elyas und Leila.

Nils reichte mir das Glas Wasser, und ich spülte die Tablette hinunter. Ich beschloss, einfach gar nicht viel zu erzählen, ihn in seinem Glauben an einen Unfall mit der Leiter zu lassen.

»Jedenfalls wird diese Sache hier wohl vierzehn Tage dauern. So lange darf ich den Fuß nicht belasten. Und das heißt –.«

»Vierzehn Tage?« Nils riss die Augen auf. »Das geht nicht.«

»Ich weiß!«, rief ich. »Aber was soll ich denn machen?«

»Du musst gleich morgen früh zu Tatjana.« Nils zog sein Handy aus der Gesäßtasche. »Sie kann dir ja einen Fahrer schicken, dein Auto ist ohnehin noch nicht fertig.«

Ich schnaufte genervt. Als ob ich mit diesem geschwollenen Fuß Auto fahren könnte! Außerdem hatte ich Nils doch gesagt, dass ich vielleicht Urlaub nehmen würde. Er konnte ja nicht wissen, dass ich diesen Plan wieder verworfen hatte. Doch Nils hörte mir sowieso nicht zu.

»Wir versorgen dich mit genügend Schmerzmitteln, dann wird es schon gehen«, sagte er und hielt sich das Handy ans Ohr. Als Tatjana nicht abnahm, legte er auf und grinste schräg. »Du beschwerst dich doch immer darüber, dass du bei ihr nur herumsitzt. Jetzt wirst du dankbar dafür sein.« Er hob die Schultern. »Mit einer Schiene kannst du auch in Katalogen blättern oder im Internet surfen.«

Stirnrunzelnd sah ich ihn an. Interessierte es ihn eigentlich überhaupt nicht, wie es mir ging?

»Ich bin krankgeschrieben«, sagte ich. »Genau genommen darf ich überhaupt nicht arbeiten. Mein Knöchel schmerzt wie Hölle. Ich weiß nicht, wie ich mich die nächsten Tage versorgen soll, wenn du auf der Baustelle bist. Milla muss ins Café, Johanna hat Oskar. Und ich kann dir gar nicht sagen, wie es mich ankotzt, dass deine Arbeit immer an erster Stelle steht und du dasselbe von mir erwartest. Als wäre ich ein Computer, den man einfach nur wieder hochfahren muss.«

Nils schürzte die Lippen. »Es ist nur ein geprellter Knöchel, Sina. Das musst du wirklich nicht so feiern.« Er schüttelte den Kopf. »Erst deine Absage gestern wegen der Renovierung bei deinen Eltern, die in Moskau wohnen, und die es noch nie die Bohne interessiert hat, wie es in ihrer Wohnung aussieht. Und jetzt … man sollte meinen, dass dir diese Verletzung regelrecht in den Kram passt. Was ist eigentlich auf einmal in dich gefahren?«

Der Kloß in meinem Hals schien mir die Luft zu nehmen. »Was hätte ich denn sonst dort tun sollen? Mit irgendetwas musste ich mir doch die Zeit vertreiben! Ich hab gehört, wie du mit Johanna telefoniert hast. Du wolltest eine Auszeit von mir! Sollte ich dabei zusehen, wie du deine Tasche packst? Das hätte ich nicht ertragen! Konnte ja keiner ahnen, dass Popow und Tatjana es sich schon drei Tage später anders überlegen und uns wieder als ihre Leibeigenen zurückhaben wollen.«

Er sah mit zusammengekniffenen Augen auf mich hinab. »Ich mag meinen Job, und ich mag Popows Projekte, weil er mir freie Hand lässt! Ja, manchmal geht er mir auch auf die Nerven, und ich dachte auch schon, dass ich ihn am liebsten los wäre, aber ich verdiene gutes Geld damit. Irgendwann kann ich damit etwas Schönes –.«

»Das ist der Unterschied!«, brüllte ich. »Mir lässt niemand freie Hand in meinem Job. Und mein Herzenswunsch muss nicht nur warten, sondern wird sich wahrscheinlich nie erfüllen. Stattdessen muss ich springen, wann immer Tatjana etwas in den Kopf schießt. Ich muss hässliche Möbel aussuchen, Möbel, die dem Sonnenkönig gefallen hätten, aber nicht mir. Ich richte leblose Häuser ein, deren einziger Zweck darin besteht, andere zu beeindrucken. Ich statte Kinderzimmer mit allem Schnickschnack aus, dabei werden sie außer zum Schlafen niemals benutzt, weil die Kinder den ganzen Tag über in die Fremdbetreuung abgeschoben werden. Mich kotzt es so an, diesen äußerlichen Reichtum und diese innere Armut zu sehen!«

Nils sah entsetzt aus. Aber das war mir egal. Jetzt musste alles raus. »Ich will da nicht mehr hin, zumindest nicht vor Weihnachten. Ich hatte seit Ewigkeiten keinen Urlaub, und krank war ich noch nie.« Ich heulte erschöpft auf. »Ich gehe nicht hin, und wenn sich alle auf den Kopf stellen!«

Nils presste die Kiefer aufeinander. »Das hätte ich nie von dir gedacht. Dass du mich so hängen lässt, nach allem, was ich für dich getan habe.«

Ich strich mir die Haare aus der Stirn. »Mir fällt gerade beim besten Willen nicht ein, was du für mich getan haben könntest, ohne dass es in erster Linie dir selbst genutzt hat«, sagte ich leise. »Ich glaube, im Grunde ging es dir nie um mich.«

Nils rieb sich mit Daumen und Zeigefinger die Augen. »Wenn du das so siehst.«

Mein Handy piepte und ich sah aufs Display. Es war eine Nachricht von Elyas.

Wie geht es dir? Ist dein Mann zu Hause? Oder soll ich doch noch mal vorbeikommen? Ich fühle mich so schuldig. Wenn er sich nicht freinehmen kann, kannst du nach Offenbach kommen und Leila und ich kümmern uns um dich.

Ich klickte die Nachricht weg und legte das Gerät beiseite, nahm den Fuß vom Couchtisch und versuchte, mich vom Sofa aufzurichten. Ich musste dringend aufs Klo.

Nils verschränkte die Arme und sah mir dabei zu, wie ich mich um die eigene Achse drehte und mit einer Hand an der Sofalehne abstütze. Dann hopste ich um das Sitzmöbel herum und kam weiter auf einem Bein voran zum Bad.

Schwer atmend klammerte ich mich an die Klinke zum Badezimmer und bewegte mich dann Stück für Stück vor zur Toilette. Wie sollte ich mir eigentlich die Jeans herunterziehen, ohne mich mit dem Fuß auf dem Boden abzustützen? Und das konnte ich unmöglich tun, wie ich nach einem zaghaften Versuch feststellte. Vielleicht ging es doch auf einem Bein? Fast fiel ich um.

»Kannst du mir mal bitte helfen?«, rief ich nach meinem Mann, doch er antwortete nicht.

»Nils?«

Ich vernahm das Klappen der Wohnungstür.

Wenn ich nicht gleich auf der Toilette saß, würde ich mir in die Hose machen. Ächzend balancierte ich auf einem Bein und öffnete den Reißverschluss meiner

Jeans, zog sie zusammen mit dem Slip nach unten und ließ mich mit zitternden Oberschenkeln aufs Klo sinken.

Als ich es schweißgebadet wieder bis zum Sofa geschafft hatte, wollte ich auf dem Couchtisch nach meinem Handy greifen. Doch es lag ein paar Meter entfernt auf der Küchenbar. Hatte Nils etwa Elyas' Nachricht gelesen?

Auf einem Bein hopste ich hinüber und griff nach dem Telefon.

Eine zweite Nachricht war eingetrudelt, sie stammte von Leila.

Papa kauft morgen mehr Farbe, wir könnten mit dem Wohnzimmer anfangen! Ich hoffe, es geht dir bald wieder gut! Entschuldige bitte, dass ich euch mit dem Schlitten geschubst habe. Das wollte ich nicht!

Hatte Nils diese Message gelesen? Was hatte er dabei gedacht? War er deshalb gegangen?

Noch immer zittrig von der Anstrengung im Bad rief ich bei meiner Schwester an. Nach einem endlosen Klingeln meldete sie sich mit ungewohnt zarter Stimme.

»Ist was passiert?«, fragte ich alarmiert.

Doch Milla verneinte sofort, fragte mich im Gegenzug, wie es um Nils und mich stehe und ob ich wieder zu Hause sei.

Sofort brach ich in Tränen aus. Ich hätte sie vom Krankenhaus aus anrufen oder zumindest mit ihr chatten können, hatte es aber genau deswegen nicht getan. In Kurzform umriss ich, was geschehen war.

»Könntest du vielleicht die nächsten Tage gelegentlich vorbeikommen und mir beim Duschen helfen? Ich weiß nicht, ob Nils überhaupt noch mal auftaucht oder ob er in ein Hotel geht.« Popow konnte ihn bestimmt irgendwo unterbringen.

»Ich kann leider nicht, ich«, sie brach ab und suchte nach Worten, »muss liegen.«

»Du auch? Weshalb?«

»Sina, ich ... das würde ich dir lieber persönlich sagen.«

Mein Herz sank. »Es ist doch nichts Schlimmes?«

Nun weinte meine Schwester. »Ich hoffe nicht.«

»Milla, du musst mir sofort sagen, was los ist! Ich komme um vor Sorge!«, rief ich.

Ihre Worte waren kaum zu verstehen. Ich presste den Hörer ans Ohr und hielt den Atem an.

»Ich bin schwanger, Sina. Und wegen Blutungen muss ich liegen, sonst verliere ich es.« Milla heulte auf. »Und dass ich es dir so sagen muss, ist das Allerschlimmste!«

Ich nahm ein Taxi nach Bornheim. Schmerzen hin oder her.

Millas Mann Jochen half mir die Treppe nach oben, und kurz darauf lagen meine Schwester und ich uns in den Armen.

»Du wirst es nicht verlieren«, wisperte ich ihr zu. »Du ruhst dich aus, wie es der Arzt empfohlen hat, und dann wird alles gut.«

Sie war in der sechsten Woche. Das war natürlich noch ein verdammt frühes Stadium. Und dass sie blutete, war kein gutes Zeichen. In acht Tagen sollte sie wieder zum Arzt.

Ich hielt ihre Hände und wiederholte: »Du bekommst dein Baby, ganz sicher. Ich freue mich jetzt schon darauf, bald Tante zu werden.«

Milla putzte sich die Nase. »Du versuchst es schon so lange. Vielleicht sollte ich gar keines bekommen, wo es bei dir und Nils nicht klappt.«

»Du spinnst wohl«, sagte ich und nahm sie in den Arm. »Wie die Dinge im Moment stehen, wäre es gar nicht gut, wenn es geklappt hätte.«

»So schlimm? Aber ihr seid doch ein Traumpaar.«

Ich atmete tief durch. »Ich weiß nicht, ob wir diese Krise überstehen werden. Es sind ein paar Dinge passiert, die –.«

»Das werdet ihr!«

»Oder ob ich es überhaupt will«, fügte ich leise hinzu. Ich hatte Milla noch gar nichts von meiner Schwärmerei für Elyas erzählt.

»Natürlich willst du«, widersprach sie. »Er steht einfach so unter Druck, dass er schwächelt. Da verliert man schon mal den Überblick und setzt ein paar Prioritäten verkehrt. Das ist menschlich.«

»Schon, aber ich …« Ich sah mich nach Jochen um, der mit jemandem telefonierte. Sollte ich mit Milla über Elyas reden? Nein, sie hatte wirklich andere Sorgen. »Ich erzähle dir mal alles in Ruhe«, winkte ich ab.

»Ruhe werden wir beide genug haben. Wie soll ich denn dieses Nichtstun aushalten, ohne durchzudrehen?«, wollte meine Zwillingsschwester wissen. Mit dieser Frage ging es uns beiden ganz ähnlich.

Jochen legte eben sein Handy weg. »Sina könnte hierbleiben, dann könntet ihr beide euch gemeinsam ablenken.«

»Das ist keine gute Idee«, entgegnete Milla. »Wir sollen *beide* ruhen, wie soll das gehen?«

Zu mir sagte sie: »Jochen muss morgen für eine Woche nach Heidelberg, um dort ein Konditorseminar zu besuchen. Ich muss eigentlich ins Café. Er hat die letzten Wochen vorgebacken, und ich habe nur eine einzige Aushilfe, die die Tortenlieferung übernehmen wollte. Was machen wir nur?«

»Das Café werden wir für die eine Woche schließen«, erklärte Jochen. »Das habe ich eben schon geklärt. Viel wichtiger ist, dass sich jemand um dich kümmert – und um Sina.« Mein Schwager fuhr sich durch das für seine Verhältnisse ungewöhnlich verstrubbelte Haar. »Wenn das Seminar nicht so teuer und schon bezahlt wäre, würde ich es sofort absagen. Aber die Kosten übernimmt mir keiner und die präsentieren wirklich innovative Tortenkreationen.«

Er tippte auf seine Armbanduhr. »Könnte ich euch gleich mal eine Weile alleine lassen? Ich würde ins Café fahren und ein paar Schilder aushängen, dass wir ab morgen eine Woche pausieren.«

Milla rieb sich die Schläfen. »Und das im Dezember, unserem umsatzstärksten Monat!«

Jochen ging zu ihr und zog sie an sich, streichelte ihr über die Wange. »Wir gehen deswegen nicht pleite. Es ist nur eine Woche. Wenn du weiterhin liegen musst, überlegen wir uns eine andere Lösung. Außerdem bin ich ja dann auch wieder hier.«

Sie wischte sich die Tränen fort. »Kriegen wir beide das hier allein hin?«, fragte sie mich.

Im Grunde wusste ich ja jemanden, der uns unterstützen würde. Elyas hatte es selbst vorgeschlagen. Leila hatte so viel Energie. Es würde ihr vermutlich überhaupt nichts ausmachen, uns nachmittags ein bisschen zu helfen. Und Elyas würde abends da sein. Ich dachte an den Schwung seiner Lippen, an die dunklen Augen. Und schon prickelte es wieder in meinem Bauch. Ich sollte die Gegenwart dieses Mannes eigentlich meiden wie der Teufel das Weihwasser.

Dennoch unterbreitete ich Milla diesen Vorschlag.

Jochen runzelte die Stirn. »Wer sind denn diese Leute?«

In wenigen Worten erzählte ich meinem Schwager, wie es zu dieser Bekanntschaft gekommen war. »Die beiden sind total liebenswert. So unkompliziert und spontan. Natürlich muss Elyas sich nach seinem Schichtplan richten und hat eine Tagesmutter, die sich um Leila kümmert. Sie leben jetzt nicht in den Tag hinein oder so. Aber dass man einfach so abends zum Essen einlädt oder Schlitten fahren geht, ohne es von langer Hand geplant zu haben, finde ich toll.«

Jochen sah mich vielsagend an.

»Was ist?«, fragte ich.

»Wenn ich mich recht erinnere, bist du eher diejenige, die gern alles im Voraus plant und akribisch vorbereitet.«

»Du hast recht. Aber was es mir gebracht hat, sind Kundinnen, die das als selbstverständlich hinnehmen, und die immer mehr von mir wollen. Einen Chef, der dank meines Pflichtbewusstseins ebenfalls davon ausgeht, dass er jederzeit über mich verfügen kann. Und einen Mann, der auch nach Feierabend kein bisschen abschaltet, sondern weiter Pläne zeichnet, E-Mails beantwortet und nebenbei Serien schaut, um wenigstens ein bisschen das Gefühl zu haben, etwas für sein social life zu tun.«

Ich schluckte und dachte an meine verzweifelten Versuche, schwanger zu werden. Niemand ahnte, wie sehr es mich fertig gemacht hatte, dass es nicht klappte. Als hätte ich versagt, mich nicht genügend angestrengt. Dabei las man doch überall, dass genau das zum Misserfolg führte. Ach, allein in diesem Zusammenhang von Erfolg zu sprechen, war ein Armutszeugnis.

Tatsächlich hatte es schon so verkrampft begonnen. Ich hatte nämlich geplant, ein Junikind zu bekommen. Den Juni fand ich einen tollen Geburtsmonat. Milla und ich sind im Juni geboren. Am besten hätte es mir gefallen, mit meinem Kind gemeinsam zu feiern. Daher war ich bereits im ersten Monat, in dem es nicht geklappt hatte, enttäuscht gewesen. Heute kam mir das völlig schwachsinnig vor.

Milla nahm meine Hände. »Du bist genau richtig, lass dir nichts einreden. Ich kenne niemand Zuverlässigeren als dich. Wir sind alle so gefangen in unseren Pflichten und in unserem Alltag, wir verlieren die Leichtigkeit.«

Jochen deutete eine Scheibenwischerbewegung vor seinem Gesicht an. »Wie ihr beiden redet. Sind das die Hormone?«

Milla schlug mit einem Kissen nach ihm. »Ich gehe mit Sina nach Offenbach. Eine spontane Idee, die wir in die Tat umsetzen.«

»Wirklich?«, fragte ich.

Milla nickte. »Du musst das nur mit Nils besprechen. Ich fände es nicht fair, wenn du wieder abhauen würdest. Und auch kindisch.«

Das sah ich ein und griff zum Telefon. Mal sehen, wie er reagierte. Zwischen ›Scher dich zum Teufel‹ und ›Bitte bleib zu Hause, ich kümmere mich um dich‹ hielt ich alles für möglich.

Und was würde ich bei Letzterem tun? Natürlich Milla mit zu mir nach Hause nehmen. Und die Wohnung meiner Eltern zusammen mit Elyas und Leila ein andermal streichen. Vor Weihnachten würden wir das schon noch hinbekommen.

Erleichtert, dass Lösungen in Sicht waren, wählte ich die Nummer meines Mannes.

Kapitel 17

»**G**ut, dass du anrufst«, begrüßte Nils mich nach dem zweiten Klingeln.

Ich warf Milla einen unsicheren Blick zu. Er klang verdächtig fröhlich.

»Ich hab alles geregelt«, fuhr mein Mann fort. »Popow weiß Bescheid, dass du zwei Wochen krankgeschrieben bist, und er wünscht dir gute Besserung.«

Ich atmete auf. »Danke.«

»Natürlich hatte er sofort eine Idee, wie wir es hinbekommen könnten, dass du von zu Hause aus arbeitest. Er schickt dir jemanden vorbei. Die Schwester seiner Haushaltshilfe hat Zeit. Sie kommt von morgens bis abends. Ich muss sie nur abholen und wieder nach Hause fahren, weil sie kein Auto hat. Aber das bekommen wir hin. Sie kocht, putzt, hilft dir im Bad. Alles, was du brauchst.«

»Aber ich hatte eine ganz andere Idee. Milla muss nämlich auch –.«

»Und das Beste: Tatjana kommt zu dir, wenn sie dich braucht.«

»Das tut sie ja quasi täglich, wie soll das funktionieren? Und ich will gar keine Haushaltshilfe. Ich könnte genauso gut in Offenbach –.«

»Nein, nein, das mit der Wohnung deiner Eltern übernimmt Popow. Er hat zwei Anstreicher klargemacht, die holen sich bei dir den Schlüssel. Du musst nur aufzeichnen, wo du welche Farben hinhaben möchtest, und sie erledigen das.«

»Aber Milla muss auch liegen, Nils! Ich wollte mit ihr zusammen nach Offenbach und dort die Nachbarn fragen, ob sie sich um uns kümmern. Die kleine Leila würde uns Blini machen, und ihr Vater könnte mir einen Stuhl in die Dusche stellen, sodass ich das irgendwie hinbekomme.«

Es klang albern, das musste selbst ich zugeben.

»Das kann nicht dein Ernst sein, oder?«, fragte Nils prompt. »Und wegen Milla: Sie kann ja auch bei uns sein.« Nach einer kleinen Pause wollte er wissen: »Was ist mit Jochen? Muss er auch arbeiten? Und warum muss sie überhaupt liegen?«

»Erkläre ich dir später.« Meine Energie, die mit meinen Offenbach-Plänen wieder durch meine Adern geflossen war, sackte in den Keller.

»Wo bist du eigentlich – etwa schon in Offenbach?«

»Bei Milla. Ich hab ein Taxi genommen.«

»Popow kann euch ein Auto schicken. Die Schwester seiner Putzfrau ist sehr kompetent, sie hat auch schon in der Altenpflege gearbeitet.«

Ich stieß einen entrüsteten Grunzer aus.

Nils lachte, dann sagte er: »Sei mir bitte nicht mehr böse, ich war überfordert mit der Situation. Aber jetzt ist wieder alles unter Kontrolle.«

Eigentlich klang der Plan nicht schlecht. Bis auf die Tatsache, dass die Wohnung von Profis gestrichen werden sollte. Und dass ich Tatjana doch wieder an der Backe hatte. Und dass ich Elyas und Leila vorerst nicht wiedersehen würde. Aber irgendwann schon. Ich musste mich erst einmal auskurieren. Und dann kam Weihnachten. Ich musste Nils und mir noch eine Chance geben. Jedes Paar geriet mal in eine Krise.

»Ich habe nur zwei Bedingungen«, entgegnete ich.

»Ja?«

»Tatjana hat in unserer Wohnung Telefonverbot.«

»Ich weiß nicht, wie –.«

»Darüber diskutiere ich nicht«, sagte ich fest. »Entweder sie lässt das Handy aus, oder aus der Sache wird nichts. Und dann noch etwas.«

Milla sah mich ängstlich an. So resolut hatte sie mich wohl schon lange nicht mehr gesehen.

»Kein Arbeiten mehr am Wochenende«, sagte ich zu Nils. »Wir unternehmen was Schönes oder ruhen uns aus. Haben Zeit füreinander. Wir sind nicht die Leibeigenen der beiden.«

»Ich schicke euch in einer Stunde einen Fahrer«, sagte Nils und blieb mir damit eine Antwort schuldig. »Der nimmt dann auch den Schlüssel für die Maler mit.«

Ich schwieg.

»Und Sina …«

»Ja?«

»Ich habe auch eine Bedingung.«

»Aha?«

»Dass du nie wieder mit diesem Elyas und seiner Tochter Schlitten fahren gehst und mir nachher erzählst, du wärst von der Leiter gefallen.«

Nachdem ich eine Schrecksekunde lang geschwiegen hatte, entgegnete ich: »Das habe nicht ich erzählt, sondern du. Du hast mich nicht mal gefragt, was passiert ist. Und wenn ich bedenke, wie wenig Verständnis du dafür hattest. Wie wäre es erst gewesen, wenn ich dir gestanden hätte, dass es passiert ist, als ich Spaß hatte. Und auch noch am Sonntag, wo ich doch hätte arbeiten sollen.«

Ich schob den Unterkiefer vor und lauschte in die Leitung.

»Okay, ich entschuldige mich. Ich hab nicht angemessen reagiert.«

»Schön, dass du das sagst.«

»Ich muss jetzt auflegen. Dann bis heute Abend.«

Als ich aufgelegt hatte, sagte Jochen: »Wow. So hab ich dich ja noch nie mit ihm reden hören. Gar nicht so harmoniebedürftig wie sonst. Eher auf Krawall gebürstet.«

Ich brummte. »Wird auch langsam Zeit, oder? In den letzten Tagen ist mir einiges klar geworden. Ich lasse zu viel mit mir machen. Meine Dankbarkeit Nils, Popow und Tatjana gegenüber ist grenzenlos, und deshalb glauben sie anscheinend, mein Großmut hätte keine Grenze. Die Lösung mit der Haushaltshilfe und Tatjanas Besuchen finde ich okay.« Ich sah Milla fragend an. »Ich hoffe, du auch? Du kannst die bequeme Schlafcouch im Arbeitszimmer nehmen. Es wird bestimmt alles klappen. Und wenn Tatjana sich daran hält …«

Milla kratzte sich am Kinn. »Wenn nicht, musst du ihr das Ding abnehmen. So machen das manche Eltern. Sie haben eine abschließbare Kiste für die elektronischen Geräte, in die die Kids sie zum Beispiel während des Abendessens hineinlegen müssen.«

Ich stellte mir das Handgemenge vor, wenn ich Tatjana ihr Handy abnehmen würde. Soweit würde es hoffentlich nicht kommen.

»Wir werden sehen.« Ich rieb mir die Hände. »Jochen, ich glaube, es wäre gut, wenn du ein paar Sachen für Milla zusammenpackst. Popows Leute sind in der Regel pünktlich.«

Und das waren sie. Genau eine Stunde später saßen wir in einer Mercedes E-Klasse, die uns zusammen mit Svetlana, der überraschend gutaussehenden und jungen Schwester von Olegs Haushaltshilfe, ins Ostend brachte. Die Blondine wirkte weniger wie eine Putzhilfe als wie eine meiner üblichen russischen Kundinnen. Aber sie sprach besser Deutsch als die meisten von ihnen, hatte nur einen charmanten Akzent.

Der Fahrer lud Millas Gepäck und eine Tüte voller Wollknäuel und Häkelnadeln für ihr liebstes Hobby in den Fahrstuhl und trug alles in die Wohnung. Mit Svetlanas Unterstützung folgten meine Schwester und ich ihm im gemächlichen Tempo.

Ich übergab dem Fahrer neben dem Schlüssel zur Wohnung meiner Eltern das Rezept für die Krücken. Morgen konnte er sie mir hoffentlich schon vorbeibringen.

Nachdem er gegangen war, räumte Svetlana eine mitgebrachte Tüte Lebensmittel aus und schickte Milla und mich mit einem »Hop, Hop, jetzt wird ausgeruht« aufs Sofa.

»Und jetzt?«, fragte Milla.

»Jetzt muss ich erst mal Elyas und Leila antworten«, erwiderte ich.

»Du siehst enttäuscht aus.«

Ich verzog den Mund. »Es wäre bestimmt nett geworden mit den beiden. Aber wohin hätte das führen sollen?«

»Wie meinst du das?«

Leise erzählte ich ihr, was zwischen dem marokkanischen Krankenpfleger und mir vorgefallen war. Ich hielt Daumen und Zeigefinger einen Spaltbreit auseinander und schloss mit den Worten: »Es hat so viel gefehlt, und wir hätten uns geküsst.«

Millas Augen weiteten sich. »Hast du ihn nicht gerade erst kennengelernt? An dem Abend, als ich dabei war? Als Johanna meinte, Nils hätte einen Denkzettel verdient? Sina, das ist –.«

»Ja!«, rief ich verzweifelt. »Ich fühle mich wie verhext.«

Meine Schwester blies die Wangen auf. »Also, wenn du einen klugen Rat hören möchtest: Lass die Finger von ihm. Du wanderst sonst mitten hinein in einen Haufen Probleme.«

»Und hab ich davon nicht schon genug?«

Milla schob das Kinn vor. »Im Gegenteil. Du hast einen lieben Mann, einen gutbezahlten Job, eine tolle Wohnung, eine Schwester, auf die du zählen kannst ...«

Ich lächelte und gab ihr einen Kuss. »Und bald eine süße Nichte oder einen Neffen, den ich mit meiner Liebe überschütten kann.«

Der Gedanke, dass Milla ein Kind bekam, nahm mir eine Last von den Schultern. Dass sie ein Baby erwartete, war fast so, als wäre ich selbst schwanger.

Ich lehnte meinen Kopf an ihre Schulter. »Auf einmal freue ich mich richtig auf Weihnachten, weißt du das? Da ist nicht mehr dieser Druck, Nils ein Päckchen überreichen zu müssen, in dem ein positiver Schwangerschaftstest steckt. Es wird ganz entspannt werden.«

»Ich weiß noch nicht«, antwortete meine Schwester leise und deutete auf ihren Bauch. »Kommt ganz darauf an, was hier passiert.«

Ich schlang meine Arme um sie. »Gar nichts wird passieren, du wirst sehen. Du hältst dich an die Anweisungen des Arztes, und alles wird gut.«

»Ich hoffe es«, schniefte sie.

Ich lehnte mich wieder an ihre Schulter und Milla ihren Kopf an meinen. Ich konnte ihre Sorge so sehr nachempfinden. Doch tief in mir spürte ich, dass die Schwangerschaft meiner Schwester ein positives Ende nehmen würde. Dasselbe hoffte ich für meine Beziehung. Zumindest waren die Weichen gestellt. Kein verkrampfter Sex mehr, dafür Regeln für entspannte Wochenenden, eine Kundin mit Telefonverbot. Alles perfekt.

»So, die beide Damen, hier was zur Stärkung für euch«, schreckte Svetlanas Stimme uns auf.

Sie trug eine zierliche Schürze um die schmalen Hüften, auf der ein Hauch Mehl zu sehen war, und stellte ein Tablett mit zwei Tellern voller Blini, Schmand und Marmelade auf dem Couchtisch ab. Dabei verspürte ich gar keinen Appetit. Trotzdem griffen Milla und ich einen Dank brummelnd zu. Einer Russin Essen abzuschlagen, gehörte sich nicht.

Kauend begegneten wir Svetlanas fragenden Blick. Ich hob den Daumen und sagte mit vollem Mund: »Dobri bien.«

Ja, sie waren gut. Nicht so gut wie meine, aber das wäre auch zu viel verlangt gewesen.

Kapitel 18

Am nächsten Morgen erwachte ich von Nils' leisem Schnarchen, und mir fielen schlagartig Elyas und Leila ein, denen ich noch gar nicht auf ihre Nachrichten geantwortet hatte. Bestimmt interpretierte Elyas mein Schweigen so, dass ich mir Ärger mit meinem Mann eingehandelt hatte. Dabei war das Gegenteil der Fall.

Nils war am Abend mit einer Topfamaryllis aufgetaucht und versprach, dass er zur Not höchstpersönlich dafür sorgen würde, dass Tatjana ›sich wie ein Mensch benimmt‹.

Mein schlechtes Gewissen wegen Elyas hatte in meiner Brust gehämmert, und ich dankte Gott, dass nichts passiert war und es nichts zu beichten gab.

Dann sprachen wir über Millas Schwangerschaft, und Nils schien sich ehrlich für sie zu freuen. Über unser eigenes diesbezügliches Scheitern verlor er kein Wort. Zum ersten Mal hatte ich einen Eisprung verstreichen lassen, ohne dass wir Sex hatten. Das missglückte Mal zählte in meinen Augen nicht. Überhaupt wollte ich gar nicht über Sex nachdenken. Denn sobald ich es tat, tanzte Elyas vor meinem geistigen Auge nackt in seiner Küche herum.

Ich sah hinüber zu Nils, der sich noch immer nicht regte. Der Anblick seines Nackens hatte mich früher so oft dazu animiert, an ihm zu schnuppern und ihn zu küssen. Jetzt war es einfach nur ein Nacken. Wenn ich an Elyas' verspielte Löckchen dachte, die sich hinter seinen Ohren kräuselten, an die wirre dunkle Haarsträhne, die ihm vor die Augen fiel oder unter seiner Mütze hervorgelugt war, flatterten sofort meine Nerven.

Ich durfte mich nicht in diesen Mann verlieben! Diese Schwärmerei war nichts anderes als eine Flucht aus einer eingefahrenen Beziehung, der ich nur wieder etwas Leben einhauchen musste. Natürlich nicht so wie gestern, als Nils nach dem Abendessen den Fernseher eingeschaltet und seine Serie weitergeschaut hatte. Milla und ich hatten währenddessen über die Farben in ihrer Häkeldecke beratschlagt.

Die Besprechungen mit Tatjana würden mich von meiner Misere ablenken. Inzwischen freute ich mich sogar auf die Treffen mit meiner Kundin. Vielleicht kamen wir zur Abwechslung zügig zu Ergebnissen, konnten Raum für Raum abhaken und Bestellungen aufgeben.

Ich griff nach meinem Handy auf dem Nachttisch. Es war kurz nach sieben, Nils musste gleich raus, um Svetlana abzuholen. Tatjana hatte sich für elf angekündigt. Bis dahin erhielt ich hoffentlich auch die Krücken.

In der Nacht hatte sich die Schiene mit der Bettdecke verhakt und mich ein paarmal geweckt. Nun versuchte ich, das Bein zu strecken, und sofort fuhr mir ein stechender Schmerz in den Knöchel. Elyas' Chef hatte mir schon prophezeit, dass das noch eine Weile so gehen würde. Ich biss die Zähne zusammen und sah aufs Display meines Telefons.

Bisschen schade, dass du dich nicht meldest und stattdessen einen Trupp Maler vorbeischickst, die bei deinen Eltern streichen, schrieb Elyas. Dahinter guckte ein Emoji mich fragend an.

O nein. Die Maler hatte ich ja völlig vergessen.

Schweren Herzens formulierte ich eine Antwort an ihn.

Zuerst schrieb ich: *Es tut mir leid, ich glaube, wir sollten uns vorerst nicht wiedersehen, ich muss meine Ehe retten.*

Nein, das klang pathetisch.

Also versuchte ich es mit: *Es tut mir leid, das ist in der ganzen Hektik hier untergegangen. Auch meiner Schwester geht es nicht gut, wir liegen jetzt zusammen und werden versorgt. Das mit den Malern war die Idee meines Chefs.*

Puh, das war ein halber Roman und klang unlogisch.

Erneut löschte ich das Geschriebene und tippte: *Es tut mir leid, daran hätte ich denken sollen. Bei Gelegenheit werde ich dir alles erklären. Danke für zwei wirklich schöne Tage.*

Nils neben mir regte sich, und ich drückte auf Senden. Eilig legte ich das Smartphone zurück auf den Nachttisch. »Guten Morgen. Wie hast du geschlafen?«

Er wandte sich zu mir um und grinste gequält. »Du hast dich gewälzt. Hattest du Schmerzen?«

»Mhm«, murmelte ich zustimmend. »Ich werde wohl mal was einnehmen müssen. Das hätte ich gestern Abend schon tun sollen.«

Nils schwang die Beine aus dem Bett. »Ich hol dir was.«

»Halt!«, rief ich. »Ich müsste auch mal aufs Klo. Hilfst du mir auf?«

Mein Mann umrundete das Bett und hielt mir die Arme entgegen. »Halt dich fest, ich zieh dich hoch.«

Dankbar richtete ich mich auf und hopste auf einem Bein hinter ihm her zum Badezimmer. In meinen Pobacken machte sich Muskelkater bemerkbar.

Milla war schon wach und saß vor einem Schälchen Müsli auf dem Sofa. Auf dem Streaming-Kanal lief die

Serie *Friends*, und neben ihr lag das Häkelzeug für die nächsten Zentimeter Babydecke bereit.

Ich spülte zwei Tabletten hinunter und sank neben meiner Schwester auf die Couch. »Und? Wie ist die Lage?«, fragte ich leise.

Sie lächelte zaghaft. »Kein Blut zu sehen.«

Ich gab ihr einen Kuss auf die Wange und stibitzte eine Rosine aus ihrem Müsli.

»Soll ich dir auch was machen?«

»Nein, danke.« Ich gähnte und schloss die Augen. »Ich werde noch ein bisschen schlafen und mich nachher von Svetlana bedienen lassen.«

Ich bekam nicht einmal mit, wie Nils unsere Haushaltshilfe abholte und sich dann verabschiedete. Erst der Geruch nach gebratenem Speck mit Eiern weckte mich.

»Wie dekadent«, bemerkte Milla kichernd, als wir die dargebotenen Teller von Svetlana entgegennahmen. Sie trug heute eine hübsche hochgeschlossene Bluse, die einen ausgesprochen schlanken Hals machte.

»Wenigstens müssen wir nicht gefüttert werden«, scherzte ich zurück. Gerade nahm ich eine Gabel voll salzigen Specks, als Milla ihren Teller wieder abstellte. »Mir ist schlecht.«

Kurz darauf hörte ich, wie sie sich im Bad übergab.

»Also, wenn du mich fragst«, bemerkte ich lakonisch, als sie wieder neben mich aufs Sofa sank, »ist deine Schwangerschaft nicht in Gefahr.«

Später überreichte mir Svetlana die ersehnten Krücken, die Popows Fahrer vorbeibracht hatte. Ich lief ein bisschen damit herum und stellte erleichtert fest, dass ich jetzt viel mobiler war.

Schnell tippte ich eine Nachricht an Popow und dankte ihm für den netten Service.

Kein Problem. Für dich tue ich alles, antwortete er.

Na ja, dachte ich.

Tatjana kam nicht um elf, sondern um eins. Daran würden wir arbeiten müssen. Und an der Tatsache, dass sie schon an der Tür telefonierte.

Sie trat nur einen Schritt in die Diele, gestikulierte ausladend zu ihrem ukrainischen Redeschwall und würdigte mich keines Blickes.

»Wow«, raunte Milla, die Tatjana nur aus meinen Erzählungen kannte. »Wie lange wird das jetzt gehen?«

Ich blies die Wangen auf. »Kommt drauf an. Zwischen dreißig Minuten und zwei Stunden ist alles drin.«

Inzwischen wehte auch eine Wolke ihres süßen Parfums zu uns hinüber.

»Das ist ja nicht auszuhalten.« Milla griff sich erneut an die Kehle. »Mir wird schon wieder übel.«

In diesem Augenblick beendete Tatjana ihr Gespräch und betrat das Wohnzimmer. Sie schaute mit hochgezogener Augenbraue von Milla zu mir und ging dann weiter zum Esstisch. Für einen Augenblick blieb sie davor stehen, verschränkte die Arme vor ihrer Brust und fasste den Tisch und die sechs Stühle ins Auge, bevor sie sich setzte.

»Wollen wir endlich anfangen?« Sie wandte den Kopf zu Svetlana. »Bitte einen Espresso und irgendwas zu knabbern«, sagte sie auf Russisch. »Ich habe noch nichts gegessen.«

Milla stieß mich mit dem Ellbogen an. »Die ist ja genau, wie du sie geschildert hast.«

Ich verdrehte die Augen und griff nach meinen Krücken, spannte die Oberarme an und zog mich hoch.

»Was hast du gemacht?«, erkundigte sich Tatjana — und ehe ich ihre Frage beantworten konnte: »Und wann bist du wieder normal?«

Kapitel 19

Die Woche verging in einem gleichmäßigen Flow. Nils holte Svetlana morgens in Bad Homburg ab, und sie bereitete als erstes Milla und mir ein ausgewogenes Frühstück aus Müsli mit frischem Obst und Brötchen mit Wurst und Käse zu. Meist konnte sie auch Nils überreden mitzuessen. Dabei flirtete sie verstohlen mit meinem Mann und tänzelte um ihn herum, als wäre ich gar nicht anwesend.

Hätte ich mir Sorgen machen sollen? Wer so vor meinen Augen miteinander schäkerte, konnte es wohl kaum ernst meinen.

Außerdem nahm es mir etwas von meinem schlechten Gewissen. Denn die Schmetterlinge im Bauch, die aufgeregt flatterten, sobald ich an Elyas dachte, wollten einfach keine Ruhe geben. Natürlich hielt ich sie in Schach und widerstand unzähligen Impulsen, ihm Nachrichten zu schicken. Und seien es nur Bilder von der langsam abklingenden Schwellung meines Knöchels.

Ich wollte ihn so gern vergessen und doch gelang es mir nicht. Wäre da nicht mein Mann gewesen, vielleicht wäre tatsächlich etwas aus uns geworden.

Ich glaube nicht daran, dass es für jeden nur diesen einen Menschen auf der Welt gibt. Wahrscheinlich kommen in Anbetracht der hohen Anzahl von Erdenbewohnern mehrere Tausend als Match in Frage.

»Ich glaube schon an den Einen«, widersprach Milla meinen Ausführungen.

Sie mit ihrem Faible für die Fünfzigerjahre musste zumindest hinsichtlich Jochen bei mir keine

Überzeugungsarbeit leisten. Er sah ein bisschen aus wie Cary Grant, dieser Filmstar aus Schwarzweißfilmen mit Grace Kelly. Als ich Jochen das erste Mal traf, trug er einen Cordanzug und die dunklen Haare zum Seitenscheitel frisiert. Heutzutage würde man ihn für einen Nerd halten. Aber meine Schwester sah ihn mit anderen Augen, und auch für ihn war Milla das perfekte Deckelchen.

Jedenfalls hoffte ich, dass die Gedanken an Elyas sich bald verflüchtigen würden. Dagegen sprach, dass ich mich – je mehr Tage vergingen – immer mehr wie in einem Käfig fühlte. Milla ging es nicht anders. Ich durfte – rein theoretisch – wenigstens laufen. Es war zwar anstrengend, mich mit den Krücken durch die Wohnung zu bewegen, aber möglich.

Ich hätte auch für einen Spaziergang nach draußen gehen können, hätte nicht so viel Schnee gelegen. Milla hingegen sollte nur im Notfall aufstehen. Immerhin hatten die Blutungen gestoppt. Und da die morgendliche Übelkeit sie immer wieder erbarmungslos übermannte, bestand für mich kein Zweifel daran, dass das so bleiben würde.

Jochen rief Milla regelmäßig aus Heidelberg an, wenn er eine Pause bei seiner Fortbildung hatte. Gemeinsam träumten sie von ihrer Zeit mit dem Baby.

»Wenn es erst da ist, werden wir über das hier lachen können«, sagte Milla. »Wir werden unserem Kind erzählen, wie es war, als Mama liegen musste und Papa in Heidelberg war, um neue Tortenkreationen zu lernen.«

Es gab mir einen kleinen Stich, diese Dialoge zu hören. Dennoch freute ich mich wirklich für Milla. Es war nur so, dass Nils und ich nie solche Gespräche geführt hatten. Selbst dann nicht, wenn es einen begründeten Anlass zur Hoffnung gab. Nils sprach immer nur von

›einer möglichen Schwangerschaft‹ nie von einem Kind. Und als Oskar auf die Welt kam, fragte er Johanna kein einziges Mal, ob er ihn mal nehmen dürfte. Im Gegenteil, er hielt Abstand und grinste ihn unsicher an. Natürlich ging ich davon aus, dass sich dieses Verhalten schlagartig ändern würde, wenn es sich um sein eigenes Kind handelte. Aber wissen konnte ich das natürlich nicht.

Hatte er einen Kinderwunsch wie ich? Spürte er auch diese Sehnsucht, dieses Ziehen in der Brust? Oder war sein Einverständnis, ein Baby zu bekommen, darin begründet, dass das der nächste logische Schritt in einer jungen Ehe war? Andere taten es ja auch.

Ab und zu trafen wir uns mit einem Arbeitskollegen von Nils und dessen Frau, die jetzt im sechsten Monat war. Die beiden waren neben dem Beruf politisch aktiv und viel gereist. Die Gespräche bei unseren Treffen waren interessant, aber es war stets darum gegangen, was man Tolles erreicht oder gesehen hatte, als würde man Listen abarbeiten: »Als Nächstes steht Island auf dem Plan. Wenn Markus Projekt XY im Kasten hat.«

Wenigstens hatten sie eine Zeitlang viel miteinander unternommen, hatten gemeinsame Interessen, über die sie sich noch austauschen konnten, wenn das Kind da war. Worin lagen die von Nils und mir – außer unseren Jobs? Worüber würden wir uns unterhalten, sollten wir doch Eltern werden? Nur noch übers Kind? Das wäre selbst mir zu wenig.

Kapitel 20

Am frühen Freitagnachmittag kehrte Jochen aus Heidelberg zurück. Meine Schwester und er lagen sich in den Armen, als hätten sie sich monatelang nicht gesehen. Sie weinten vor Freude. Dabei war Jochen öfter unterwegs. Es gab Konditor-Messen und Branchentreffen, die er regelmäßig besuchte. Hatten Nils und ich uns jemals so innig begrüßt?

Sie wollten heute noch gemeinsam zum Frauenarzt gehen. Wenn der Arzt grünes Licht geben würde, wollten sie am Sonntag das Café wieder öffnen.

»Und was, wenn der Doktor dir weiterhin Ruhe verordnet?«, fragte ich.

Ich selbst würde noch eine ganze Woche lang stillhalten müssen, bis ich meinen Fuß belasten durfte.

»Dann bringe ich sie Montagmorgen wieder hier vorbei.« Jochen hatte den Arm um Milla gelegt und sah sie liebevoll an. »Abends würde ich sie natürlich abholen. Aber so hättet ihr beiden wenigstens tagsüber Gesellschaft.«

»Vor allem die von Tatjana.« Milla wischte sich mit dem Handrücken unsichtbaren Schweiß von der Stirn. »Sei mir nicht böse, aber auf ihre Gesellschaft könnte ich verzichten. Allein schon wegen ihres aufdringlichen Parfums.«

Tatjana konnte es ebenfalls kaum abwarten, bis ich wieder mobil war. Für heute hatte sie sich entschuldigt, weil sie verabredet war. Wir hatten inzwischen alles ausgesucht und bestellt. Die meisten Sachen kamen vor Weihnachten an. Sie hatte versprochen, dass sie jedes einzelne Möbelstück und Accessoire genau dorthin stellen würde, wie wir es besprochen hatten.

Demnächst würden wir uns nicht mehr mit der Einrichtung für die Wohnung ihrer Schwester, sondern mit den Weihnachtsgeschenken für alle Familienmitglieder beschäftigen. Vielleicht kam ich bei dieser Gelegenheit selbst dazu, meine letzten Besorgungen zu machen. Allein der Gedanke an ein Geschenk für Nils bereitete mir Kopfzerbrechen.

Nachdem Milla und Jochen sich verabschiedet hatten, rief ich für Svetlana ein Taxi. Sie meinte, ich sollte mir das Geld sparen. Sie könnte genauso gut auf Nils warten, hätte ohnehin noch einen ganzen Korb Wäsche zusammenzulegen. Doch ich sehnte mich danach, für den Rest des Tages für mich zu sein.

Als sie gegangen war, lauschte ich in die Stille der Wohnung hinein und sah mich in meinen vier Wänden um. In diesen Räumen stimmte jedes Detail. Früher, als ich noch alleine wohnte, hatte ich alles in schwarz-weiß gehalten. Mit Nils einigte ich mich auf eine weniger kontrastreiche Möblierung, er mochte es heller und fast steril. Und so hatten wir alles in Weiß, Hellgrau und zarten Sandtönen eingerichtet.

Elyas' Wohnung war so ganz anders und hatte Wärme ausgestrahlt. Die vielen Fotos von der Familie auf der Anrichte, die zerknautschten Sofakissen, die herumliegenden Hefte von Leila.

In meiner Wohnung war es zwar nicht ungemütlich, aber es fehlte dieser überspringende Funke, die persönliche Note. Dinge, die ihre Bewohner ausmachten. Hier gab es eigentlich nichts, das etwas von Nils und mir preisgab. Alles war funktionell und aufgeräumt. Wir waren beide ordentlich. Selbst meine Zeitschriften lagen auf einem geraden Stapel aufeinandergeschichtet.

Ich hatte ein Abo bei einem Blumenlieferanten abgeschlossen, der die Auswahl der Blumen auf die Größe meiner Vasen und die Farben unserer Einrichtung abstimmte. Im Grunde nahm man diese Sträuße kaum wahr. Wir besaßen einen Kaffeevollautomaten, der auch Latte Macchiato und Cappuccino im Repertoire hatte, die keiner von uns trank. Dann war da das japanische Messer-Set, das wir nie benutzten. Bei unserem Essgeschirr passte von der Sauciere bis zum Eierbecher alles zusammen. Aber wir verwendeten nur einen Bruchteil davon, da wir andauernd essen gingen oder etwas bestellten.

Unser Zuhause wirkte wie die Ausstellungsräume eines gehobenen Möbelhauses. Daran änderten auch der Adventskranz und die glitzernden Weihnachtsarrangements, die ich im Laufe der Woche dekoriert hatte und die einen zarten Geruch nach Tannennadeln verströmten, nichts. Lediglich der dunkle antike Schrank und mein Board mit den Matroschkas setzten Akzente.

Erst heute fiel mir auf, dass es Nils und mir nicht gelungen war, unsere Wohnung zu unserem Heim zu machen. Ich war auch nicht besser als Tatjana. Und was sagte es über mich aus, dass hier nichts herumlag? Hatte ich mir auch deshalb so sehr ein Kind gewünscht, um endlich ein wenig Unordnung und Unbeschwertheit in mein Leben zu lassen?

Missmutig sah ich nach draußen in die verschneite Winterlandschaft. Auf unserem Balkongeländer hielt sich der Schnee. Auch die freien Flächen am Main waren noch immer schneebedeckt und luden zu Spaziergängen und Schneeballschlachten ein. Mein Blick schweifte hinüber zur Europäischen Zentralbank, dort brannten noch vereinzelt Lichter. Die Banker verabschiedeten sich wahrscheinlich schon ins Wochenende. Und ich saß hier fest.

Spontan griff ich zum Telefon und wählte Elyas' Handynummer. Natürlich war mir klar, dass es keine gute Idee war, bei ihm anzurufen. Aber manchmal tat man eben Dinge, von denen man genau wusste, dass sie zu nichts führten. Außer höchstens zu Problemen.

Nach dreimaligem Tuten in der Leitung legte ich auf und spürte dem Klopfen meines Herzens nach. Was hatte ich mir eigentlich dabei gedacht? Es war Freitag Spätnachmittag, Elyas war im Krankenhaus und konnte nicht rangehen. Würde er zurückrufen? Hoffentlich nicht ausgerechnet dann, wenn Nils da war. Mein Mann hatte versprochen, sich das Wochenende freizuhalten und heute nicht so spät heimzukommen. Konnte ich meinen Anruf bei Elyas rückgängig machen? Ihn aus seiner Liste löschen? Bei WhatsApp ging das doch neuerdings auch!

Grummelnd raufte ich mir die Haare. Wieso hatte ich diesem Impuls nachgegeben? Jemand sollte mich vor mir selbst schützen!

Ich schaltete den Fernseher ein und zappte durch die Programme, wechselte zu Netflix und fand keinen Film und keine Doku, die mich interessierte. Genervt hangelte ich nach meinen Krücken und hievte mich hoch, ging zum Kühlschrank und sah hinein. Das Ding war voll bis obenhin. Ich nahm mir ein Joghurt, setzte mich an den Tisch und aß, obwohl ich gar keinen Hunger verspürte.

Danach beschloss ich, mir mal wieder die Nägel zu feilen, ächzte bei jedem Schritt durch die Wohnung. Ich ließ mich gerade an den Esstisch sinken, als mein Handy klingelte. Es lag noch auf dem Couchtisch.

Stöhnend stand ich wieder auf und hopste ohne Krücken hinüber, in meinem Kopf sang es:

Lass es nicht Elyas sein. Doch, lass es ihn sein. Oder lieber nicht. Doch, doch, doch!

›Milla‹ zeigte das Display an, und ich war kurz enttäuscht.

»Hi Süße«, sagte meine Schwester. »Ich wollte dir nur sagen, dass der Arzt Entwarnung gegeben hat. Dem Baby geht es gut, der Muttermund hält, die Blutungen haben aufgehört.« Glücklich rief sie: »Und wir haben das Herz schlagen sehen!«

Ich fasste mir an die Brust. »Es hat schon ein Herz?«

»Ja! So ein pulsierendes Pünktchen. Ist das nicht irre?«

Ich lachte. »Ich freu mich so für dich, Milla! Das heißt, du darfst wieder alles machen?«

»Nur nicht schwer heben. Es wird nur ein Äderchen gewesen sein, das da geplatzt war. Oder etwas an der Schleimhaut. Auf jeden Fall besteht keine Gefahr mehr. Der Rest der Schwangerschaft könnte ganz normal verlaufen.«

»Das hoffe ich für dich«, entgegnete ich. »Auch wenn ich ein bisschen traurig bin, dass ich die nächste Woche ganz allein hier Tatjana und Svetlana ausgeliefert sein werde. Es war so schön, dich um mich zu haben.«

»Das tut mir auch wirklich leid, aber diese eine Woche wird schon irgendwie rumgehen.«

»Ja, ja«, murrte ich.

»Ich hoffe, du kommst nicht auf dumme Gedanken«, mahnte Milla. »Lass die Finger von dem Marokkaner, Sina. Bitte versprich mir das.«

»Kannst du Gedanken lesen?«, fragte ich niedergeschlagen. »Ich habe ihn schon angerufen, aber er ging nicht ran. Das Schlimme ist, dass ich entgegen jeglicher Vernunft gern wissen würde, wie es ihm und Leila geht. Und ob er an mich denkt.«

»Ach Sina«, seufzte meine Schwester.

»Ich weiß.«

»Wie seid ihr denn zuletzt verblieben?«

»Dass ich ihm bei Gelegenheit erklären werde, wieso nicht ich, sondern ein Trupp Maler die Wohnung streicht.«

»Oh, okay.«

»Ich finde schon, dass ich mich nicht gut verhalten habe und dass da noch etwas im Raum steht.«

»Verstehe ich es richtig? Du willst ihn gern noch mal sehen, um die Sache zu beenden, und nicht, um sie zu beginnen?«

»Genau.«

»Warum tust du es nicht? Ist doch nicht verboten.«

Ich hörte meiner Schwester an, dass sie ahnte, dass das mit dem Beenden schwierig werden würde.

»Was soll ich nur machen?«, jammerte ich. »Jetzt wo du nicht mehr hier bist, komme ich auf alle möglichen Gedanken.«

»Du hast mir versprochen, dass du vor Weihnachten keinen Mist baust. Ist doch auch gar nicht mehr lange hin. Wenn er zurückruft, sag ihm …«

»Ja?«

»Dass du dich verwählt hast!«

Ich lachte. »Das wird er mir natürlich sofort glauben.«

»Oder frag ihn was Organisatorisches. Zum Beispiel, ob er gesehen hat, ob die Maler fertig sind.«

Dazu hatte Popow mir tatsächlich noch keine Rückmeldung gegeben. Erleichtert atmete ich auf und dankte meiner Schwester für ihren Einfall.

»Dann wäre das ja geklärt. Magst du morgen früh mit Nils zum Frühstück ins Café kommen? Ich reserviere euch einen Tisch, es wird bestimmt voll.«

Milla lud uns immer ein, nie durften wir bezahlen. Ihr würde Umsatz entgehen, und ihr fehlte schon eine ganze Woche. Trotzdem machte sie diesen Vorschlag. Ich kannte keinen großzügigeren Menschen als meine Schwester.

Ich vereinbarte mit ihr, dass ich ihr noch Bescheid geben würde, und wir beendeten das Gespräch.

Entschlossen straffte ich die Schultern. Falls Elyas sich zurückmelden würde, war ich vorbereitet.

Leider rief er nicht an. Er schrieb mir auch keine Nachricht. Vielleicht hatte er von meinem Anruf noch gar nichts mitbekommen? Einerseits war es hilfreich, vorbereitet zu sein. Andererseits saß ich wie auf glühenden Kohlen. Wenn ich ehrlich war, hatte ich mich darauf gefreut, seine Stimme zu hören, und das ganz unverfänglich. Wie ein Stückchen Schokolade statt der ganzen Tafel. Ich naschte selten, und wenn doch, dann genügten mir ein paar Bissen. So wäre es mit Elyas auch gewesen. Ich brauchte nur ganz wenig von ihm. Aber doch ein kleines Bisschen!

Draußen dämmerte es, und ich entzündete mit der Fernbedienung unseren elektrischen Kamin. Das täuschend echte, künstliche Feuer loderte sofort auf.

Gedankenverloren nahm ich mein Handy zur Hand und scrollte zur Konversation mit Elyas, um sie mir noch einmal durchzulesen.

Überrascht hob ich eine Augenbraue.

Kapitel 21

Ich war der Meinung gewesen, dass meine Nachricht an Elyas wegen der Maler und mit meinem Dank für zwei wirklich schöne Tage die letzte war. Doch das stimmte nicht. Er hatte zuletzt geschrieben. Am Montag, nicht lange nach meiner SMS an ihn. Das war fast eine Woche her.

Das waren mit die schönsten zwei Tage, die ich je hatte. Ich hoffe, wir sehen uns wieder. Wir müssen ja noch einen Mistelzweig ernten. ;)

Ich schloss die Augen und lehnte den Kopf zurück. Was für eine liebe Nachricht. Und ich hatte nicht geantwortet. Kein Wort von mir – bis heute. Wie hatte ich seine Message übersehen können? Wahrscheinlich, weil ich zu beschäftigt gewesen war. Mit Milla, Tatjana und Popow.

Wie gut, dass er noch nicht zurückgerufen hatte. Was hätte er von mir gedacht, wenn ich vorgegeben hätte, mich nach dem Stand der Malerarbeiten zu erkundigen? Für wie kaltschnäuzig hätte er mich gehalten?

In diesem Moment vibrierte das Telefon in meiner Hand, und ich zuckte zusammen. *Elyas Bertal,* meldete das Display, und ich drückte so eilig auf den grünen Hörer, dass mir das Gerät aus der Hand fiel. Umständlich hob ich es wieder auf.

»Hi«, hauchte ich endlich, »ich dachte schon, du wärst mir für alle Zeiten böse.«

Am anderen Ende der Leitung herrschte Schweigen.

»Hallo?«, fragte ich.

»Hätte ich dazu eine Veranlassung?« Seine Stimme klang gepresst.

»Na ja, nein, wie man's nimmt«, druckste ich herum. »Ich dachte nur –.«

»Ich bin es, der sich entschuldigen muss«, unterbrach er mich. »Ich bin zu weit gegangen, mit allem. Du bist verheiratet und es war nicht okay, dir … wie soll ich es nennen … den Kopf zu verdrehen.«

»Ich …«

»Ich weiß, dass es so ist, denn es geht mir mit dir genauso. Dass du mir den Kopf verdreht hast, meine ich. Ich wollte dich unbedingt näher kennenlernen. Das war keine gute Idee. Du siehst das wohl genauso. Deshalb verstehe ich, dass du dich nicht gemeldet hast.«

»Schon, aber …«

»Aber was?« Endlich klang seine Stimme eine Nuance wärmer.

Mein Herz wurde mir eng. »Nichts. Du hast ja recht. Es wäre dumm, wenn wir uns wiedersehen. Und Leila. Ich hatte ihr doch versprochen, die Wand mit ihr zu streichen, und jetzt hab ich sie enttäuscht.«

»Damit kann sie umgehen. Sie war sich sowieso nicht sicher, ob etwas daraus wird.«

»Sind die Maler denn weg?«, fragte ich.

»Seit Mittwoch habe ich niemanden mehr gesehen.«

»Ich würde mal vorbeikommen, um mir anzuschauen, wie es geworden ist. Meine Eltern kommen Weihnachten, und da wollte ich noch ein paar neue Kissen und Bilder vorbeibringen. Das Sofa reinigen.« Ich musste ja nicht zugeben, dass mir das erst in diesem Augenblick eingefallen war. »Wir könnten einen Kaffee trinken«, schlug ich vor.

»Besser nicht, Sina. Wohin sollte das führen?« Die neckische Anspielung auf den Mistelzweig in seiner letzten Nachricht schien vergessen.

»Dazu, uns miteinander wohlzufühlen. Spaß zu haben. Vielleicht etwas mit Leila zu unternehmen, die Wand am Fenster zu streichen oder Scrabble zu spielen.«

»Und dann?«

»Den Mistelzweig ernten?«, flüsterte ich.

Ich hörte, wie er hart schluckte. »Keine gute Idee.«

»Okay«, piepste ich.

»Mach's gut, Sina.« Elyas legte auf.

Starren Blickes sah ich in die Flammen des Kamins.

Ich weiß nicht mehr, wie lange ich so herumsaß, bis ich mich dazu aufraffte, die Wäsche zusammenzulegen. Dabei schaltete ich den Fernseher ein und begann eine Serie, die sinnigerweise den Titel *Catastrophe* trug. Trotz allem amüsierte ich mich. Die beiden Hauptdarsteller zeugten bei einem One-Night-Stand ein Baby, und wider Erwarten entwickelten sie Gefühle füreinander. Ob es so etwas wirklich gab? Erst ein Kind und dann Liebe?

Um kurz nach sechs traf eine Nachricht von Nils ein, es würde später werden. Ich atmete tief durch. Das fing ja gut an. Er hatte mir doch etwas anderes versprochen. Sollte ich für den Rest des Abends dazu verdammt sein, hier auf ihn zu warten?

Millas Mahnung, ich sollte die Finger von dem Marokkaner lassen, klang mir in den Ohren. Aber sie mit ihrer intakten Beziehung und einem Baby auf dem Weg hatte gut reden. Und das Gespräch mit Elyas war total schiefgelaufen. Ich meine – so konnte man das doch nicht im Raum stehen lassen. Sollten wir uns an Heiligabend im Flur über den Weg laufen und gute

Miene zum bösen Spiel machen? Außerdem konnte ich eine Aufmunterung durch Leila wirklich gut gebrauchen. Allein der Gedanke, mich mit ihr über die Dschungelwand auszutauschen, versetzte mich in eine gute Stimmung.

Mein Gewissen hob warnend den Finger, aber ich ignorierte es, rief ein Taxi und machte mich auf den Weg nach Offenbach.

Drei Stockwerke sind mit Krücken eine verdammt lange Strecke, vor allem, wenn man nicht weiß, ob derjenige, den man besuchen möchte, zu Hause ist. Blieb nur zu hoffen, dass er mich nicht wieder wegschickte. Vor Aufregung klopfte mir das Herz bis zum Hals.

Wenige Stufen vom dritten Stockwerk entfernt, vernahm ich die zarte Stimme eines Kindes. Ich guckte zuerst zu Elyas' Wohnungstür, dann zu der meiner Eltern. Sie war nur angelehnt. Wieder plapperte ein Kind, eindeutig Leila.

Nervös erklomm ich die letzten Stufen nach oben. Es roch nach Farbe. Nicht verwunderlich, nachdem ein Trupp Maler die Wohnung gestrichen hatte. Den Atem anhaltend lugte ich durch den Türspalt und entdeckte die beiden im Flur. Sie saßen am Boden um den Küchentisch und die Stühle. Einer glänzte in rotem Lack, der andere sah vorbehandelt aus. Die Wandfarbe auf dem Holz war entfernt. Wahrscheinlich hatten sie die Fläche abgeschliffen und grundiert.

»Wenn Hedwig kommt, wird sie Augen machen«, sagte Leila. Sie hob das Kinn in Richtung Küche. »Und die rote Wand gefällt ihr hoffentlich auch.«

Elyas zeigte mir sein Profil, als er seine Tochter auf die Wange küsste. »Ich bin sicher, dass ihr alles gefallen wird.«

»Und an Weihnachten sehen wir dann auch Sina wieder?«, wollte Leila wissen.

Elyas' Lächeln wirkte gequält. »Ich weiß nicht, wo sie die Feiertage verbringen wird.«

»Warum lädst du sie nicht einfach noch mal zum Frühstück ein?«

»Sie hat die letzte Einladung auch nicht angenommen, und außerdem – ich habe es dir schon mal gesagt – hat Sina einen Mann. Der findet es vielleicht gar nicht so schön, wenn sie mit uns beiden frühstückt, verstehst du?«

Leila strich weiter an einem Stuhlbein. »Ich werde nie heiraten«, verkündete sie.

Ich war gerade im Begriff, am Türrahmen zu klopfen und mich bemerkbar zu machen, und hielt wieder inne.

»Ach, und wieso?«, fragte ihr Vater.

»Ich fände es Scheiße, wenn ich verheiratet wäre, und plötzlich lerne ich jemand Besseres kennen.«

Elyas blinzelte und tunkte den Pinsel in die rote Farbe.

»Guck mal, was für einen Kummer man dann hat«, fuhr Leila fort. »Traut sich sogar zu Weihnachten nicht mehr zu den Eltern.«

Elyas murmelte etwas Unverständliches. Sein Gesichtsausdruck spiegelte eine Mischung aus Trauer und Wut wider.

Leise zog ich mich zurück.

»Wann fangen wir eigentlich mit den Lianen an?«, hörte ich Leila fragen.

»Nur die eine Wand, du hast Hedwig gehört«, vernahm ich Elyas' sich entfernende Stimme.

Wahrscheinlich war er nun in der Küche. Zu gern hätte ich mir die rote Wand angeschaut und ihnen beim Streichen der Dschungelwand zugesehen.

Aber wenn ich jetzt hereinplatzte, schürte ich vielleicht nicht nur Hoffnung in Elyas, sondern auch in einem kleinen Mädchen, das mir gerade nicht deutlicher hätte zeigen können, dass sie sich freuen würde, wenn ihr Papa und ich ein Paar wurden.

Kapitel 22

»Alexa, das Licht im Flur an«, befahl Nils, als er um Viertel vor acht nach Hause kam. Ich hob den Kopf von meinem Lager auf dem Sofa. Nach meinem Ausflug nach Offenbach hatte ich mich völlig erschlagen gefühlt und hingelegt. Im aufflammenden Flurlicht tauchte ein riesiger Blumenstrauß auf, der meinen Mann fast vollständig verdeckte.

»Liebe Grüße von Popow«, sagte er und kam zu mir ans Sofa. »Er richtet dir seinen Dank dafür aus, dass diese Woche alles so gut mit Tatjana geklappt hat.«

Es war noch nie vorgekommen, dass Oleg sich bei mir für etwas bedankte. Ich hielt meine Nase in das Blütenmeer aus Lilien und Rosen. Der Geruch war betörend. Fast schon zu viel.

Nils versorgte den Strauß in der Küche mit Wasser und stellte die Vase auf dem Esstisch.

Seufzend setzte er sich zu mir. »Endlich sind wir mal allein.« Er nahm meine Hände in seine, deutete mit dem Kinn auf den geschienten Fuß und fragte: »Was macht unser Held?«

Ich wackelte mit den Zehen. »Schon besser.«

Nils schob mir die Hand unter den Pulli und streichelte über meinen Bauch. »Und hier auch alles okay?«

Ich nickte langsam. »Ja.«

»Ich dachte nur, weil Milla schwanger ist, dass es vielleicht auch bei dir soweit sein könnte. Ihr macht doch immer alles gemeinsam.«

Ich lächelte wehmütig. »Es gibt Ausnahmen.«

Nils nahm seine Hand wieder weg und setzte sich aufrecht hin. »Ich hab mir überlegt, dass ich mich mal testen lasse.«

Ich sah ihn überrascht an. »Das hast du bisher immer abgelehnt.«

»Stimmt, aber irgendwann muss ich es wohl oder übel in Betracht ziehen.« Er betrachtete seine Finger. »Wenn bei dir alles in Ordnung ist, wird es wohl an mir liegen. Also könnte ich mich mit einem Pornoheftchen zurückziehen und eine Probe abgeben.« Er zwinkerte. »Oder du gehst mir zur Hand.«

Ich rieb mir die Augen. Dieses Gespräch war wie eine kalte Dusche. Fest stand, dass ich ihm noch vor wenigen Wochen bei diesem Angebot um den Hals gefallen wäre. Selbst die Vorstellung, ihm in einem sterilen Kämmerchen dabei ›zur Hand zu gehen‹ hätte mich nicht geschockt. Ich hätte es als meinen Beitrag zur guten Sache gesehen. Aber jetzt war alles anders. Ich dachte nur an Elyas. Und an Leila.

»Findest du den Gedanken so schlimm?« Nils runzelte die Stirn.

Ich streckte das schmerzende Bein aus. Wenn ich diese Schiene an meinem Fuß nur endlich los wäre. Dann könnte ich ein heißes Bad nehmen und mit dem Kopf untertauchen. Der drohte mir nämlich bald zu platzen. Ich rieb mir die Schläfen und konnte nichts gegen die Tränen tun, die mir aus den Augen traten, immer mehr wurden. Mein Kinn zitterte, und ich verbarg mein Gesicht in den Händen.

Nils legte den Arm um mich und zog mich an sich. »Ich konnte doch nicht ahnen, dass das so wichtig für dich ist«, sagte er rau. »Hätte ich das gewusst, dann hätte ich es schon viel früher getan.«

Ich weinte und schüttelte den Kopf. Konnte gar nicht mehr damit aufhören. Was erzählte er denn da für einen Unsinn? So oft schon hatte ich ihn darum gebeten. Und nie war er darauf eingegangen.

»Was ist denn nur los?« Nils zog mich noch fester an sich.

Ich konnte ihm unmöglich sagen, was los war. Ich wusste es ja selbst nicht. Ich wusste nur, dass es für diesen Test zu spät war. Und für ein Baby mit Nils. Etwas war geschehen. Und dieses Etwas ließ sich nicht durch einen Test oder gar ein Kind reparieren.

Nils gab es schließlich auf, mich trösten zu wollen. Er streichelte mir über den Kopf und schaltete den Fernseher ein.

Ich lehnte mich zurück ins Sofa und sah aus dem Fenster in die Dunkelheit. Mit Grauen dachte ich an die vor mir liegende Woche.

Kapitel 23

Wie schleppend die Zeit vergeht, wenn man nicht vor die Tür kann.

Meine Schwester war die ganze Woche über im Café eingespannt und ruhte sich abends auf ihrem eigenen Sofa aus. Svetlana war seit Millas Abwesenheit nicht mehr halb so gesprächig wie vorher. Und auch Tatjana beschränkte sich auf Anrufe, bei denen sie mir zurief, was ich noch bestellen sollte. Ihre Besorgungen gingen alle über meine Accounts. Manchmal kam es mir vor, als wollte sie keine Spuren im Netz hinterlassen, denn sie hätte wirklich einiges selbst bestellen können.

Es gab Momente, in denen ich mich mit Alexa unterhielt, bis ich feststellte, wie lächerlich das war. Als ich fragte, »Alexa, wie geht es dir?«, ging sie nicht auf meine Frage ein, sondern schlug mir vor, mehr Sport zu treiben.

Nils bemühte sich, abends früher nach Hause zu kommen. Doch da er Svetlana noch heimbrachte und er dabei oft lange im Stau stand, hatte ich nicht einmal etwas davon. Dann noch seine sich türmende Arbeit, hier eine E-Mail, dort ein Anruf – nichts hatte sich geändert. Mein Eherettungsplan war so gründlich schiefgegangen, wie nur etwas misslingen konnte. Und immer wieder die Gedanken an Elyas. Dieses schlimme Ziehen im Herzen, wenn ich an sein Lachen dachte. Und an das andere, was wir fast getan hätten.

Es zog übrigens nicht nur in meinem Herzen, sondern auch in meinem Unterleib. Was das bedeutete, kannte ich ja schon zur Genüge.

Am Samstagmorgen lag Nils in seiner üblichen zusammengerollten Haltung mit der Bettdecke zwischen den Beinen neben mir. Dieser Anblick erinnerte an den eines kleinen Jungen, der ein Stofftier umarmt. Ich kannte meinen Mann schon so lange. Er war meine erste große Liebe gewesen. Damals, als ich ihn kennenlernte, ging ich Milla und meinen Eltern unendlich mit meiner Schwärmerei für diesen angehenden Akademiker auf die Nerven. Und heute, an diesem Morgen, fiel mir ein Satz ein, den Mama gesagt hatte, als ich ihr Nils vorstellte. Wir hätten wegen der Mülltüten, die damals noch in ihrer Wohnung lagerten, nicht zu meinen Eltern nach Hause gehen können, daher luden Milla und ich in ein Restaurant in Offenbach ein. Dort gab es Klöße und Rollbraten, eine Speise, die meine Eltern sehr schätzten.

Nils war wirklich nett und zuvorkommend zu ihnen, wenn auch etwas steif. Kein Wunder, ich hatte ihm zuvor tausendmal gesagt, wie nervös ich sei und dass ich hoffte, dass mein Vater keinen cholerischen Anfall bekam. Jedenfalls nahm Mama mich beim Abschied beiseite und sagte: »Dieser Mann ist gut fürs Konto, aber nicht fürs Herz.«

Sie hatte dabei gezwinkert und mir einen Kuss gegeben, weshalb die Erinnerung an diese Warnung sofort verblasst war. Einen Kuss hatte ich von Mama lange nicht bekommen, weil Milla und ich den Kontakt zu ihnen heruntergefahren hatten, da unsere Eltern uns in ihrer Bedürftigkeit nicht guttaten.

Doch heute in der Rückschau fand ich Mamas Worte weise. Nils war ohne Frage gut fürs Konto, was uns unserem Ziel auf ein Haus im Grünen schnell näher gebracht hatte. Aber seine Gefühle präsentierte er oft wie auf dem Tablett.

Er machte gern ein großes Aufheben darum, seine Liebe zu demonstrieren. Doch kleine Gesten wie ein Streicheln, ein Kuss zwischendurch, ein Kompliment, ein intensiver Blick, eine Umarmung von hinten und ein Kuss in den Nacken – für solche Dinge hatte er keinen Sinn. Diese Gesten kamen immer von mir. Und irgendwann waren auch die ausgeblieben. Vielleicht brauchten wir eine Paartherapie?

Oder ich ein Gespräch mit Mama.

Der Gedanke, meine Mutter wegen eines Problems anzurufen, war fremd, aber verheißungsvoll. Mama sagte nie viel, aber wenn, dann schlug es meist ein wie eine Bombe.

Ich sah auf die Uhr. In Moskau war es sieben Uhr. Um diese Zeit war Mama schon auf. Sie war eine Frühaufsteherin, richtete für Papa das Frühstück und kochte das Mittagessen vor. Einen Teil nahm sie mit zu ihrer Arbeit, den anderen ließ sie Papa, der nachmittags ins Orchester zur Probe ging und abends spielte. Mama arbeitete als Krankenschwester in einer Kinderklinik und verrichtete oft am Wochenende Dienst, damit ihre Kolleginnen, die Familie hatten, zu Hause bleiben konnten.

Meine Blase meldete sich, und ich richtete mich aus dem Bett auf und hangelte nach den Krücken. Das Handy klemmte ich mir zwischen die Zähne. Am Montag würde der Arzt die Schiene abnehmen.

Eigentlich waren morgen die vierzehn Tage schon vorbei, aber da war Sonntag. Mir schlug dieses Gehumpel immer mehr aufs Gemüt. Zumindest die Krücken konnte ich weglassen, überlegte ich und belastete vorsichtig meinen geschienten Fuß. Tat gar nicht mehr weh.

Auch der Gang vom Bad zum Sofa funktionierte recht gut.

Nachdenklich ließ ich mich auf die Couch nieder. Mama anrufen oder nicht? Wenn ich es tat, wäre meine Krise offiziell.

Schnell legte ich das Handy auf dem Couchtisch ab und atmete tief durch. Nur nichts überstürzen.

Nils weckte mich mit einer Tasse Kaffee. Die Liste der Dinge, die ich an ihm schätzte, wurde lang und länger.

»Guten Morgen.« Er beugte sich zu mir herab und kitzelte mich unterm Kinn. »Ich müsste dann noch mal kurz weg.«

Ich stütze mich auf den Ellbogen ab. »Wohin? Du hast doch gesagt, dass du das Wochenende frei nimmst.«

»Nehme ich ja auch. Es ist nur für ein, zwei Stündchen.«

Ich lächelte ihm nachsichtig zu. Sollte ich ihm deswegen eine Szene machen? Er bemühte sich ja. Und was waren ein, zwei Stündchen?

»Heute Abend könnten wir was essen gehen, was meinst du?«, rief er aus dem Flur. Ich hörte, wie er sich die Jacke anzog. »Soll ich uns einen Tisch reservieren?«

»Wir könnten doch hier etwas kochen«, rief ich zurück. »Svetlana hat so viel eingekauft. Es findet sich bestimmt was.«

Nils schaute ins Wohnzimmer. Er verzog den Mund. »Dann stinkt die ganze Wohnung nach Essen und wir müssen so viel machen. Stattdessen könnten wir uns gemütlich irgendwohin setzen, und ich zeig dir die neuesten Pläne für das Projekt in Sachsenhausen.«

»Hm«, sagte ich. »Oder wir spielen mal was.«

Nils lachte. »Was denn?«

»Du könntest Scrabble besorgen, das macht total Spaß.«

Nils runzelte die Stirn. »Hast du das mit Milla gespielt?«

»Nein, wir haben Serien geschaut.«

Innerlich zeigte ich mir einen Vogel. Er hatte vollkommen recht. Wenn Elyas die Spielerin in mir geweckt hätte, hätte ich die ganze Woche mit Milla spielen können. Hatte ich aber nicht.

Ich winkte ab. »Schon gut, war nur so ein Einfall.«

Nils kam zu mir und streichelte mir über den Kopf. »Es wird dir guttun, heute Abend mal rauszukommen. Du wirkst total deprimiert. Vermutlich fühlst du dich wie ein Tier im Käfig.«

»So ähnlich«, murmelte ich. Wenn ich ihm sagte, von wem ich mich eingesperrt fühlte, hätte er vermutlich kein Verständnis. Und es wäre auch ungerecht gewesen.

Als die Tür hinter Nils ins Schloss fiel, griff ich nach meinem Handy und entdeckte eine Nachricht von Milla. Sie fragte, ob Nils und ich nun zum Frühstück kämen oder nicht. Schnell sagte ich ihr ab.

Dann klickte ich mich weiter zu den Kontakten und wählte die Festnetznummer meiner Eltern, lauschte dem fern klingenden Tuten in der Leitung und hoffte, dass Mama zu Hause war.

Als Milla und ich uns vor ein paar Jahren so sehr um sie sorgten, weil wir wegen der Mülltüten befürchteten, sie seien Messis geworden, war ich diejenige, die sie darauf ansprach. Milla war vor lauter Sorge nicht dazu in der Lage gewesen.

Es kam mir so seltsam vor, dass ich jetzt unbedingt mit Mama über meine Probleme reden wollte. Zuletzt hatte ich mich als kleines Mädchen so nach ihr gesehnt, als ich wegen meiner Diebstähle in der Schule zum

Rektor musste. Bei Mamas Anblick verschlug es den meisten die Sprache, so auch dem Schulleiter. Sie war das Klischee einer Spätaussiedlerin in Hosen mit Gummizug, Hemdbluse und Haarreifen. Dazu ihre enorme Körperfülle. Zwischen Mamas Schneidezähnen klaffte eine beeindruckende Lücke. Ihre Hände waren rau von der Arbeit im Schrebergarten, in dem meine Großmutter und sie Gemüse anbauten. Sie beherrschte nur gebrochenes Deutsch, trotzdem hatte sie ein resolutes Auftreten. Schließlich war sie gelernte Krankenschwester.

Sobald Mama auftauchte, war man nachsichtig mit mir. Dabei hätte man kein Mitleid mit mir haben müssen.

»Da?«, hörte ich Mamas Stimme durch die Leitung, und ein erleichtertes Seufzen entwich meinen Lippen.

»Sina?«, fragte Mama. »Was ist los?«

Wir sprachen in letzter Zeit Russisch am Telefon. Erstens konnte ich es wieder besser, zweitens fehlte meinen Eltern die Praxis in der deutschen Sprache.

»Mamotschka, es geht mir nicht gut.« Ich begann zu weinen. Zwar hätte ich ihr auch die frohe Kunde von Millas Schwangerschaft erzählen können, aber diesen Moment wollte ich meiner Schwester lassen.

»Warum?«, fragte Mama. »Fehlt dir die gute russische Küche? Es wird Zeit, dass wir kommen.«

»Ja, das wird es«, schluchzte ich.

»Was ist los, meine Kleine? Warum weinst du?«

»Ich habe mir vor zwei Wochen den Fuß geprellt und muss seitdem still halten«, begann ich mit den vordergründigen Katastrophen.

»Schlecht«, meinte sie. »Wie ist das passiert?«

Ich spürte die nächsten Tränen in meinen Augen aufsteigen.

»Alles fing mit einer Matroschka an«, begann ich meine Schilderung der Ereignisse. Dann erzählte ich ihr alles. Vom Autounfall und dem anschließenden Streit zwischen Nils und mir, dass ich mich in Mamas Wohnung verkrochen und dort Elyas und Leila getroffen hatte. Wie wir einander kennenlernten, nur drei Tage miteinander verbrachten, und dass ich seitdem aus der Bahn geworfen war. Im wahrsten Sinne des Wortes.

»Warum hast du uns eigentlich nie von Elyas und Leila erzählt oder sie uns vorgestellt?«, fragte ich abschließend.

Mama schnalzte mit der Zunge. »Zeigst du deinen Kundinnen tolle neue Möbel, wenn sie sich gerade welche gekauft haben?«

»Ach, Mama«, sagte ich niedergeschlagen.

»Tja«, sagte Mama. »So ist das Leben.«

Ich wischte mir eine Träne ab. Dieses Drama final mit ›So ist das Leben‹ zu erklären, gelang nur ihr. Da hatte ich immer gedacht, sie sei besorgt, dass Milla oder ich uns scheiden lassen könnten, dabei hatte sie die Krise – zumindest bei mir – einfach nur kommen sehen.

Jetzt sagte sie: »Warum weinst du wegen dieser schönen Geschichte? Du musst nur mit Elyas reden. Ich kenne ihn, er ist ein wunderbarer Mann und Vater.«

»Aber Mama, du weißt doch, dass ich mit Nils verheiratet bin. Und auch wenn er zu viel arbeitet, ist es doch schrecklich, dass ich diese Gefühle für einen anderen habe, findest du nicht?«

»Es ist vielleicht schade für Nils, aber doch nicht für dich«, erklärte Mama.

»Aber du bist auch mit Papa zusammengeblieben, als ihr Krisen hattet. Ich kann doch nicht einfach alles hinschmeißen.«

»Dein Papa und ich hatten nie eine Krise«, kam es bestimmt aus dem Hörer.

»Na, damals mit dem kaputten Klavier und allem!« Eine Zeitlang hatten die beiden nicht besonders glücklich gewirkt.

Mama schnalzte wieder mit der Zunge. »Ich habe Papachens Krise mit ihm ausgehalten und bin selbst in eine geraten, weil ich ihn liebe«, erklärte sie. »Aber unsere Liebe hatte nie eine Krise.«

»Aber findest du nicht, dass ich Nils und mir eine Chance geben sollte? Sollte ich nicht versuchen, meine Ehe zu retten?«

»Willst du alt und grau werden und eine Ehe gerettet haben, oder willst du geliebt haben?«, fragte Mama.

»Aber ich habe Nils geliebt!«

»Das weißt du besser als ich«, erwiderte Mama. »Aber ich habe es dich nie sagen hören, so wie Milla von Jochen. Sie wollte ihn und sonst nichts. Es war ihr egal, was er macht oder ob er reich ist oder arm. Aber du. Wenn du von Nils gesprochen hast, dann von seinem Studium und wie fleißig er ist. Von seiner Arbeit und den Plänen, die ihr für die Zukunft habt. Welche Wohnung ihr wollt, welches Auto, irgendwann ein Haus mit Garten. Vielleicht ein Kind, am besten ein Mädchen. Aber du hast nie gesagt wie vorhin, dass du sein Lachen schön findest oder dass er gut riecht oder dass du mit ihm einen Mistelzweig ernten möchtest. Oder mit ihm ein Spiel spielen. Mit seiner Tochter mein Wohnzimmer streichen.« Sie kicherte. »Sie haben mich übrigens auch angerufen und gefragt, ob ich einverstanden bin. Und stell dir vor, wie Leila von dir geschwärmt hat. Sie meinte, du hättest sie im Palmengarten gesucht und so fest in den Arm genommen, als du sie gefunden

hast, dass sie abends vor Freude darüber weinen musste.«

»Oh, Leila!«, sagte ich und die Erinnerung an diesen
Augenblick im Palmengarten ließ weitere Tränen aufsteigen. »Aber man kann doch nicht einfach so hinschmeißen«, wiederholte ich.

»Genauso wenig gehört es sich, einer Frau vor zehn
Leuten einen Antrag zu machen, sodass sie unmöglich
nein sagen konnte. Oder war es nicht so?«

»Doch«, sagte ich leise. Nils' Antrag war trotzdem
rührend. Ich hätte niemals nein gesagt, auch nicht, wenn
wir allein gewesen wären. Man konnte doch nicht nein
zum Antrag eines Mannes sagen, mit dem man glücklich
war.

»Siehst du«, sagte Mama, die meine Gedanken nicht
kannte. »Und außerdem musst du Folgendes wissen: Ich
habe auch mal hingeschmissen. Es ist viele Jahre her,
aber ich habe es nie bereut.«

»Du hast was?« Überrascht setzte ich mich auf und
wischte mir die Tränen ab.

»Ich habe es nie erzählt, weil es aus einem anderen
Leben war, aber ich war schon einmal verheiratet. Nicht
mit einem Musiker wie deinem Vater.«

»Wie bitte?« Ich traute meinen Ohren nicht.

»Er war bei der Partei. Er war auf dem Weg zum
Funktionär, wir hätten alles gehabt, wovon man träumen kann. Es gab schon ein Haus mit Garten und dazu
ein Auto mit Fahrer.«

»Du hast dich scheiden lassen?« Noch nie hatte ich
von dieser Geschichte gehört. Und Milla garantiert auch
nicht.

»Sein Name war Alexej. Ich war mit ihm im Theater,
weil er Karten über die Partei bekommen hatte, und
habe deinen Vater spielen sehen. Am nächsten Tag habe

ich vor dem Eingang auf Albrecht gewartet und ihn angesprochen.«

Diesen Teil der Story kannte ich. Aber nicht den mit dem Parteifunktionär.

»Da war etwas an Albrecht, das ich bei mir haben wollte, verstehst du?«, fragte Mama. »Wenn ich ihn hätte gehen lassen, hätte mir mein Leben lang etwas gefehlt.«

»Und dein erster Mann?«, fragte ich. »Wie hat er reagiert?«

»Das ist egal«, sagte Mama. »Das war Russland vor der Perestroika. Es war nicht leicht. Aber das ist Vergangenheit.«

Milla und ich hatten uns immer gefragt, warum unsere Eltern mit unserer russlanddeutschen Großmutter ihre Heimat verlassen hatten, wo sie doch beide in Russland geboren waren und gute Jobs hatten.

Wieder unterbrach Mama meine Gedanken. »Was ich meine, ist, dass du jung bist und noch keine Kinder hast. Deine Entscheidungen betreffen nur dich.« Sie räusperte sich. »Darf ich dich etwas fragen?«

»Ja?«

»Angenommen, Elyas will dich nicht. Willst du dann bei Nils bleiben?«

Ich überlegte. Ich wäre allein. Ohne Wohnung. Ohne Job, wahrscheinlich. Augenblicklich fühlte ich mich verloren.

Dabei war ich das gar nicht. Ich hätte Milla und Johanna. Die Wohnung meiner Eltern, wenn auch viel zu nah bei Elyas. Allein bei dem Gedanken daran, ihn zu sehen und ihm nicht nahe sein zu können, zog sich alles in mir zusammen. Ich wollte so gern in seiner Nähe sein. Und doch konnte ich es nicht zulassen. Ich mochte keine Frau sein, die ihren Mann verließ. Allein bei dem Gedanken fühlte ich mich schäbig. Und ich hatte Angst. Fürchtete mich davor, eine falsche Entscheidung zu treffen, die mich ins Unglück stürzen würde.

Angenommen, Elyas wollte mich doch, und die Sache zwischen uns ging nicht gut? Würde ich nicht ewig bereuen, Nils verlassen zu haben?

Bekümmert schloss ich die Augen. Bis ich diese Matroschka eingesteckt hatte, war ich glücklich und zufrieden gewesen. Ich wäre nicht im Traum darauf gekommen, dass mir ein marokkanischer Krankenpfleger und ein neunjähriges Mädchen begegnen könnten, die meine Welt ins Wanken brachten. Der Vergleich mit Mamas Parteifunktionär und Nils hinkte gewaltig. Nils war ein guter Mensch. Er war treu, zuverlässig und verantwortungsbewusst. Er räumte seine Socken und Unterhosen weg, schloss die Zahnpastatube und polierte unsere Edelstahlspüle, bis sie glänzte. Er sah jedem Parkplatz an, ob er mit dem Auto hineinpasste, und schaffte es ohne Rangieren, haargenau parallel zum Bordstein zum Stehen zu kommen. Vorhin hatte er mir Kaffee ans Sofa gebracht. Welcher Mann tat so etwas? Ich hatte doch ›Ja‹ gesagt. Und er hatte sich mich ausgesucht!

Und vielleicht war genau das das Problem. Wenn ich ehrlich war, hatte ich noch nie die Initiative ergriffen. Wenn ich etwas unbedingt wollte – so hatte die Vergangenheit gezeigt – nahm ich es mir heimlich oder mit einem Trick. Und jetzt wollte Elyas mich nicht wiedersehen.

»Mamotschka«, jammerte ich ins Telefon. »Was soll ich nur tun?«

»Das kannst du nur selbst herausfinden, mein Schatz«, antwortete meine Mutter. »Aber ich bin sicher, dass du das Richtige tun wirst.«

Ratlos legte ich auf. Was das ›Richtige‹ betraf, tappte ich leider im Dunkeln.

So gut es mit der Schiene ging, kuschelte ich mich aufs Sofa. Ich fühlte mich ausgelaugt. Als hätte ich schon jetzt einen anstrengenden Tag hinter mir. Wahrscheinlich lag es daran, dass meine Periode im Anmarsch war. An den Tagen fühlte ich mich oft wie zerschlagen.

Inzwischen schien draußen die Sonne, und ich ließ Alexa die Jalousien ein Stück herunterfahren. Dann griff ich nach der Fernbedienung und schaltete zurück zu der Serie, die ich gestern begonnen hatte, schaute den Darstellern drei Episoden lang dabei zu, wie sie ihr Leben neu ordneten. Das Paar hatte andauernd Sex. Trotz Babybauch. Ob das realistisch war?

Als es läutete, hob ich überrascht die Augenbrauen. Wenn es Tatjana war, würde ich sie sofort wieder wegschicken. Heute war mein freier Tag.

Doch es war nicht meine Kundin.

Kapitel 24

»Hi.«

Elyas stand vor der Tür, in den Armen hielt er den verschnörkelten, silbernen Samowar aus der Küche meiner Eltern. »Ich hoffe, ich komme nicht ungelegen?«

Ich hielt mich an der Klinke der Wohnungstür fest und versuchte, ruhig zu atmen. »Nein. Ich bin allein.«

Über die Gegensprechanlage hatte ich schon erfahren, dass er es war. Er war tatsächlich zu mir gekommen. Einfach so. Nein, das stimmte nicht. Er wollte mir den russischen Teekocher meiner Eltern vorbeibringen.

Diese Erklärung hatte ich nur am Rande mitbekommen. Ich konnte nur daran denken, dass ich ihn gleich sehen würde. Elyas. Irgendwie musste er mein Sehnen gespürt haben.

Wahrscheinlich schaute ich allzu verständnislos, denn er fing an zu lachen. »Du weißt anscheinend nichts davon, dass du diesen Samowar unbedingt brauchst.«

»Nicht wirklich.« Ich machte ihm Platz, um ihn in die Wohnung zu lassen. Samoware waren sinnvoll, wenn man viele Leute mit Tee versorgen wollte. So wie Milla in ihrem Café. Aber was sollte ich damit?

Nachdem er seine Last in unserer Küche losgeworden war, sah Elyas sich anerkennend um. »Das nenne ich mal eine stylische Wohnung. Die sieht ja wie in einem *Schöner-Wohnen*-Heft aus. Und so aufgeräumt.«

»Danke«, sagte ich knapp. Ich konnte ihn nur anstarren. Als hätte ich an der Teekanne gerieben und dieser hübsche Mann wäre urplötzlich hier in meiner Wohnung aufgetaucht. Wie konnte man in Jeans,

Turnschuhen, Anorak und Wollmütze nur so unverschämt gut aussehen?

Ich deutete auf sein Mitbringsel. »Wie kommt es, dass du mir den lieferst?«

Elyas nahm die Mütze ab und fuhr sich durch seine Locken. »Deine Mutter hat mich angerufen. Du hattest zuvor mit ihr telefoniert, meinte sie.«

»Meine Mutter hat *dich* angerufen?«

Er wendete die Mütze in seinen Händen. »Sie meinte, ich sollte dir das Teil dringend vorbeibringen. Du bräuchtest einen ordentlichen russischen Tee.«

Ich schüttelte den Kopf und humpelte zum Sofa, mein Fuß wurde langsam schwer. Elyas war sofort an meiner Seite, um mir zu helfen. Unglaublich, dass so ein muskulöser Mann so zart anpacken konnte. Und wieder roch er so gut. Ich fächerte mir mit der Hand Luft zu.

Elyas legte die Mütze auf dem Couchtisch ab und deutete auf den Sessel. »Darf ich?«

Ich versuchte, mich vom Anblick seiner verstrubbelten Locken und dem Grübchen loszureißen, und sann nach einer Ausrede. »Ich habe meiner Mutter nur erzählt, dass wir uns getroffen haben, dass ich ihre Wohnung habe streichen lassen und dass Leila gern das Wohnzimmer im Dschungelmuster gestalten würde. Sonst gar nichts.«

Ich erholte mich gar nicht von dem Schock, dass Mama ihn mir vorbeigeschickt hatte. Von wegen, es sei meine Entscheidung. Deutlicher konnte Mama mir wohl kaum zu verstehen geben, dass sie es gutheißen würde, wenn Elyas und ich …

Elyas sah sich noch einmal um. Dann blickte er mich liebevoll an. »Irgendwer sagte mal, je mehr Chaos im Kopf, desto aufgeräumter die Wohnung.«

»So?«, krächzte ich.

Als sich eine unangenehme Stille zwischen uns auszubreiten drohte, stand Elyas aus dem Sessel auf und ging hinüber zum Balkon. »Von hier sieht man ja den Main.« Er öffnete die Balkontür. Vor seinem Mund bildeten sich Atemwölkchen. »Auf der anderen Seite liegt der Schrebergarten meiner Eltern«, rief er. »Man muss nur über die Brücke.« Als er wieder eintrat, meinte er: »Hast du Lust auf einen Spaziergang?«

Ich zeigte auf meine Schiene. »Das ist leider unmöglich.«

Bis zu den Schrebergärten dort drüben waren es sicher zwei Kilometer. Hin und zurück konnte ich das nicht humpeln. Schon gar nicht bei Schnee und Matsch.

Seine Augen blitzten auf. »Ich hab zufällig einen Rollstuhl dabei.«

»Im Ernst?«

Elyas schloss die Balkontür und versenkte die Hände in den Hosentaschen. »Ich hatte ihn schon letzten Montag aus der Klinik mitgenommen, weil ich dachte, dass du noch mal kommst.«

»Tut mir leid, wie das alles gelaufen ist«, sagte ich leise. Dann deutete ich nach draußen. »Einen Spaziergang fände ich toll.«

»Du müsstest dich aber warm anziehen, es ist echt kalt. Und da du dich nicht bewegen wirst …«

Ich zeigte auf die zusammengelegte Wolldecke auf dem Sofa. »Lass uns die mitnehmen.«

Auf einmal strahlte er und griff nach seiner Mütze. »Na dann, los.«

Vor dem Haus empfingen uns blendender Sonnenschein und ein eisiger Wind. Ich schnappte nach Luft. Wenn man fast vierzehn Tage nicht vor der Tür war, fühlt es sich an, als würde man aus einem Standbild ins

Leben treten. Der Wind, die Straßengeräusche, alles war intensiver. Vom Spielplatz am Main drang das Lachen der Kinder zu uns, in der Ferne hupte ein Auto und irgendwo kreischte eine Säge.

Elyas holte den Rollstuhl aus dem Kofferraum und half mir hinein, legte mir die Decke um die Schultern und steckte sie seitlich fest. An meinem gesunden Fuß trug ich einen Winterstiefel, um den anderen band Elyas ein flauschiges Handtuch und eine Baumwolltasche. Ich wies ihm den Weg zwischen der Europäischen Zentralbank und dem *Oosten* am Main entlang. Wenn man dem Fluss lange genug folgte, würde man bis nach Offenbach gelangen.

»Jetzt könnte ich dir glatt zu Fuß die Wohnung deiner Eltern zeigen«, sagte Elyas.

»Lieber nicht, dann wären wir ja ewig unterwegs.«

»Musst du bald wieder zurück? Wann kommt denn dein Mann?«, fragte er.

Ich hob die Hand gegen die Sonne. »Deswegen nicht. Er wollte zwar nur ein, zwei Stündchen wegbleiben, aber meistens dauert es dann doch den ganzen Tag.«

»Klingt nach Krise«, stellte Elyas fest und schob den Rollstuhl weiter.

»Hat meine Mutter nichts darüber gesagt?«, fragte ich.

Er lachte. »Sie hat mich wirklich nur wegen des Teekochers geschickt. Allerdings hat sie das so dringlich formuliert, dass ich den Eindruck gewann, es ginge um Leben und Tod.«

Er schob mich schweigend weiter am Skaterpark vorbei. Ich fragte mich, ob Mama sich darüber im Klaren war, dass ich vielleicht Elyas' Herz brechen würde, weil ich Nils nicht verlassen konnte.

Aber jetzt wollte ich die frische Luft und das Zusammensein mit ihm einfach nur genießen. Mein schlechtes Gewissen beiden Männern gegenüber sperrte ich in die hinterste Schublade meines Gehirns.

Ich nahm einen tiefen Atemzug und blinzelte in die Sonne.

»Wie geht es Leila? Wollte sie gar nicht mit?«

»Natürlich wollte sie das. Aber ich nicht. Das Angebot, sich in der Zeit einen Film anzuschauen, hat sie schließlich überzeugt.«

»Wie kommt ihr eigentlich so klar?«, wagte ich eine Frage, die mich schon länger beschäftigte.

»Meinst du ohne Frau im Haus?«

»Leila sagte, ihre Mama sei bei einem Autounfall ums Leben gekommen?«

Elyas blieb stehen. »Ja, das stimmt. Vielleicht sollten wir uns setzen.« Er schob mich zu einer Bank neben dem Spazierweg und nahm Platz. Jetzt konnte ich ihm ins Gesicht sehen.

»Normalerweise erzähle ich das keinem«, sagte er. Seine braunen Augen verdunkelten sich. »Aber an jenem Tag hatten wir uns getrennt. Davon hat Leila keine Ahnung. Sie sollte nicht glauben, dass ihre Mama nicht nur sich, sondern auch sie umbringen wollte.«

Ich blickte ihn mit großen Augen an, unfähig, etwas dazu zu sagen.

Er sah auf seine Hände hinab, die sich zu Fäusten verkrampft hatten. Mit einem Seufzer ließ er wieder locker und legte sie auf seine Oberschenkel. »Es weiß niemand, ob es Absicht war. Es gab keinen Abschiedsbrief und auch sonst deutete nichts auf Depressionen oder so hin. Die Trennung war unsere einvernehmliche Entscheidung. Ich hatte sie nicht betrogen, wenn du das denkst.« Kurz blickte er zu mir, und ich schüttelte den Kopf. Das hätte ich nie und nimmer gedacht.

Er fuhr in seiner Erzählung fort. »Sie war traurig, aber nicht verzweifelt. Aber dass sie ausgerechnet an diesem Tag … und dann auch noch mit Leila im Auto …« Die letzten Worte hatte er immer leiser gesprochen. Jetzt schwieg er.

Ich wollte nicht nachbohren, das alles ging mich ja auch gar nichts an. Leise sagte ich: »Es tut mir leid, was du durchmachen musstest.«

»Danke.« Mit einem Ruck stand er auf. »Gehen wir weiter.«

Eine Weile schob er mich schweigend. Auch ich wusste nicht, was ich sagen sollte. Als auf der Osthafenbrücke, die über den Main führte, die Räder im Schnee steckenblieben, stemmte er sich gegen den Rollstuhl.

»Vielleicht sollten wir umkehren?«, schlug ich vor.

»Kommt nicht in Frage«, ächzte er. Er drehte den Rolli um und schob mich rückwärts aus der Schneewehe. Ein Krankenpfleger konnte mit diesem störrischen Gefährt umgehen. Natürlich.

Nach ein paar weiteren Minuten des Schweigens meinte Elyas: »Wenn ein Kind kommt, verändert das alles. Die Karten in der Beziehung werden neu gemischt. Auf einmal ist man nicht mehr zu zweit. Ich bin in einer Großfamilie aufgewachsen, für mich war das okay, ich war – wie soll ich es nennen? – flexibel. Miriam hat das alles so dermaßen gestresst, dass sie nur noch schlecht drauf war.«

Wäre ich genauso? Elyas hatte ja schon perfekt analysiert, dass bei mir Chaos im Kopf herrschte. Vielleicht wäre ich auch überfordert.

»Immer wenn Leila von ihr redet und sie verherrlicht, tut es doppelt weh«, fuhr Elyas fort. »Dass ich nie erfahren werde, ob es ein Unfall war.«

»Vermisst du sie?«, fragte ich.

Er hob die Schultern. »Ich habe alle Phasen der Trauer durch. Leugnen, Wut, Depression, Akzeptanz, Nach-vorn-Schauen. Das mit dem Nach-vorn-Schauen gelingt relativ gut, wenn man ein Kind hat. Da gibt es ständig was zu planen, und man ist abgelenkt.«

»Und wie ist es mit einer neuen Beziehung?« Das schoss aus mir heraus, bevor ich überhaupt darüber nachdenken konnte, ob diese Frage von mir an ihn klug war.

Elyas räusperte sich. »Ich weiß um mein Aussehen, und mir ist klar, dass man denkt, ich ließe nichts anbrennen. Aber da war vor einigen Jahren nur Anna. Ich dachte, es könnte gehen, aber Anna hatte keine eigenen Kinder, und sie fühlte sich immer an zweiter Stelle. Aber mich gibt es eben nur im Doppelpack.«

Wir hatten das gegenüberliegende Ufer erreicht und fuhren nun schon eine ganze Weile am Main entlang, bis wir am Mainwasenweg ankamen.

Elyas blieb vorm Eingang zur Kleingartenanlage stehen und öffnete mit einem Schlüssel das Tor. Hier war der Schnee nicht geräumt, und es wurde immer schwieriger, den Rollstuhl zu schieben. Das Eis knirschte unter den schmalen Rädern, und Elyas zog mich wieder rückwärts, das ging einfacher. Nach wenigen Metern stoppten wir vor einer Parzelle. Durch den Schnee lugten verwitterte Blumenstängel, eine Schaukel hing schräg.

Elyas ließ mich am Eingang zurück und stapfte quer über das Grundstück. Vor einem Apfelbaum blieb er stehen und deutete in die Krone. »Schau dir diese Parasiten an. Sind sie nicht hübsch?«

Die hellen Zweige der Misteln leuchteten durch die dunklen Äste.

»Wie kommst du da ran?«

Der Apfelbaum war zwar lange nicht so hoch wie die Pappel im Hinterhof meiner Eltern, aber hoch genug. Ich schätzte ihn auf ungefähr vier Meter.

Elyas nahm seinen Rucksack vom Rücken und kramte darin herum. »Ich habe zufällig eine Gartenschere dabei, und ich denke, ich werde auf den Baum klettern.« Er grinste.

»Du trägst immer Werkzeug bei dir?«

Er wedelte mit dem glänzenden Schneidwerkzeug. »Nur wenn ich Samoware ausliefere.«

Sein Lächeln erwärmte mein Herz. Vor Schreck blickte ich schnell wieder zu den Misteln.

Die Äste des Baums waren verschneit. Elyas schaute abschätzend in die Zweige und schien nach einer passenden Stelle zu suchen, an der er hochklettern konnte. Lange brauchte er nicht dafür. Beherzt griff er nach einem Ast in Brusthöhe und schwang sich hinauf.

»Wow«, rief ich. »Machst du das öfter?«

Elyas hievte sich ein paar Äste weiter nach oben. Verstohlen betrachtete ich seinen knackigen Po.

»Ich war schon als Kind auf diesem Baum«, rief er.

Mit einem Fuß fand er Halt, konnte den zweiten ebenfalls auf den dicken Ast hinaufziehen und stellte sich entspannt hin, den Kopf im Nacken, auf der Suche nach der größten Mistel. Seine Oberschenkel traten unter dem Stoff der Hose hervor. Ich schluckte.

»Raffiniert«, sagte ich und starrte auf seine Rückseite.

»Nicht wahr?« Elyas schob die Schere in den Baum. »Das Teil hab ich noch nie benutzt«, erklärte er. »Ich wollte die Bäume hier eigentlich damit schneiden, aber dann hab ich es doch verpeilt.«

»Machen das nicht deine Eltern?«

Elyas griff nach einem Mistelzweig und stieß weiße Atemwölkchen aus, während er ihn mit der Gartenschere vom Ast löste.

»Wenn sie in Marokko sind, kümmern meine Geschwister und ich uns darum.« Er lachte. »Im Ernten sind wir groß, aber wir vergessen immer die Pflege und das Gießen. Als meine Eltern in diesem Jahr zurückkehrten, hatte sich das Grundstück in eine Wüste verwandelt. Meine Mutter hat geweint. Mein Vater kommt ja nicht mehr auf die Bäume, und tja, meine Brüder und ich reißen uns auch nicht darum.«

Fasziniert beobachtete ich, wie Elyas durchs Geäst langte, die abgeknipste Mistel vorsichtig herauszog und mir präsentierte. »Tadaaa!«

Ich zog die Hände unter der Decke hervor und applaudierte.

Elyas deutete eine Verbeugung an und ließ den Zweig zu Boden segeln. »Noch einen? Für deine Schwester oder die Wohnung deiner Eltern?«

»Vielleicht für dich?« Ich bückte mich nach einem unsichtbaren Fussel auf meinem Stiefel. Meine Haare fielen vor mein Gesicht und verdeckten hoffentlich die Röte, die mir mein eigener Vorschlag auf die Wangen trieb.

Als ich wieder aufsah, legte er den Kopf schräg. »Ich bin der einzige ohne Anhang.« Dann hellte sich sein Gesicht auf. »Ich küsse einfach Leila.«

Verlegen fingerte ich an der Decke. »Oder so.«

Wir kehrten mit vier Zweigen zurück. Vor dem Haus blieb Elyas unschlüssig stehen. »Meinst du, dein Mann ist schon da?«

»Lass uns einfach schauen.« Ich bemühte mich um einen belustigten Tonfall. »Wir haben ja nichts Verbotenes getan.«

Unsere Blicke trafen sich im Spiegel des Fahrstuhls. Seine braunen Augen wirkten unter der blauen Mütze noch eine Nuance dunkler. Ich konnte an nichts anderes denken, als an den Anblick seines nackten, muskulösen Rückens in seiner Küche und an seine Rückseite beim Bäumeklettern.

»Eine Million für deine Gedanken«, sagte Elyas, und sein Blick wurde noch intensiver.

Der Fahrstuhl kündigte unsere Ankunft mit einem ›Pling‹ an, und die Tür glitt zur Seite. Dies ersparte mir glücklicherweise eine Antwort.

Elyas zog den Rollstuhl rückwärts aus dem Lift, nahm mir die Mistelzweige und die Decke vom Schoß, legte beides beiseite, dann zog er mich an beiden Händen zum Stehen.

»Es ist gar nichts passiert«, sagte er leise.

»Stimmt.« Meine Stimme klang rau. »Ein Ausflug ohne Blessuren.«

Elyas ließ mich nicht aus den Augen, hielt weiter meine Hände. Meine waren so kalt und seine so warm.

Ich verlagerte mein Gewicht nur auf das gesunde Bein. »Und jetzt?«, flüsterte ich.

»Wir verabschieden uns«, antwortete er. »Ich weiß nur noch nicht, wie.«

Umständlich zog ich den Haustürschlüssel aus meiner Hosentasche. »Wir könnten den Abschied noch ein wenig hinauszögern, indem du auf einen Tee mit reinkommst. Du hast extra den Samowar gebracht.«

Er lächelte. »Gute Idee.«

Klopfenden Herzens öffnete ich die Tür, lauschte in die Stille der Wohnung und humpelte zur Garderobe.

Elyas half mir, den einen Stiefel auszuziehen, hing unsere Jacken und Mützen auf. Dann hinkte ich zum Couchtisch.

Ein Blick auf das Display meines Handys verriet mir, dass Nils geschrieben hatte. Ich konnte mir denken, was. Diese Nachrichten wiederholten sich, doch noch nie waren sie mir so recht gewesen wie heute.

Ich brauch noch einen Moment. Aber im Oosten hab ich reserviert. 20 Uhr, ja?

Ich schickte einen erhobenen Daumen und drehte das Display um. Elyas war hinter mir her gekommen und stand unschlüssig in der Tür. »Soll ich den Tee machen? Du musst mir nur sagen, wie dieses Ding funktioniert.«

»Holst du bitte erst mal einen von den Mistelzweigen?«, bat ich.

Er machte kehrt und kam mit einem der kleineren Zweige zurück. »Wohin damit?«

Ich hob traurig die Schultern.

Elyas sah mich besorgt an und trat näher. »Was hast du?«

»Ich will gar keinen Tee trinken.«

»Nicht? Kein Problem. Ist vielleicht auch besser, wenn dein Mann bald kommt.«

Ich schüttelte den Kopf. »Das meine ich nicht. Ich muss immerzu daran denken, was du darüber gesagt hast, wie es enden würde, wenn wir zusammen Misteln ernten«, sagte ich stockend.

»Ja, ich auch.« Ich konnte meinen Blick nicht von seinen dunkel schimmernden Augen abwenden.

Elyas schien es genauso zu gehen. In einer behutsamen Bewegung hielt er den Zweig über unsere Köpfe und sah mich unverwandt an.

Seine Stimme klang belegt. »Was meinst du? Nur ein einziger, klitzekleiner Kuss? Der würde mir schon reichen.«

»Glaubst du das wirklich?«, fragte ich heiser. »Du denkst, dass es so funktioniert? Sich küssen und dann für immer voneinander lassen?«

Elyas sah mich in einer Mischung aus Verzweiflung und Belustigung an. »Ich weiß nur, wenn wir es nicht tun, werde ich an nichts anderes mehr denken können als an diese verpasste Gelegenheit.«

Ich schloss die Augen. Was hatte Mamotschka sich nur dabei gedacht, ihn hier vorbei zu schicken?

»Vielleicht sollten wir uns setzen, du zitterst ja«, meinte Elyas und legte den Mistelzweig auf dem Couchtisch ab. Dann half er mir, mich hinzusetzen. Seine Hände ließen meine Schultern nicht los. Ganz nah kam er mit seinem Gesicht. Ich spürte seinen Atem auf meiner Haut, roch wieder seinen holzigen Duft.

»Du zitterst immer noch«, flüsterte er. »Soll ich gehen?«

Ich schüttelte den Kopf. Er sollte nicht gehen. Aber wenn er hierblieb, konnte ich für nichts garantieren.

Elyas Lippen berührten meine für den Bruchteil einer Sekunde. Meine Fingerspitzen berührten seine Arme und strichen daran entlang bis zum Hals. Endlich fanden sich unsere Lippen. Wir küssten uns langsam und zärtlich. Immer wieder. Die Angst wich der Freude.

Wie konnte so etwas Schönes falsch sein? Wie konnte sich etwas Verbotenes so richtig anfühlen?

Ich entzog mich ihm, wollte ihn ansehen. Ihm sagen, dass mich noch niemals jemand so geküsst hatte.

Elyas stöhnte auf. »Sina«, flüsterte er. »Bitte hör jetzt nicht auf. Bitte.«

Und das tat ich auch nicht.

Kapitel 25

Elyas brach um kurz vor drei auf. Leila hatte ihm eine Textnachricht geschickt, gefragt, wann er heimkäme. Sie hätte jetzt schon drei Filme geschaut.

Beim Abschied sprachen wir nicht viel miteinander. Vielleicht, weil wir noch immer wie berauscht waren und diesen Zustand nicht mit Worten zerstören wollten. Eventuell aber auch, weil wir unsere Gedanken zuerst einmal sortieren mussten.

Genauer gesagt fühlte sich mein Kopf ziemlich leer an.

Wir verabschiedeten uns mit einem innigen Kuss an der Tür.

»Meinst du, du kannst morgen unter einem Vorwand nach Offenbach kommen?«, fragte er. »Zum Frühstücken und Beratschlagen wegen der Wohnzimmerwand deiner Eltern? Leila würde sich total freuen, dich zu sehen.«

»Ist sie noch nicht fertig?«, fragte ich. »Ihr habt doch schon weitergemacht, Leila und du?«

Elyas sah mich fragend an. »Und das weißt du woher? Von Hedwig?«

»Ja, auch.« Stockend erzählte ich ihm, dass ich außerdem in Offenbach gewesen war, und ihn und Leila belauscht hatte. Dass ich seither nur noch an ihn gedacht hatte. Und dass ich so froh war, dass er heute gekommen war, um mir den Samowar vorbeizubringen.

Elyas nahm mein Gesicht zwischen seine Hände und strich mit den Daumen über meine Wangen. Der Schwung seiner Lippen verzog sich zu einem Lächeln, und er küsste mich noch einmal so zart, dass mir schwindlig wurde. Dann riss er sich von mir los, nahm den Rollstuhl, den wir vor der Tür abgestellt hatten und unter dessen Rädern kleine Pfützen zu sehen waren, und schob ihn in den Fahrstuhl.

Ich humpelte zum Schlafzimmerfenster und schaute nach unten auf die Straße, sah Elyas dabei zu, wie er den Rolli und die Misteln im Kofferraum verstaute. Er blickte an der Fassade nach oben zu meinem Fenster und winkte.

Ich presste meine Handfläche an die Lippen und hielt sie dann an die Scheibe. Elyas fing den Kuss in der Luft auf und legte die Hand an seinen Mund.

Dann stieg er ein und fuhr davon.

Keine Sekunde später bog der Wagen meiner Schwester von der Horst-Schulmann-Straße in unsere ein.

Sie und Jochen hatten sich von ihrem Hochzeitsgeld einen alten Ford gekauft. Dieses Auto war top in Schuss – sie pflegten ihn wie ein Juwel –, und wenn die beiden damit ausfuhren, waren ihnen bewundernde Blicke und Fachgespräche über Oldtimer sicher.

Milla parkte genau an der Stelle, an der eben noch Elias' alter Volvo gestanden hatte, und stieg aus. Sie trug wie immer einen Rock und heute dicke Stiefel dazu.

Ich strich mir mit beiden Händen die Haare glatt und richtete mein Shirt, fragte mich, ob meine Schwester mir an der Nasenspitze ansehen würde, was geschehen war.

Ich betätigte den Türöffner und lauschte beklommen dem Geräusch des Fahrstuhls. Als die Schiebetüren zur Seite glitten, grinste Milla mich an, als hätte sie im Lotto gewonnen.

»Rate mal, was ich dir bringe«, sagte sie und zog im Flur ihre Schuhe aus. Sie trommelte auf die Fünfzigerjahre-Handtasche an ihrem Handgelenk und deutete Richtung Wohnzimmer. »Schnell, ich kann es kaum erwarten, es dir zu zeigen.«

»Du machst es ja spannend«, entgegnete ich und humpelte ihr hinterher.

Die Wolldecke lag zerknäult auf dem Boden, die Sofakissen waren in Unordnung, und Milla richtete alles mit flinken Handgriffen. »Ist Nils nicht da?«

Ich schüttelte den Kopf.

Meine Schwester verzog missbilligend den Mund. »Sag bloß, er arbeitet? Hatte er nicht gesagt, dass –.«

»Ich habe mit Elyas geschlafen«, platzte ich heraus und deutete aufs Sofa. »Gerade eben. Hier.«

Milla starrte aufs Sofa und lachte auf. »Du machst Witze.«

Ich plumpste schwerfällig auf die Couch, doch meine Schwester blieb stehen, ihr Gesicht ein einziges fragendes ›Oh‹.

»Kein Scherz. Er ist in dem Moment abgefahren, als du kamst. Du stehst auf seinem Parkplatz«, erklärte ich.

Milla machte eine Kehrtwende und ging zur Balkontür, öffnete sie weit und fächelte sich Luft zu.

»Bist du von allen guten Geistern verlassen?«, fragte sie über ihre Schulter hinweg. Sie wedelte in Richtung Sofa. »Und auch noch hier, in eurer Wohnung. Ich meine … hättet ihr nicht wenigstens woanders hingehen können?« Empört sah sie mich an.

Ich senkte den Kopf und sagte kein Wort.

Milla lief schwer atmend hin und her, bis sie sich endlich neben mich fallen ließ. »Und jetzt?«, wollte sie wissen. »Von wem ging dieses Treffen denn eigentlich aus?«

Leise erzählte ich ihr, wie mein Tag bisher verlaufen war. Auch das Telefonat mit Mama erwähnte ich, hob mir deren Lebensbeichte aber lieber für später auf.

»Mama hat dir zugeredet?« Milla rang nach Atem. »Hast du aus Trotz mit Elyas geschlafen? Weil Nils sich wieder verspätet?«

Ich sah sie traurig an. »Nils war mir dabei völlig egal. Ich habe mein Herz an Elyas verloren, das ist nicht nur eine Schwärmerei. Genau in dem Moment, in dem er in Mamas und Papas Wohnung aufgekreuzt ist, war es um mich geschehen.«

Meine Schwester ließ die Schultern sinken. »Ich hab's geahnt. Das war wie ein Blitzeinschlag.«

»Ja, das war es.« Ich rückte näher zu ihr und legte die Hand auf ihren Arm. »Was soll ich nur tun?«

Milla zuckte mit den Schultern. »Da kann ich dir überhaupt nicht helfen, Süße. Ich hab dir doch gesagt, du sollst dich von ihm fernhalten. Schließlich bist du verheiratet. Und eine Ehe wirft man nicht so einfach weg.« Ihr Blick wurde ernst. »Ich hab dich wirklich lieb, das weißt du. Aber du solltest das wieder in Ordnung bringen. Sag Elyas, dass du ihn nicht mehr sehen kannst, und gib dir und Nils noch eine Chance. Ihr habt mal ›Ja‹ zueinander gesagt.«

Bei ihren Worten war ich immer tiefer in die Kissen gesunken. Sie hatte wahrscheinlich recht. Vom vernünftigen Standpunkt aus gesehen. Aber wie könnte ich die Gefühle, die ich für Elyas empfand, weiterhin verleugnen? Fröstelnd wickelte ich mich in die Decke.

Milla schloss die Balkontür und setzte sich wieder neben mich. »So.« Sie klopfte auf ihre Handtasche. »Eigentlich bin ich ja wegen was ganz anderem hier.«

Ich richtete mich etwas auf. »Ja?«

»Ja! Pass mal auf.« Milla griff in die Handtasche und zog einen Gegenstand hervor.

Ich keuchte auf. »Wo hast du die her?«

Ungläubig nahm ich meiner Schwester die unversehrte Matroschka aus dem Babyzimmer in Bad Homburg aus der Hand.

»Du hast sie bei Petit Bateau auf der Fressgass stehen lassen«, erklärte Milla. »Ich war heute zum ersten Mal dort. Aber du anscheinend schon öfter. Die Inhaberin stürmte gleich auf mich zu, meinte, sie hätte sich schon Sorgen gemacht, und endlich könnte sie mir das Püppchen wieder zurückgeben.«

»Das ist ja ein Ding«, sagte ich kopfschüttelnd. »Wie konnte ich vergessen, dass ich dort war?«

Ich hatte mir doch so sehr das Hirn zermartert. Aber ja, ich war an jenem Tag außer in Wiesbaden auch noch auf der Fressgass gewesen, weil ich für Nils etwas im Apple-Store besorgt hatte.

»Sie muss mir rausgekullert sein, als ich die Tasche in der Anprobe auf den Boden gestellt habe.« Ich war noch immer fassungslos.

Milla knabberte an ihrer Unterlippe. »Was hast du denn in der Kabine gemacht? Ich meine, das ist ja ein Geschäft für Kinderkleidung und Schwangere.«

»Tja.« Ich seufzte. Wie sollte ich meiner Schwester erklären, dass ich gelegentlich in ein Schwangerschaftskleid geschlüpft war, um zu träumen? Dann, wenn ich mir wieder einmal absolut sicher gewesen war, dass alle Anzeichen dafür sprachen. Es war so armselig.

Milla tätschelte meine Hand und sah mich mitleidig an.

»Ist schon gut«, sagte ich. »Vielleicht war es doch das Beste, dass es bis jetzt noch nicht geklappt hat.« Ich lächelte schräg. »Ich habe schon genügend Probleme.«

Meine Schwester deutete auf die Matroschka in meiner Hand. »Du solltest Tatjana Bescheid geben, dass sie wieder aufgetaucht ist.«

»Aber zuerst will ich sie mir ansehen. Da sie und Popow ein solches Aufhebens darum gemacht haben, möchte ich gern wissen, was daran so speziell ist.«

Andächtig betrachtete ich noch einmal die mit feinsten Pinselstrichen gemalten unzähligen roten Herzen auf schwarzem Hintergrund. Dann löste ich die beiden Hälften der äußersten Puppe voneinander.

Eine Matroschka zu öffnen, ist immer ein besonderer Moment. Man weiß nie, was einen erwartet. Natürlich gibt es maschinell gefertigte Exemplare, bei denen ein Püppchen dem anderen gleicht. Aber solche wie diese hier waren Einzelstücke, bei denen jede Puppe anders gestaltet war.

Atemlos betrachteten Milla und ich die zum Vorschein kommende weibliche Puppe. Ihr fehlten die rosigen Wangen und roten Lippen, die eine Matroschka normalerweise ausmachten. Diese dunkelhaarige Frau war blass und sie schaute ernst. Die eindrucksvollen Augen fixierten den Betrachter. Sie trug ein weißes Kleid, das mit der hellen Haut kaum kontrastierte. Auf dem Haar zeichnete sich ein weißer Blumenkranz ab.

»Sie sieht aus wie ein Gespenst«, fasste Milla meinen Eindruck in Worte.

Ich teilte die beiden Hälften der Puppe mit einem Klicken und heraus kam die nächste Figur. Bevor ich sie näher betrachtete, setzte ich die weiße Frauen-Puppe wieder zusammen und stellte sie auf den Tisch.

Seltsamerweise war die kleinere Puppe, die in der Frauenpuppe gesteckt hatte, eine männliche Matroschka. Die waren höchst selten. Normalerweise zeigten sie russische Präsidenten mit ihren markanten Konterfeis, wie Jelzin, Gorbatschow und Putin. Diese hier nicht.

Milla kicherte. »Sieht aus wie Popow.«

Vielleicht wäre es mir gar nicht aufgefallen, hätte Milla die Ähnlichkeit nicht entdeckt.

Popows ultrakurzes Haar, die blaugrauen Augen und seine schmale Nase gaben eindeutige Hinweise. Popow trug einen Anzug mit Krawatte. In der Brusttasche steckte eine weiße Blume.

Ich nahm die Frauenpuppe zur Hand und betrachtete sie näher. Dieser Blumenkranz auf dem Kopf. Das weiße Kleid. Das dunkle Haar. Eine Ähnlichkeit mit Tatjana war nicht von der Hand zu weisen.

»Spannend«, meinte Milla. »Mal sehen, was als Nächstes kommt.«

Vorsichtig schraubte ich an der Popow-Puppe.

Die vierte Matroschka zeigte ein Baby.

Meine Schwester und ich warfen uns einen Blick zu.

»Ist das Tatjanas Tochter, als sie noch klein war?«, fragte Milla.

Ich hob die Schultern.

Entschlossen öffnete ich die Baby-Puppe. Doch statt eines weiteren Püppchens segelte ein Zettel heraus.

»Ups«, meinte Milla und hob ihn auf.

Es war ein Ultraschallbild. Der Entbindungstermin lautete: *24. April. Patientin: Tatjana Zhabenko.*

»Ich fasse es nicht«, flüsterte ich.

»Tatjana ist schwanger? Davon sieht man noch überhaupt nichts.« Milla hielt sich die Hand vor den Mund und sah mich mit großen Augen an.

Mit einem Mal erinnerte ich mich daran, dass Tatjana und Popow immer zur selben Zeit Sport trieben. Oder nicht erreichbar waren.

Ich schob das Ultraschallbild zurück in das Baby-Püppchen und steckte eine Puppe nach der anderen darüber. Als ich fertig war, stellte ich die Matroschka auf den Tisch. »Ich brauche einen Schnaps.«

Milla ignorierte meinen Wunsch nach Alkohol. »Kein Wunder, dass sie Panik bekam, als du die Puppe anschauen wolltest. Und erst recht, als sie weg war. Ihr süßes Geheimnis wäre aufgeflogen.«

Jetzt wurde auch mir einiges klar: Tatjana und Popow hatten mich gefeuert, weil sie Angst hatten, ich würde in der russischen Community ins Plaudern geraten. Und da Nils mein Mann war und er ebenfalls über Popow Kontakte zu anderen Russen pflegte, warfen sie ihn gleich mit raus. Sie wollten damit verhindern, dass Tatjanas Mann etwas von ihrer Liebschaft erfuhr. Immerhin finanzierte der Tatjanas schönes Leben.

»Wenn du ihr die Puppe zurückgibst, geht alles von vorne los«, unkte Milla.

»Ich kann sie aber nicht behalten oder wegwerfen.«

Milla sah mich ratlos an. »Und jetzt?«

»Wie habe ich übersehen können, dass sie ein Verhältnis haben? Jede Wette, dass Tatjanas Mann nicht weiß, dass sie ihm einen Kuckuck ins Nest legt? Aber wie will sie ihm ihre Schwangerschaft verheimlichen?« Ich schüttelte den Kopf.

»Oder sie will sich von ihm trennen. Wo doch die Vierzimmerwohnung so dringend vor Weihnachten fertig werden sollte. Wahrscheinlich ist die gar nicht für ihre Schwester, sondern für Tatjana selbst. Kein Wunder, dass sie sich damit so reinkniet!«

Ich nickte. Das ergab Sinn.

»Was mag für die beiden auf dem Spiel stehen, wenn das rauskommt«, wandte Milla erneut ein. »Wenn alles zusammenbricht – wer weiß, welche Entscheidung man dann trifft.«

»Lieber so eine wie Mama«, murmelte ich.

»Wieso wie Mama?« Milla sah mich verständnislos an.

Ich atmete tief durch. »Das weißt du ja noch gar nicht.« Stockend fasste ich zusammen, was ich über Mamotschkas erste Ehe erfahren hatte.

Milla war bei meiner Schilderung aufgesprungen und lief wie ein aufgeschrecktes Huhn vor dem Sofa auf und ab. »Und das hat sie dir heute erzählt, einfach so? Nach all den Jahren? Ich fasse es nicht!«

Ich hob beschwichtigend die Hände. »Sie wollte mir damit wohl nur sagen, dass die Möglichkeit besteht, dass Nils nicht der Richtige für mich ist, und dass ich nicht um jeden Preis an meinem Eheversprechen festhalten soll.«

Meine Schwester schien meine Worte gar nicht zu hören. Sie war vor dem Fenster stehengeblieben und sah hinaus.

»Wie sehr sie Papa lieben muss«, wisperte sie nach einer Weile. »Denk an die Jahre, in denen sie seinen«, sie drehte sich zu mir um und hob die Finger zu Gänsefüßchen in der Luft, »Müll gesammelt hat.«

Ich starrte auf die Matroschka auf dem Tisch.

»Du musst mit Nils über Elyas reden«, sprach Milla aus, was ich dachte. Offenbar hatte die Nachricht über Mamas erste Ehe und Tatjanas Geheimnis ihren moralischen Ansprüchen einen Knacks verpasst. Genauso wie meinen.

»Aber es ist bald Weihnachten«, erwiderte ich niedergeschlagen. »Es wird Nils das Herz brechen.«

»Vielleicht auch nicht«, antwortete Milla. Sie kam zum Sofa zurück und setzte sich neben mich. »In letzter

Zeit hat er ja eigentlich auch keinen besonders glücklichen Eindruck gemacht.«

Ich seufzte. »Immer wenn ich von irgendwelchen Promis lese, die sich nach wenigen Jahren Ehe trennen, dann denke ich, dass die es sich zu leicht machen. Wir haben uns versprochen, in guten wie in schlechten Zeiten zusammenzuhalten. Und gerade stecken wir in einer schwierigen Phase. Weil ich nicht schwanger geworden bin, so wie ich mir das gewünscht habe. Weil Nils auf seine Weltreise verzichtet, damit wir irgendwann genug Geld für ein Haus mit Garten haben. Es kommt doch nicht von ungefähr, dass ich mich in einen Mann verliebe, der ein Kind hat – richtig?«

Milla zuckte mit den Schultern. »Von dem Kind hast du bisher gar nicht so viel erzählt. Dafür glänzen deine Augen, sobald du von ihm sprichst.«

»Mag sein, aber vielleicht spielen mir meine Gefühle einen Streich?« Ich atmete tief durch. »Nils ist meine erste Liebe, wir kennen uns schon so lange. Darf ich das einfach aufgeben, sobald mir ein anderer über den Weg läuft?«

Milla streichelte mir über die Wange. »Anscheinend ist Elyas für dich nicht irgendein anderer.«

Ich seufzte. »Es ist noch viel schlimmer. Nils hat mir angeboten, sich testen zu lassen.«

»Tatsächlich?«

»Ja. Und er will am Wochenende weniger arbeiten. Gar nicht mehr, eigentlich.«

Milla sah demonstrativ auf die Uhr. »Wie gut das funktioniert, sieht man ja. Und hast du ihn nicht schon tausendmal um einen Test gebeten?«

Ich nahm ihre Hände in meine. »Mir fällt die Decke auf den Kopf. Ich brauche einen Plan. Wenn Nils zurückkommt, muss ich mir sicher sein, was ich will. Ich brauche frische Luft.«

»Es ist schon dunkel, wo willst du denn hin?«, wandte Milla ein. »Noch dazu mit der Schiene.«

»Lass uns zu Johanna fahren«, bat ich und sah nach draußen. Schneeflocken reflektierten im Licht der Straßenlaternen. »Sie kennt Nils und mich. Vielleicht weiß sie einen Rat.«

Diesmal nahm ich wieder die Krücken. Milla erneuerte den ›Verband‹ aus Handtuch und Baumwolltasche um meinen geschienten Fuß, dann brachen wir auf.

Kapitel 26

Johanna öffnete die Tür zu ihrer überhitzten Wohnung in einem langärmeligen verwaschenen Shirt und einer schlabbrigen Männer-Eintracht-Frankfurt-Jogginghose. Raul lag mit Oskar auf dem Fußboden. Gemeinsam schlugen sie gegen rasselnde Figürchen. Das Baby lag auf dem Bauch und juchzte vor Freude, sein Köpfchen wippte wie bei einem Wackel-Dackel hin und her. Ach, wie süß er war.

Ich kniete mich schnell auf den Boden neben ihn und schnupperte an seinem rothaarigen Köpfchen. Wenn es diesen Duft als Parfum gäbe, wäre ich die treueste Kundin.

Raul hob die Hand. »Hi, ihr beiden. Lange nicht gesehen.«

Ich hoffte, dass Milla nicht auf ihre Schwangerschaft zu sprechen kommen würde, sondern die frohe Kunde vertagte. Ich musste wirklich dringend über Nils und mich reden.

Johanna zeigte auf die Sitzkissen am Boden und forderte uns auf, uns zu setzen.

Rauls Eltern stammten aus Pakistan, und zu Johannas und Rauls Hochzeit bekamen die beiden so viele handgeknüpfte Teppiche geschenkt, dass sie auch für die Wände reichten. Milla und ich setzten uns im Schneidersitz zu Johanna.

»Wollt ihr einen Tee, Mädels?« Raul stand auf und klopfte sich Flusen von der Hose.

Oskar krähte ihn vorwurfsvoll an. Anscheinend war er mit der Unterbrechung nicht einverstanden.

Meine Schwester rutschte zu dem Kleinen hinüber und tippte gegen ein Figürchen. Es rasselte und bekam Oskars Aufmerksamkeit. Er schlug auf das nächste und war wieder zufrieden.

»Lieber einen Schnaps, noch immer«, brummte ich.

Johanna schaute mich stirnrunzelnd an. Raul lachte und ging in die Küche. Aber bestimmt nicht, um mir Alkohol zu bringen.

»Er hat es also wirklich getan?«, fragte Johanna. »Dafür wirkst du ziemlich gefasst.«

Verwirrt sah ich sie an. »Wovon redest du?«

Unsere Freundin blickte zwischen Milla und mir hin und her. »Dass Nils heute auch schon hier war, wisst ihr aber?«

Ich setzte mich kerzengrade auf. »Wann?«

»Heute Morgen«, antwortete Johanna. »Kurz nach dem Frühstück schrieb er, dass er dringend mit mir reden müsste.«

»Ich dachte, er wäre zur Arbeit gefahren.«

Sie schüttelte den Kopf.

»Und wo ist er jetzt?«

Johanna betrachtete ihre Finger. »Kann ich nicht genau sagen. Ich dachte, er fährt zu dir und redet mit dir. Aber da er schon vor drei Stunden gegangen ist, ist er anscheinend woanders.«

Vor drei Stunden hatte mein Mann mir geschrieben, dass er noch ein bisschen länger brauchen würde. Wo mochte er sein?

»Worüber wollte er denn mit mir reden?«, fragte ich.

Johanna zupfte an ihrer Jogginghose herum. »Mir wäre es wirklich lieber, er würde das selbst mit dir besprechen.«

Milla drehte sich zu ihr um. »Du hattest Sina doch geraten, Nils eifersüchtig zu machen. Ist es deswegen?«

Johanna seufzte. »Also gut. Vielleicht ist es auch besser, wenn du vorgewarnt bist.« Sie sah mich unsicher an. »Nils kann das alles nicht mehr. Er sagt, er hätte dir gestern versprochen, sich testen zu lassen, und seitdem geht es ihm total schlecht.« Sie fuhr sich durchs Haar. »Ich weiß gar nicht, wie ich das sagen soll, aber Nils ...« Sie stockte und sagte endlich: »Er will kein Kind. Und kein Haus.«

»Was will er denn?«, fragte ich. Ich nahm mir eins der orientalischen Kissen auf den Schoß und boxte mit einer Hand eine Kuhle hinein. »Ununterbrochen arbeiten? Bis er tot umfällt?«

»Aber nein. Er arbeitet doch nur so viel, weil er die Welt sehen will. Dafür möchte er die Ersparnisse nehmen. Nicht für Haus und Kind.«

Ich umarmte das Kissen und drückte es an meine Brust. »Aber wir wollten doch irgendwann zusammen reisen«, wandte ich ein, »jedenfalls wenn ...«

»... die Kinder groß sind, ich weiß«, murmelte Johanna. »Er ist hin- und hergerissen, Sina. Immer wieder.«

»Hast du mir deswegen geraten, ihn eifersüchtig zu machen?«, fragte ich. »Damit er sich seiner Gefühle bewusst wird?«

Sie senkte die Augen. »Ich wollte, dass er zu sich kommt. Weißt du noch, als er dich gefragt hat, ob ihr zusammenziehen und ob ihr heiraten wollt? Er hatte eine Heidenangst vor alledem, deshalb ging er gleich in die Vollen. Und auch ich dachte, dass es das Richtige für ihn wäre. Und anfangs war er auch glücklich, Sina – ihr beide wart es. Und dann wolltest du ein Kind. Und da hat er gemerkt, dass das der Tropfen zu viel ist und er nur noch weg will von all der Verantwortung.«

»Ein bisschen paradox ist das schon, oder?«, wandte Milla ein. »Da will er etwas nicht so richtig und tut es erst recht, um sich davon zu überzeugen, dass es das Richtige ist?«

Es tat weh, dass es nie um mich gegangen war. Und ich hatte mich abgestrampelt, wollte Nils alles recht machen, weil ich spürte, dass er auf dem Absprung war. Vielleicht hatte ich nur deshalb so unbedingt ein Kind gewollt? Um ihn an mich zu binden? Es war alles zum Verrücktwerden. Ich spekulierte ins Blaue, und zwar in alle Richtungen. Konnte ich meinen eigenen Gefühlen, meiner Intuition noch trauen? Und hatte ich das jemals gekonnt? Was war mit meinen Empfindungen für Elyas? Gott, dieser Mann. Ich wollte ihn so sehr!

Eine Weile saß ich so mit dem Kissen an mich gepresst da und war zu keinem klaren Gedanken fähig.

»Sina«, sprach Milla mich irgendwann an. »Soll ich dich nach Hause bringen?«

Ich nickte blinzelnd. Jochen fragte sich bestimmt auch schon, wo sie blieb. Und vielleicht war Nils ja inzwischen daheim. Wir mussten dringend reden.

Und bitte, lieber Gott, lass das Ziehen in meinem Unterleib genau das sein, was es bisher immer hieß.

Kapitel 27

Als ich die dunkle Wohnung betrat, befahl ich Alexa, die Lichter im Flur und im Wohnzimmer einzuschalten.

In der Küche bemerkte ich auf der Spüle ein leeres Wasserglas. Mein Mann und ich hatten uns also verpasst. Suchte er nach mir?

Auf dem Weg zum Sofa hielt ich inne. Die Matroschka fehlte. Brachte er sie etwa Tatjana zurück?

Ich humpelte weiter und sank auf die Couch.

Wieder griff ich zum Telefon und wählte Nils' Nummer, doch er ging nicht ran. Ratlos trommelte ich mit dem Fingern auf die Sofalehne.

Kurzentschlossen wählte ich Tatjanas Nummer. Sie war diese Woche wirklich nett zu mir gewesen und hatte mich höflich behandelt – vielleicht konnte ich sie davon überzeugen, dass ich ihr Geheimnis für mich behalten würde. Es ging mir dabei gar nicht um meinen Job. Aber es sollte mich ihn nicht kosten, wenn es mir doch völlig schnuppe war, mit wem sie sich in ihrer Freizeit vergnügte.

Nach etlichem Tuten in der Leitung nahm sie ab und fragte atemlos auf Russisch: »Waren wir heute etwa verabredet?«

»Nein, nein, ich wollte nur wissen: Ist Nils bei dir?«

»Dein Mann? Nein.«

»Und Oleg?«, fragte ich weiter. »Ist er bei dir?«

Tatjana schwieg. Vermutlich war sie verblüfft, denn sie und Popow hatten sich mir ja nie zusammen gezeigt. Weder im Laden noch bei ihr zu Hause. Daher wäre ich auch niemals auf die Idee gekommen …

»Wieso fragst du?«, fand sie endlich ihre Sprache wieder.

»Ich weiß von dir und ihm«, sagte ich sachlich. »Meine Schwester hat die Matroschka gefunden, und ich dachte, dass Nils damit zu dir gefahren ist. Du kannst dir allerdings sicher sein, dass es mir total egal ist, ob du und Oleg –.«

»Kennt dein Mann meine Adresse?«, fragte Tatjana. Die Unsicherheit in ihrer Stimme war neu.

»Ach so – nein«, entgegnete ich.

Mochte Nils mit der Figur zu Popow gefahren sein? Falls ja – wieso? Wer hatte sie überhaupt anfertigen lassen? Popow oder Tatjana?

»Niemand darf davon erfahren«, bettelte meine Kundin. »Bitte. Nicht, bevor ich mit Sascha nach Bad Homburg gezogen bin.«

Aha. Damit war Millas Vermutung also bestätigt.

»Hast du Angst vor deinem Mann, Tatjana?«, fragte ich. »Ist er gefährlich?«

Sie grunzte. »Gefährlich nicht. Aber der gekränkte Stolz russischer Oligarchen …« Sie seufzte. »Ich glaube, er hat schon eine andere, sogar schon lange. Wir haben uns die letzten Jahre auseinandergelebt.« Sie flüsterte jetzt. »Ich kenne Dimitri eigentlich gar nicht richtig. Ich weiß nicht, wie er reagieren wird. Aber meine Freundin, die ihn ab und zu in der Ukraine sieht, meint, er hätte für mich für Weihnachten einen Brillantring gekauft. Größer als der, den er mir zu Saschas Geburt geschenkt hat.« Ich konnte mir richtig vorstellen, wie sie den Ring an ihrem Finger bei diesen Worten im Licht funkeln ließ.

»Wie willst du ihm erklären, dass du schwanger bist? Ich denke nicht, dass du da mit einem Brillantring rechnen darfst.«

Sie schnalzte mit der Zunge. »Der Ring ist zum Abschied, Dummerchen, nicht als Belohnung. Ich glaube, er möchte mich loswerden.« Ehe ich eine Zwischenfrage stellen konnte, sagte sie: »Aber natürlich nicht, wenn er jetzt schon erfahren würde, dass ich ein Kind von Oleg erwarte.«

Ich war gespannt, ob Popows Baby nicht zum Brillantringverhinderer in deren Geschichte eingehen würde.

Plötzlich klang Tatjanas Stimme gepresst. »Willst du Geld?«

Ich gackerte. »Bist du noch zu retten? Gar nichts will ich von dir!«

Mochte Tatjanas Nettigkeit der vergangenen Tage etwa daran gelegen haben, dass sie Angst vor mir hatte? Der Gedanke war lächerlich.

»Also«, begann ich wieder von vorn. »Vor Nils hast du auch nichts zu befürchten. Sollte er bei dir auftauchen, dann sag ihm bitte, dass er sich mal bei mir melden soll.«

Tatjana versprach es, und wir legten auf.

Nils musste bei Popow in Bad Homburg sein. Mich hielt es keine Sekunde länger auf dem Sofa.

Kapitel 28

Nils' Auto parkte vor Popows Haus mit einem Rad auf dem Bürgersteig.

Ich bezahlte den Taxifahrer, und er half mir aus dem Wagen. Im Schein der Straßenlaterne humpelte ich über den gestreuten Gehweg zu dem Eisentor, das Popows Haus vor unliebsamen Eindringlingen schützte.

Auf der Strecke über die Autobahn hatte ich an meinen Ausflug mit Elyas denken müssen, und daran, wie gern ich noch einmal mit ihm und Leila Schlitten fahren würde.

Ich betätigte die Klingel und sah erwartungsvoll zu Popows Haustür. Zierliche Lampen in den Büschen tauchten den Weg und den angrenzenden Vorgarten in ein stimmungsvolles Licht. Es war kühn von Nils, meinen Chef mit der Matroschka bei sich zu Hause aufzusuchen. Vermutlich waren Frau und Kinder daheim. Da konnte doch jemand den beiden beim Betrachten der Matroschka über die Schulter schauen. Und dann?

Kaum hatte ich diesen Gedanken zu Ende gedacht, hörte ich das Johlen von Kindern. Kurz darauf tauchten zwei Jungs in Schneeanzügen aus dem Garten auf. Es waren Popows Söhne, vier und fünf Jahre alt. Einer der beiden zog einen Schlitten hinter sich her.

Als sie mich am Tor erblickten, machten sie kreischend kehrt, als wäre ich ein Monster, das sie fressen wollte.

Ich grinste. Als Kind hätte es mir auch Spaß gemacht, im Dunkeln zu spielen und mich zu gruseln.

Der Türöffner am Eisentor rasselte, und ich stieß es mit einer Hand auf, drängte mich mit den Krücken hindurch.

Popows Ehefrau öffnete die Haustür. Ich hatte sie schon mal gesehen. Sie war auch auf unserer Hochzeit gewesen, trug damals ein figurbetontes dunkelblaues Kleid, hatte lange blonde Locken und leuchtend blauen Augen. Sie hatte sich gut amüsiert und getanzt, ohne viel nach Oleg zu schauen. Russische Frauen waren da anders. Nicht so unabhängig. Jetzt trug sie einen gemütlichen Hausanzug und kam mir sofort entgegen, um mir die Stufen zum Eingang hinaufzuhelfen.

Sie blickte auf meine Schiene. »Was haben Sie angestellt?«

»Das ist beim Schlitten fahren passiert«, gestand ich.

Frau Popow lachte. »Deswegen setze ich mich auf solche Dinger gar nicht erst drauf.« Sie tätschelte mir den Arm. »Sie suchen sicher Ihren Mann. Er und Oleg reden sich im Arbeitszimmer die Köpfe heiß. Schauen wir mal, ob wir sie stören können.«

Sie ging voraus, und ich humpelte ihr hinterher. An der Tür zum Arbeitszimmer blieben wir stehen. Sie klopfte.

»Was ist denn, Barbara?«, rief Popow ungeduldig, und ich hielt die Luft an. Mit mir rechneten Nils und Oleg garantiert nicht.

»Hi«, sagte Nils erstaunt, als er mich erblickte. Er und Popow saßen an einem riesigen Schreibtisch, der über und über mit losen Papieren und Aktenordnern bedeckt war.

Popow stand auf und kam auf mich zu. »Was machst hier?«, fragte er und schob einen Hocker für mich heran.

Barbara zog sich zurück und schloss die Tür hinter sich. Unbeholfen ging Oleg mir beim Hinsetzen zur Hand. Mein Mann rührte sich nicht von der Stelle.

»Ich komme wegen der Matroschka«, beantwortete ich Olegs Frage. »Da Nils damit nicht zu Tatjana gefahren ist, konnte er ja nur bei dir sein.«

Nils nickte. »Ich fand das Ding bei uns im Wohnzimmer. Erst hab ich es gar nicht beachtet, aber dann fiel mir auf, dass es keine aus Deiner Sammlung war. Also musste es die von Tatjana sein, um die so ein großer Wirbel gemacht wurde.« Ohne wirklich hinzusehen, drehte er einen vor ihm liegenden Bleistift wie einen Kreisel. »Als ich mir endlich einen Reim darauf machen konnte, wer die Figuren sind und was sie bedeuten, da wurde mir klar, dass Oleg *uns* gekündigt hatte, weil *er* einen Fehler gemacht hat.« Als Popow protestieren wollte, fuhr Nils mit dem Stift in der Luft herum. »Oder um ein Geheimnis zu bewahren, was auch immer. Das wollte ich klären.«

Ich wandte mich mit gedämpfter Stimme an Popow: »Du kannst Kinder zeugen, mit wem du willst. Aber wie ihr euch uns gegenüber benommen habt, war wirklich nicht fair. Dir hätte doch klar sein müssen, dass wir euch nicht ans Messer liefern.«

Popow ließ sich auf den Schreibtischstuhl fallen und rang die Hände. »Ja, ich weiß. Aber Tatjana hat gemacht Druck. Sie kennt nicht anders, dass Leute machst Druck, wann kommt raus etwas. Meistens Leute die kennst Geheimnisse wollen Geld oder wichtiges Position im Partei.« Sein Deutsch wurde mit jedem Satz holpriger.

Ich beugte mich näher zu ihm und sprach noch leiser. »Ziehst du hier aus und mit Tatjana zusammen?«

Ich dachte an die beiden im Schnee spielenden Jungs, die ihren Papa nur noch sporadisch sehen würden. Obwohl, wer weiß. Vielleicht hatte die neue Wohnung deshalb vier Zimmer und lag im selben Ort.

Popow rieb sich mit beiden Händen über den Schädel. »Wenn Weihnachten ist vorbei, ich werde mit Barbara reden. Sie wird sein traurig. Und ärgerlich. Und Kinder auch. Ich weiß nicht, was wird sie machen. Das mit Baby von Tatjana war Unfall. Schwache Moment, weißt du, wie sind die Männer.«

Er sah mich um Verständnis heischend an, doch ich hob nur eine Augenbraue. Wie die Männer waren, wusste ich ehrlich gesagt immer weniger. Und wenn sie so waren, na danke. Was fehlte einem wie Popow an Barbara? Die russische Seele? Zumindest hielt ich seine Frau für patent genug, allein klar zu kommen oder einen Partner zu finden, der wusste, was er an ihr hatte.

»Wer hat die Matroschka eigentlich machen lassen?«, fragte ich jetzt.

Popow kratzte sich verlegen die Bartstoppeln. »Ich war in Russland und wollte etwas mitbringen für Tatjana und für Baby. Da war diese Kinstler, der machte Matroschkas nach Fotos. Ich hab ihm Auftrag gegeben. Baby ist Mischung aus uns beide.«

»Eine schöne Idee«, sagte ich versöhnlich.

Nils schloss die Augen, als wäre ihm alles zu viel. Dann stand er von seinem Stuhl auf. »Ich würde gern mit dir reden, Sina. Ich hab ja einen Tisch reserviert und wir könnten –.«

»Ich will aber nicht essen gehen und wieder den ganzen Abend um den heißen Brei herumreden«, widersprach ich. »Ständig gehen wir irgendwohin essen und kratzen in unseren Gesprächen nur an der Oberfläche.

Lass uns nach Hause fahren und dort reden. Was ich dir zu sagen habe, ist nicht für Restaurants geeignet.«

Nils senkte den Blick. »Meins eigentlich auch nicht.«

Popow sah zwischen Nils und mir hin und her. »Was wollt ihr sprechen? Hoffentlich nicht Kündigung?«

Nils hielt ihm die Hand zum Abschied entgegen. »Nein, nein. Es gibt auch andere Themen.«

Kurz darauf stapften wir durch den frisch gefallenen Schnee zu Nils' Auto. Er rief im *Oosten* an und stornierte die Tischreservierung. Jetzt wurde es ernst.

Kapitel 29

Die ersten Kilometer unseres Heimwegs verbrachten wir schweigend. Es hatte wieder zu schneien begonnen und die weißen Flocken tanzten um unser Auto. Mir war nicht so leicht zu mute. In meinem Magen bildete sich ein immer größerer Knoten. Würden Nils und ich heute unsere Beziehung beenden? Und wenn ja: Wie? Würde es uns gelingen, als Freunde auseinanderzugehen?

Nils hielt das Lenkrad umklammert.

»Wo warst du eigentlich heute, nachdem du bei Johanna weggefahren bist?«, durchbrach ich die Stille.

Mein Mann warf mir einen überraschten Seitenblick zu. »Hat sie dich angerufen?«

Ich schüttelte den Kopf. »Ich war bei ihr. Sie hat mir alles erzählt.«

»Wie …?« Er hielt sich die Hand an die Stirn. »Wie kommt sie dazu?« Riesige Schneeflocken trafen auf die Scheibe auf und stoben sofort wieder davon. Es sah aus, als würden abertausende Pfeile auf uns geschossen.

»Ich habe mich verliebt, Nils«, sagte ich leise.

Er schluckte und sah starr auf die Straße. »Ich weiß.«

Verwundert blickte ich ihn an. »Von wem?«

»Von einem kleinen Mädchen. Leila, wenn ich mich nicht irre.«

»Du hast mit Leila gesprochen? Wann? Was hat sie gesagt?«

Ohne den Blinker zu setzen, wechselte er auf die Überholspur und zog an einem Lastwagen vorbei. »Ich bin nach Offenbach gefahren, um mit diesem Elyas zu reden.«

»Wie bitte? Warum?«

»Ich wollte von ihm wissen, ob er Gefühle für dich hat.«

»Warum?«

»Weil ich mir sicher sein wollte, dass ich dich nicht verletze, wenn ich dir gestehe, dass –.«

»Dass du das alles eigentlich gar nicht mehr willst«, beendete ich seinen Satz und sah in das Schneetreiben hinaus.

»Aber er war nicht zu Hause. Stattdessen hat dieses Kind mir die Tür aufgemacht.« Er warf mir einen Blick zu. »Man muss ihr unbedingt sagen, dass sie niemandem aufmachen darf. Sie hat mich sogar gefragt, ob ich reinkommen will.«

Ich nickte gedankenabwesend. »Und weiter?«

»Ich wollte wissen, ob ihr Papa da wäre, und da meinte sie, der sei in Frankfurt.« Nils sah mich unsicher an. »Ich fragte, ob sie wüsste, bei wem, und sie sagte, er brächte einen Samowar zu einer Frau mit kaputtem Fuß.« Er legte den Kopf schräg. »Das konntest ja nur du sein.«

»Damit hat sie aber noch nicht gesagt, dass …«

Er lachte leise. »Stimmt, das kam erst, als ich mich verabschieden wollte. Da fragte sie mich mit grüblerischer Miene: ›Meinst du, eine Frau freut sich über einen Samowar?‹.«

»Und, was hast du ihr geantwortet?«

»›Kommt darauf an, wie die Frau zu dem Mann steht‹, hab ich geantwortet. Und da meinte sie, dass ihr Papa immer so traurig aussehen würde, wenn sie von der Frau sprechen und dass sie hofft, dass sie sich wegen dem Samowar in ihren Papa verknallt. Dann hat sie den Finger ans Kinn gelegt und gesagt: ›Ich habe so meine Bedenken‹.«

Trotz aller Tragik musste ich lächeln. »Das waren ihre Worte?«

Er nickte. »Ihre Bedenken waren unbegründet, nehme ich an.«

Ich wusste nicht, was ich sagen sollte. Ich wollte meinen Mann nicht verletzen, ich hatte ihn ja noch immer gern. Aber die Liebe war irgendwo auf der Strecke geblieben, und ich wusste wirklich nicht, wie wir sie wieder einsammeln sollten.

»Es ist okay«, sagte Nils. »Ich freu mich für dich, wenn du glücklich bist.«

Ich sah ihn von der Seite an. Seine Gesichtszüge waren entspannt. Er schaute fast versonnen hinaus in den Schnee. »Andere wollen ihre Frau umbringen, wenn sie sich in einen anderen verliebt«, entgegnete ich, »und du freust dich.«

»Wäre es dir lieber, wenn ich ein Messer zücke?« Nils legte die Hand auf mein Knie und zog sie wieder fort. »Du hättest mehr Grund, mir böse zu sein. Ich hab mich wie ein Idiot benommen. Ich hab mich immer mehr zurückgezogen und hinter der Arbeit verschanzt, weil ich mich nicht getraut habe, dir zu sagen, dass mir bei uns etwas fehlt.«

»Ich hatte keine Ahnung, dass uns etwas fehlt«, entgegnete ich. »Bis ich Elyas traf.«

»Du wärst nicht in die Wohnung deiner Eltern abgehauen, wenn du nicht geahnt hättest, dass es bei meiner Reaktion auf das Verschwinden dieser Matroschka um mehr als um deine Kündigung ging. Ich bekam eine Heidenangst bei der Vorstellung, dass wir beide uns miteinander auseinandersetzen müssten.«

Er schüttelte den Kopf und setzte den Blinker, um von der Autobahn zu fahren. »Ich hätte dir sagen sollen, wie es in mir aussieht. Popow hat mich zu so vielem überredet, dabei ging es ihm nur darum, dass ich ihm erhalten bleibe.« Er seufzte. »Und Johanna irgendwie auch. Sie wollte uns beide als beste Freunde behalten. Schon vor unserer Hochzeit hab ich gespürt, dass ich einer Beziehung mit dir vielleicht nicht gewachsen sein würde, aber sie hat mich überzeugt, dass ich nur Angst vor der eigenen Courage hätte.«

Es war nicht schön, das alles so zu hören. Nils und ich hatten offenbar nur geheiratet, weil andere es sich gewünscht hatten. Wurden wir wirklich in diese Hochzeit gedrängt? Ich hatte ihn doch aus Liebe geheiratet, oder? Ich traute meinen Erinnerungen nicht mehr. Hatte ich mir nur etwas vorgemacht? Und er? War es ihm genauso gegangen?

Nils schien meine Gedanken gehört zu haben. »Ich habe dich wirklich geliebt, Sina«, sagte er und seine Stimme war tiefer als normal. »Und ein Teil von mir hat Angst, dass ich das alles schon sehr bald sehr bereuen werde. Aber ich muss die Welt sehen. Früher konnte ich es mir nicht leisten. Und jetzt bin ich noch jung genug.«

Die ersten Häuser unseres Viertels zogen an meinem Fenster vorbei. Hier in der Stadt hatte sich das Schneetreiben zu einem sanften weißen Wirbeln beruhigt. Die parkenden Autos sahen wie gezuckert aus.

»Vielleicht wäre ich ja mit dir gegangen, wenn du mir erzählt hättest, wie wichtig dir das ist. Als ich Elyas noch nicht kannte.«

»Ich glaube nicht, dass wir beide viel Spaß auf Reisen gehabt hätten«, widersprach Nils. »Es sei denn, wir hätten uns auf Mitteleuropa beschränkt, wo du dich sicher fühlst. Ich würde aber gern Afrika sehen, besonders jetzt im Winter wäre das toll.«

Es stimmte schon. Wann immer er mir vorgeschlagen hatte, mit ihm zu kommen, hatte ich von einem

Kind angefangen. Doch auch, wenn dieser Kinderwunsch gerade mal still war, so spürte ich doch keine Sehnsucht in mir, mit Nils auf Weltreise zu gehen. Im Gegenteil, ich wollte nach Offenbach. So schnell wie möglich.

»Und jetzt erleichtert es dich, dass ich nicht allein wäre, wenn du auf Weltreise gehst«, sagte ich.

»Du wärst nie allein gewesen. Du hast doch Milla. Das Band zwischen euch ist so stark. Ich weiß, dass du es auch ohne mich geschafft hättest.«

»Aber warum rückst du erst jetzt damit raus?«, fragte ich verständnislos. »Warum, wenn du nicht mal dachtest, dass du mich zurücklassen würdest?«

Nils straffte die Schultern, setzte den Blinker und bog in unsere Straße ein. In unserer Tiefgarage fuhr er auf den freien Platz neben dem Mini, der inzwischen wieder repariert war. Er schaltete den Motor aus und sah mich zerknirscht an. »Das hat dir Johanna offenbar nicht erzählt.«

Ich schüttelte zeitlupenartig den Kopf.

»Weil ich selbst nicht allein sein kann, Sina«, antwortete er. »Ich wäre niemals ohne Begleitung auf Weltreise gegangen.«

»Aber mit wem fährst du denn?«

Nils holte tief Luft. »Mit Svetlana«, stieß er aus und legte die Stirn auf dem Lenkrad ab, als wäre die allerletzte Kraft aus ihm gewichen, die er noch in sich hatte.

Als ich mich von meinem ersten Schock erholt hatte, fragte ich: »Kennst du sie etwa schon länger?«

Er senkte den Blick. »Sie war mal in Popows Haus. Wir ... mögen uns.« Er wedelte schwach mit beiden Händen. »Nicht, wie du jetzt vielleicht vermutest. Ich habe ihr nichts versprochen, und sie mir nicht. Wir lieben nur beide den Kitzel des Unbekannten, und das tut einfach gut …«

»Und jetzt? Wartet sie auf dich?«

Er lächelte schräg. »Vermutlich.«

»Was hast du eigentlich mit den Russen?«, fragte ich lachend.

Nils grinste. »Wie oft habe ich mich das schon gefragt! Vielleicht war ich in meinem früheren Leben selber einer.«

Steht deine Einladung zum Frühstück noch?, fragte ich Elyas per Messenger, als ich im Bett lag. Nils war noch mal zu Svetlana gefahren, er würde, falls er zurückkam, im Arbeitszimmer übernachten. Ein bisschen komisch war es schon, wie in diesen Tagen Menschen andere verließen, als würde man sich neue Möbel zulegen. Aber so einfach war es nicht. Das alles hatte sich schon eine Weile angebahnt, und bei mir und Nils hätte es schon viel früher so weit sein können, hätte er nicht solche Skrupel gehabt und ich mich in meinen Kinderwunsch verrannt.

Ich sah, dass Elyas eine Antwort formulierte. Er schrieb. Und schrieb. O je. Eine Zurückweisung vielleicht? Eine höfliche Absage, die Worte »Es tut mir leid, aber …«

9.00 Uhr?

Ich schickte einen Daumen und ein Herz.

Ich hoffe, du hast den ganzen Tag Zeit. Leila und ich wollen einen Schneespaziergang machen und ziehen dich auf dem Schlitten hinter uns her.

Ich lächelte vor mich hin, so lange, bis mir die Tränen kamen, und ich mich schluchzend zusammenkrümmte. Meine Ehe war vorbei. Nils und ich waren

Vergangenheit. Es tat weh, diesen Schritt zu tun. Aber es war der richtige.

Es war ein seltsames Gefühl, sich so einvernehmlich zu trennen. So ganz ohne Szene und Beschimpfungen. Mit Kindern wäre es vermutlich anders verlaufen. Ich konnte mir vorstellen, dass Popow und Tatjana noch ihr blaues Wunder erleben würden mit dem russischen Oligarchen und der resoluten Barbara. Aber das war glücklicherweise nicht meine Sorge.

Kapitel 30

Wieder nahm ich ein Taxi nach Offenbach. Der Himmel an diesem Morgen war wolkenverhangen. ›Wetterfarbe Grau‹ hieß es im Radio, und ich fragte mich, wer das eigentlich mit diesen Wetterfarben erfunden hatte. Hatte man das früher auch schon gesagt? Ich konnte mich nicht daran erinnern.

Vor lauter Aufregung war mir so übel, dass ich in Sorge geriet, ich müsste mich übergeben. Angestrengt starrte ich aus der Windschutzscheibe zu dem Räumfahrzeug, das Salz auf die verschneite Straße streute. Hoffentlich gab sich dieses flaue Gefühl, wenn ich bei Elyas war. Mit Schmetterlingen im Bauch hatte es jedenfalls nichts zu tun.

Bestimmt deckte Leila gerade den Tisch. Bei dem Gedanken an die Kleine fühlte ich mich wieder etwas ruhiger. Aus meiner Handtasche nahm ich ein Kaugummi und stopfte es in den Mund. Diese Übelkeit war kaum auszuhalten.

Als der Taxifahrer auf den Parkplatz des Mehrfamilienhauses meiner Eltern einfuhr, klopfte mir das Herz bis zum Hals. Mein Blick ging die Fassade nach oben, und da entdeckte ich Leila. Sie winkte. Ob sie Bescheid wusste? Hatte Elyas ihr Hoffnungen gemacht, dass er mein Herz mit dem Samowar gewonnen hatte? Schon wieder rebellierte mein Magen und die Übelkeit stieg mir bis zum Hals. Ich musste so schnell wie möglich nach oben.

Noch nie hatte ich mit den Krücken so hastig die Stufen erklommen wie heute.

Als ich vor Elyas' Wohnungstür ankam, klingelte ich Sturm. Ich musste ins Bad!

Kaum hatte Elyas die Tür geöffnet, schob ich mich an ihm vorbei zum Badezimmer – erwischte zuerst die Küchentür, weil ich vergaß, dass diese Wohnung spiegelverkehrt zu der meiner Eltern war. Ich machte kehrt und humpelte so schnell ich konnte ins Badezimmer, sank vor die Toilette und erbrach einen Schwall Kaffee, mehr hatte ich nicht in mir.

»Das nenne ich eine Begrüßung.« Elyas war mir hinterher gekommen. Er hantierte am Waschbecken und reichte mir einen feuchten Waschlappen.

Ich nahm ihn dankbar und drückte ihn mir an die Stirn. Mir kam der Gedanke, dass ich mich hier vor einem Mann in dessen Wohnung erbrach, der mich eigentlich nur im besten Licht sehen sollte. Aber schon rollte die nächste Welle Übelkeit heran und spülte jede Peinlichkeit fort.

Als ich mich schwer atmend aufrichtete und zum Toilettenpapier griff, um mir den Mund abzuputzen, hörte ich Leilas schnelle Schritte. Sie stoppte an der Tür. »Bekommt Sina ein Baby?«

Ich erstarrte in meinen Bewegungen.

»Das kann nicht sein«, hauchte ich. Mühsam rappelte ich mich auf die Füße und blickte in Elyas' fragende Augen. »Ich werde nicht schwanger.«

Außerdem war dieses letzte Mal, als Nils und ich miteinander geschlafen hatten, völlig verunglückt. So konnte doch kein Baby entstehen!

Ich wusch mir Gesicht und Hände und rechnete fieberhaft nach. Der Zeitpunkt stimmte genau. Vor zweieinhalb Wochen war es gewesen. Genau an dem Morgen, an dem ich nach Offenbach aufgebrochen war. Zu lange hatte ich mich mit Empfängniskalendern beschäftigt, um nicht zu wissen, ab wann die Anzeichen für eine geglückte Befruchtung sich ankündigen konnten. Übel gewesen war mir zuvor noch nie. Ich hielt mich am Waschbecken fest. Wenn es stimmte, und ich schwanger war, dann war das Schicksal wirklich ein mieser Verräter.

»Vielleicht frühstücken wir erst mal etwas«, erwiderte Elyas und gab Leila einen Stups. »Kümmerst du dich um die Eier?«

Ich hob beide Hände. »Für mich nicht!«

Während Leila sich auf den Weg machte, um den Auftrag ihres Vaters auszuführen, spülte ich mir den Mund aus und löste etwas Zahnpasta aus einer Tube auf der Ablage. Ich verrieb sie notdürftig mit dem Finger im Mund und spülte noch einmal nach. Besser.

Ich meinte, Elyas' Blicke in meinem Rücken zu spüren.

»Falls du denkst, dass ich dir was unterjubeln will …«, begann ich und drehte mich zu ihm um.

Doch Elyas legte mir seinen Finger auf die Lippen und zog mich an sich. »Gott, hab ich dich vermisst«, sprach er in mein Haar hinein und legte seine Arme so eng um mich herum, dass ich nach Luft japste. Ich hob den Kopf, um ihm in die Augen zu sehen.

»Nimm dich vor Frauen in Acht, die besonders gut riechen‹, hat mein Vater mal zu mir gesagt.« Er lachte. »Das war das Erste, was ich an dir wahrgenommen habe, Sina. Deinen unbeschreiblichen Geruch. Wie eine Rose nach einem Sommerregen. Ich wollte gar nicht mehr aufhören, an dir zu schnuppern. Und dann dieses Abendessen, bei dem ich mich kaum an dir sattsehen konnte. Dieser flüchtige Abschiedskuss, nach dem ich die halbe Nacht wach lag. Und der Morgen danach, als du mich von deinem Küchenfenster aus beobachtet hast. Ich wusste wirklich nicht, was ich tun sollte. Ich wollte so sehr zu dir und in dir versinken. So sehr.«

Und ich hatte ihn weggeschickt.

Gott sei Dank hatte ich das, sonst müsste ich mich jetzt fragen, wer …

Elyas vergrub seine Nase in meiner Halskuhle. »Schwangere Frauen hören gar nicht mehr auf, gut zu riechen«, flüsterte er. Er fuhr mit seinen Lippen an meinem Hals entlang und verteilte kleine zarte Küsse bis zu meinem Mund. »Warum bist du hier, Sina? Ich weiß, dass es nicht ist, weil du mir etwas unterjubeln willst.«

»Nils und ich haben uns getrennt«, sagte ich leise.

Elyas hielt abrupt inne. »Denkt er, es könnte von mir sein?«

»Die Eier sind fertig!«, rief Leila in diesem Moment aus der Küche, und Elyas lachte leise.

»Allerdings«, wisperte er, »und zwar fix und fertig. Länger als nach dem Frühstück halte ich es nicht mehr aus.«

Verzweifelt zeigte ich mit dem Kinn auf die Toilette. »Ich bin gleich bei euch, okay?«

Elyas küsste mich auf die Nasenspitze. »Wir machen erst mal einen Test. Und wenn es so sein sollte …« Er hob die Schultern und zeigte mit dem Daumen nach draußen. »Ich hab ja auch eins.«

Wie oft hatte ich mir ausgemalt, wie es sein würde, wenn ich Nils einen positiven Schwangerschaftstest präsentieren würde. Am liebsten an Weihnachten hübsch als Geschenk verpackt. Und kaum hatte ich beschlossen, die Sache mit dem Kinderkriegen an den Nagel zu hängen, passierte das.

Die Freude würde vielleicht noch kommen. Im Moment stand ich unter Schock.

Im Wohnzimmer bot Elyas mir einen Stuhl an und nickte mir aufmunternd zu.

»Geht's dir wieder besser?«, fragte Leila.

Ich versuchte mich an einem Lächeln. Mein Magen knurrte. Aber nicht vor Hunger. Er krampfte sich schon wieder zusammen, und ich hielt mir den Bauch.

»Hast du Schmerzen?«, fragte Elyas.

Ich nickte. »Vielleicht lege ich mich einfach einen Moment hin.« Zögernd hielt ich inne. Oder nein. Doch nochmal die Toilette. Diesmal …

Ich stürzte wieder durch den Flur und jetzt schoss es mir durch die Eingeweide. Nicht gut. Das war gar nicht gut. Als ob mir jemand ein Messer im Magen umdrehte. Dabei hatte ich doch gar nichts Schlechtes gegessen!

Wimmernd saß ich auf der Toilette und krümmte mich, bis es an der Tür klopfte.

»Weißt du, das könnte ich dir eingehandelt haben«, hörte ich Elyas' Stimme durch die Tür.

»Wie meinst du das?«, fragte ich schwach.

»Wir hatten diese Woche ein paar Notfälle auf der Station mit akutem Magen-Darm-Infekt. Ich bin natürlich abgehärtet. Aber nach unserem gestrigen«, er räusperte sich, »intensiven Kontakt … Vielleicht hab ich beim Desinfizieren doch eine kleine Stelle ausgelassen …?« Den Rest ließ er offen.

Erschöpft wischte ich mir den Schweiß von der Stirn und krümmte mich bei einer erneuten Krampfwelle, die meinen Körper erfasste, zusammen.

Zwischendurch reichte Elyas mir einen Eimer ins Bad, den ich – auf der Toilette sitzend – umarmte.

Als es mir besser ging, humpelte ich auf wackligen Beinen ins Wohnzimmer zurück. Leila und Elyas hatten mir auf dem Sofa ein Lager bereitet, auch eine

Wärmflasche lag schon bereit, eine Tasse Tee dampfte auf dem Couchtisch.

»Ihr seid lieb«, hauchte ich und legte mich mit Elyas' Hilfe hin. Er setzte sich zu mir aufs Sofa und hielt meine Hand. Mitleidig sah er mich an. »Es tut mir wirklich leid, falls ich dir das eingebrockt haben sollte.«

Ich lächelte schwach. »Zumindest könnte das heißen, dass ich nicht schwanger bin.«

»Bist du denn überfällig?«

Ich schluckte. »Zwei, drei Tage.«

Falls er sich darüber wunderte, dass ich trotz Krise mit Nils geschlafen hatte, sagte er nichts dazu. »Bei der Aufregung der letzten Wochen kann sich beim Zyklus schon mal was verschieben«, stellte er fest.

Dieses Thema wollte ich mit ihm nicht weiter besprechen. Ich zeigte auf die Schiene an meinem Fuß und wackelte mit den Zehen. »Meinst du, du könntest sie abnehmen? Ich hab gar keine Schmerzen mehr. Und morgen müsste sie ja sowieso entfernt werden.«

Elyas erhob sich und kehrte kurz darauf mit einer Verbandsschere zurück. Vorsichtig löste er die Bandage und lockerte die Schiene, nahm beides behutsam ab. Ich konnte ihn mir so gut bei seiner Arbeit vorstellen.

»Bestimmt verlieben sich deine Patientinnen reihenweise in dich«, neckte ich ihn.

Er hob eine Augenbraue. »Mag sein, aber ich hab immer nur auf eine wie dich gewartet. Bis jetzt vergeblich.«

Mein Fuß fühlte sich leicht an wie eine Feder. Die Schwellung war verschwunden. Elyas machte ein paar vorsichtige Dehnübungen, klopfte und drückte sachte auf den Knöchel. »Tut das weh?«

Ich schüttelte den Kopf. Erleichtert nahm ich einen Schluck Tee.

»Doch kein Baby«, stellte Leila fest, die eben neben uns auftauchte. Sie sah mich prüfend an. »Enttäuscht oder froh?«

Ich kicherte. »Du wirst bestimmt mal eine ganz tolle Ärztin, Leila. Deine Fragen zum Gemütszustand deiner Patienten sind erstklassig.«

Elyas strich seiner Tochter über den Kopf. »Warst du nicht noch verabredet, bevor wir zum Spaziergang loswollten?«, fragte er.

Leila legte den Finger ans Kinn. »Stimmt. Mit Paula.« Leichtfüßig hüpfte sie aus dem Wohnzimmer, um sich für ihre Verabredung fertig zu machen.

Ihr Vater warf mir einen Blick zu, in dem so viel Sehnsucht lag, dass ich angstvoll beide Hände hob.

»Keine Sorge«, sagte er lachend. »Händchenhalten reicht mir.«

Wir gingen an diesen Tag nicht mehr zum Spaziergang nach draußen. Erstens war ich zu schwach und hielt mich noch mehrere Male im Bad auf. Zum anderen genossen wir es einfach, einander im Arm zu halten und aus dem Fenster ins Schneetreiben zu schauen. Elyas entzündete Kerzen, brachte mir ein paar Salzstangen und noch mehr süßen Tee. Offenbar hatte es mich doch nicht so schlimm erwischt wie einige seiner Patienten.

Am Abend – beim letzten Gang auf die Toilette – stellte ich fest, dass meine Periode eingesetzt hatte.

Noch nie hatte ich mich so sehr darüber gefreut wie an diesem Tag.

Heiligabend

»Jetzt die Augen schließen.«

Wir saßen in Leilas Kinderzimmer. Ich fuhr mit dem Schminkpinsel über ihr linkes Augenlid und brachte ein wenig Perlmuttglanz auf. Nun folgte das rechte.

Leilas Wimpern und Mundwinkel zuckten. »Das kitzelt.« Man merkte, wie schwer es ihr fiel, still zu sitzen.

Mit einem anderen Pinsel verteilte ich einen Hauch Rouge auf ihren Wangen und tupfte zum Schluss ein wenig nudefarbenen Gloss auf ihre Lippen.

Prompt leckte sie sich darüber. »Hm. Vanille.«

»Jetzt öffnen.« Ich hielt ihr meinen Handspiegel vors Gesicht.

Leila kniff abwechselnd das eine, dann das andere Auge zu und begutachtete mein Werk. »Geil«, sagte sie. »Bekomme ich auch noch Wimperntusche?«

»Deine Wimpern sind so dunkel und lang«, neckte ich, »was willst du denn da noch tuschen?«

Sie zog einen Schmollmund. »Bitte. Du hast es versprochen.«

Ergeben griff ich zur Mascara und raunte: »Die Augen weit aufmachen.«

Elyas hatte das Schminken zur Feier des Tages erlaubt, und Leila hatte mir seit dem Morgen damit in den Ohren gelegen. Bei den vor Aufregung geröteten Wangen hätte es gar kein Rouge benötigt.

Ich gab Acht, dass ich nicht zu nah ans Auge geriet und tuschte die Wimpern dieses bildhübschen neunjährigen Mädchens, das mir in den letzten drei Wochen so sehr ans Herz gewachsen war. Unglaublich, was seither alles geschehen war.

Nils verbrachte die Feiertage mit Svetlana in Südafrika. Eine Weltreise waren sie nicht gleich angetreten, das würde einiger Vorbereitung bedürfen. Ihre erste gemeinsame Testreise führte sie über Botswana und Namibia nach Kapstadt.

Johanna war mit Raul und Oskar zu ihrer Familie nach München gefahren, um dort endlich mal wieder auszuschlafen und Zeit zu zweit zu finden.

Tatjana wartete auf die Ankunft ihres Mannes und die erhoffte Trennung mit Brillantring zum Abschied. Die Wohnung in Bad Homburg war bezugsfertig, sodass alles problemlos vonstattengehen konnte, sobald Dimitri wieder nach Russland abgereist war. Ich hoffte, dass nicht noch irgendwelche Überraschungen auf sie warteten. Wenn man so akribisch plante wie meine russische Kundin, konnte auch mal etwas dazwischen kommen.

Eben war ich mit dem Tuschen von Leilas Wimpern fertig und forderte sie auf, die Augen zu öffnen.

Die Kleine strahlte ihr Spiegelbild an. »Danke, Sina.«

Ich gab ihr einen zärtlichen Stups. »Gern geschehen. Zeig dich mal deinem Papa. Ich hoffe, er gibt grünes Licht.«

Schon rutschte sie vom Stuhl, sprintete durch die Flure und rief nach Elyas, der zusammen mit meinem Vater und Jochen in der Wohnung meiner Eltern auf dem Sofa saß und Scrabble spielte. Papa war es erlaubt, einen Duden zu benutzen. Man hörte die drei bis hierher miteinander debattieren. Ich lächelte in mich hinein und folgte Leila nach drüben.

Die Wohnung meiner Eltern erstrahlte in hellem Lichterglanz. Über der Wohnungstür hing einer der

Mistelzweige, die Elyas und ich geerntet hatten. Ich konnte die Male nicht mehr zählen, die wir uns schon darunter geküsst hatten. Papa und Mama sich übrigens auch. Ganz zu schweigen von Milla und Jochen, die sich durch den Schneefall von Frankfurt hierher gekämpft hatten.

Seit meiner Magen-Darm-Grippe hatte ich meine Schwester erst heute wiedergesehen. Nun war ich endlich wieder oben auf, und ich hatte das Kochen für heute Abend zusammen mit Mama übernommen.

Es gab Wildschweingulasch mit Knödeln und Preiselbeeren – ein Festessen, das es in Russland an Weihnachten kaum geben würde. Erstens feierte man erst im Januar, zweitens gab es traditionell ein eher bescheidenes Mahl.

Während Mama und ich Zwiebeln geschnitten und das Fleisch angebraten hatten, bauten Leila und Elyas mit anderen Kindern und Eltern im Hof Schneemänner, deren Hüte inzwischen schon wieder zugeschneit waren. Leila und ich hatten Lichterketten an allen Fenstern und in den Türrahmen befestigt, außerdem den Weihnachtsbaum festlich in rot und weiß geschmückt. Die ›Dschungelwand‹ im Wohnzimmer passte hervorragend dazu.

Als Mama all unsere Vorbereitungen gesehen hatte, klatschte sie begeistert in die Hände und jauchzte. Papa stand mit offenem Mund daneben und betrachtete abwechselnd die Wand und Mama, als glaubte er zu träumen. Die roten Giftfrösche, auf die Leila bestanden hatte, gefielen ihm besonders gut.

Aus der Lautsprecherbox erklang *Jingle Bells* in Endlosschleife, wie an jedem Weihnachten in dieser Wohnung.

Ich bat Leila, die wie ein junger Hund zwischen allen herumsprang, etwas anderes auszusuchen, und sie entschied sich für *Feliz Navidad*, was Milla und Jochen zu einer kleinen Tanzeinlage hinriss.

Ich lehnte am Türrahmen und schaute mir die Szenerie im Wohnzimmer an. Beinahe wäre ich vor Freude geplatzt.

Hier war meine Familie. Die Menschen, die ich liebte, und die mich liebten, so wie ich war. Ich hatte mich noch nie so geborgen gefühlt.

Als Mamotschka mit dem Glöckchen die Bescherung einläutete, flitzte Leila zu Elyas und zog ihn vom Sofa zum Weihnachtsbaum, unter dem alle Geschenke bereitlagen. Wir hatten uns dazu entschieden, wie früher, als Milla und ich klein waren, die Präsente vor dem Essen zu überreichen, damit Leila nicht vor lauter Ungeduld keinen Bissen hinunter bekommen würde.

Wir versammelten uns um den Baum, und Mama und Papa machten den Anfang. Natürlich bekam ich eine Matroschka geschenkt. Sie war von demselben Künstler, der auch Tatjanas Puppe gestaltet hatte. Mama musste Himmel und Hölle in Bewegung gesetzt haben, um ihn ausfindig zu machen.

Noch war die Matroschka unvollendet, nur die äußere Hülle war fertig. Sie war rot und übersät mit weißen Schneeflocken. Die inneren Puppen würde er nach und nach mit Elyas, mir und Leila gestalten. Es würde noch Platz für weitere Püppchen bleiben – wann auch immer es so weit war. Ich hatte es nicht eilig damit.

Für Milla hatte ich alle Schwangerschaftsnachthemden und Babystrampler, die ich im Laufe der Jahre gehortet hatte, als Geschenk verpackt und ihr unter den Weihnachtsbaum gelegt. Ich freute mich unbändig darauf, sie und eines Tages ihr Baby darin zu sehen. Allein der Gedanke machte mich glücklich.

Leila bekam von mir eine Schachtel Aquarellstifte, einen Malblock und ein abschließbares Kistchen mit einem Notizbuch für ihre Geheimnisse.

Aber zu meinem Erstaunen bedankte sie sich nur artig für die bunt eingewickelten Geschenke. »Ich schau sie mir später in Ruhe an«, sagte sie und legte sie unausgepackt zurück unter den Baum. Dafür holte sie ein kleines, flaches Päckchen mit einer pinkfarbenen Schleife unter den ausladenden Ästen hervor und überreichte es mir feierlich.

»Was mag da bloß drin sein?« fragte ich sie, schüttelte es und drückte mein Ohr daran.

Leila kicherte vor Freude und hüpfte neben mir aufgeregt auf und ab.

Vorsichtig schob ich einen Finger unter den Tesafilm. Ich wickelte das Geschenk aus dem Papier, und zum Vorschein kam ein Bilderrahmen mit einem Foto von Leila. Elyas hatte sie bei unserem Schlittenausflug aufgenommen. Es war der Moment, als sie mit dem Schneeball auf mich zielte, und ihn dann doch nicht abfeuerte. Ihr Gesicht leuchtete.

Leila hatte einen Zettel dazugelegt, den ich nun auseinanderfaltete.

In krakeligen Lettern stand dort geschrieben:

Für Sina. Damit du immer an mich denkst. Leila
Und in Klammern darunter: **Darf ich heute heimlich Mama zu dir sagen? Weil Weihnachten ist?**

Ich wischte mir die aufsteigenden Tränen fort und nickte Leila zu. Sie schlag ihre Arme um meine Mitte und vergrub ihren Kopf in meinem Bauch.

»Mama«, wisperte sie so leise, dass nur ich es hören konnte, und ich küsste sie auf den Scheitel ihrer dunklen Locken.

Nachts lag ich in Elyas' Armen und spielte an der silbernen Kette, die er mir geschenkt hatte. Im Anhänger waren Sonne und Mond vereint, als Symbol für Unzertrennlichkeit.

»Wie kannst du wissen, dass wir unzertrennlich sein werden, und dass mich das Leben mit euch nicht genauso überfordern wird wie Miriam oder Anna?«, flüsterte ich. »Du hast mir ja schon Chaos im Kopf diagnostiziert.« Ich sah zu ihm auf. »Seitdem habe ich Angst, dass ich der Sache nicht gewachsen sein könnte.«

Elyas lachte leise. »Nicht jeder nimmt meine Diagnosen so unangefochten an, danke dafür.«

Er drehte sich auf die Seite, stützte den Kopf auf einer Hand ab und sah mich unverwandt an. »Es ist nur so ein Gefühl, und wissen kann man natürlich nichts«, sagte er rau. Er fasste sich an die Brust. »Aber mein Herz sagt mir, dass eine Frau, die in Bademantel und Hausschuhen bei Minusgraden nach draußen rennt, um einem wildfremden Marokkaner zuzurufen, dass ›seine Eier gleich Matsch sind‹ und ihm damit einen riesigen Schrecken einjagt, wie für mich gemacht ist. Wenn du dich schon so um meine Eier sorgst, wie wirst du dich erst um mich sorgen? Und um Leila.«

Kichernd schlang ich die Arme um seinen Hals und küsste ihn genussvoll auf den Mund. Er hatte ja keine Ahnung, welches Weihnachtswunder er mir beschert hatte. Mit Leila und sich selbst.

Liebe Leserin, lieber Leser,

ich hoffe sehr, dass Ihnen dieser Roman gefallen hat. Falls Sie gern mehr darüber erfahren möchten, wie Sinas Zwillingsschwester Milla ihren Jochen kennenlernte, dann empfehle ich Ihnen meinen Roman »Plätzchen, Tee und Winterwünsche«.

Falls Sie noch weitere Geschichten aus meiner Feder lesen möchten, empfehle ich Ihnen auch meine fünfteilige »**INSELfarben-Reihe**«. Ich entführe Sie darin auf die Inseln Mallorca, Langeoog, Irland, Island und Rügen. Alle Inseln habe ich selbst bereist und dabei sehr liebgewonnen. Genauso wie meine Figuren.
Mit der »**GIPFELfarben-Reihe**« setze ich die Serie fort.
Außerdem schreibe ich Krimis und Romantische Komödien.

Stina Jensen

Plätzchen, Tee und Winterwünsche

Der perfekte winterliche Roman für einen Nachmittag auf dem Sofa mit Tee und Gebäck.

Gäbe es nicht ihre Zwillingsschwester Sina, hätte Milla schon längst den Kopf in den Sand gesteckt. Oder viel eher in den Schnee, wenn denn welcher fallen würde.
Weihnachten war jedenfalls noch nie so trostlos.
Zwar hat sie endlich einen neuen Job in einem entzückenden Teeladen, nachdem sie ihre Arbeit als Friseurin aufgeben musste.
In der Liebe hat Milla allerdings schon seit Jahren kein Glück, und auch der Kontakt zu ihren Eltern ist wegen eines dummen Streits abgebrochen.
Doch kaum hat sie den Wunsch nach der ganz großen Liebe und der Versöhnung mit Vater und Mutter ausgesprochen, überschlagen sich die Ereignisse.
Plötzlich muss Milla sich zwischen den Menschen entscheiden, die ihr am meisten bedeuten …

Die INSELfarben-Reihe

Die einzelnen Bände der fünfteiligen INSELfarben-Romanreihe können auch unabhängig voneinander gelesen werden.

Band 1 der INSELfarben-Reihe: INSELblau

Schon lange träumt Svea von einer Bar unter Palmen, im Hintergrund spanische Flamenco-Klänge. Stattdessen erbt sie eine kleine Pinte auf einer ostfriesischen Insel. Sehr zur Freude von Opa Hannes, denn der hätte seine Enkelin am liebsten die ganze Zeit bei sich. Und nicht nur er: Auch Wattführer Jan, der Svea mit seiner ostfriesischen Gelassenheit fasziniert, scheint etwas an ihr zu liegen. Doch soll sie wirklich auf diesem Stück Land mitten in der Nordsee sesshaft werden?
Um dem Durcheinander ihrer Gefühle zu entgehen, flieht Svea für ein paar Tage auf ihre Lieblingsinsel im Mittelmeer. In der kleinen Bucht ihres Urlaubsortes trifft sie ausgerechnet auf den Mann, dessen Temperament ihr schon einmal den Boden unter den Füßen weggerissen hat. Und auf eine mit Brettern vernagelte Strandbar …

Band 2 der INSELfarben-Reihe: INSELgrün

Wiebke ist mit Leib und Seele Galeristin auf Mallorca. Auch wenn in ihrem Liebesleben mit Maler Miguel nicht alles zum Besten steht, findet sie Erfüllung in ihrer Arbeit – bis sie eines Tages einen folgenschweren Fehler begeht: Ausgerechnet das einzige unverkäufliche Gemälde der Galerie vermittelt sie an zwei Schwestern aus Irland.

Schnell wird ihr klar, dass sie das Bild zurückholen muss, und sie reist nach Dublin.

Doch die Suche nach dem Gemälde gestaltet sich schwieriger als gedacht, und der immerwährende Regen sowie Miguels beharrliches Schweigen bringen Wiebke an ihre Grenzen.

Doch dann trifft sie Musiker Josh, der mit seiner lebenslustigen Art sofort ihr Herz aus dem Takt bringt.

Bald nimmt die grüne Insel Wiebke mit ihrem ganz eigenen Zauber gefangen, und sie fragt sich, ob sie ihr bisheriges Leben nicht einfach hinter sich lassen und in Irland bleiben sollte ...

Band 3 der INSELfarben-Reihe: INSELgelb

»Du wirst dich wohl nie ändern« – mit diesen Worten verlässt Josh Claire, nachdem sie einen schlimmen Fehler begangen hat. Ihr bleibt nur eine Hoffnung, sein Herz zurückzuerobern: Sie muss nach Island reisen und dort nach seinen Wurzeln suchen, schließlich war das immer sein größter Traum.

Gleich nach ihrer Ankunft geht jedoch alles schief, und Claires Mission scheint zum Scheitern verurteilt.

Erst als sie unerwartet Hilfe von Kristján erhält, dem wortkargen Sohn einer Schafzüchterin, fasst sie neuen Mut. Gemeinsam begeben sie sich auf eine aufregende Reise über die faszinierende Insel, auf der Claire fast ihre Mission vergisst.

Doch dann erhält sie überraschend Nachricht von Josh ...

Band 4 der INSELfarben-Reihe: INSELpink

Es klingt wie ein Traum: Sechs Wochen arbeiten an einem sonnigen Traumstrand Mallorcas, nur Spaß und unkomplizierte Begegnungen – das kommt Ida nach einer stressigen Zeit gerade recht.

Sie verliebt sich sofort in die kleine Bucht der Mittelmeerinsel – und auch Xavi, der sympathische Sohn ihrer Chefin Lola, hat es ihr angetan. Da die beiden aber Streit haben, soll sie ihm unbedingt fernbleiben.

Das sollte zu schaffen sein, denkt Ida.

Doch leider hat sie ihre Rechnung ohne Xavis Hartnäckigkeit gemacht.

Auf einer Hochzeit kommt es zum Eklat, und schon steckt Ida mittendrin in spanischen Familienangelegenheiten und riskiert, nicht nur ihren Job, sondern auch ihr Herz zu verlieren ...

Band 5 der INSELfarben-Reihe: INSELgold

Als eine Weihnachtseinladung aus Rügen ins Haus flattert, reist Amanda kurzerhand von San Diego an die Ostsee, um den Vater ihrer Tochter wiederzusehen, dessen Verbleib sie ihr immer verschwiegen hat. Eine Versöhnung mit Andy wäre doch sicher das schönste Geschenk für Claire?

Doch als Amanda auf Rügen eintrifft, stößt sie am winterlichen Strand von Binz stattdessen auf Ben, zu dem sie sich sofort hingezogen fühlt. Soll sie ihre Suche nach Claires Vater aufgeben und die wenigen Tage ihres Urlaubs mit dem geheimnisvollen Fremden genießen? Aber Ben scheint irgendetwas vor ihr zu verbergen. Weiß er mehr über Andy, als er vorgibt?

Voll Herzklopfen folgt sie Bens Einladung zu einem Inseltrip in seinem Wohnmobil – und findet beim Bernsteinsammeln bald mehr als nur das Gold der Insel ...

Die INSELfarben-Reihe geht weiter mit der GIPFELfarben-Reihe ...

Bisher von Stina Jensen erschienen:

INSELblau
INSELgrün
INSELgelb
INSELpink
INSELgold

GIPFELblau
GIPFELgold

Plätzchen, Tee und Winterwünsche
Misteln, Schnee und Winterwunder
Sommertraum mit Happy End

PLAYA DE PALMA: Abgrundtief

Mehr über die Autorin erfahren Sie auf
www.stina-jensen.de